Anika Beer

Am Horizont das Meer

GOLDMANN
Lesen erleben

Buch

Seit sie denken kann, träumt Sofia vom Meer. Von einer wilden Küste mit tosender Brandung. Woher diese Bilder kommen, weiß sie nicht, und ihre Großmutter Emilie weicht ihren Fragen nach der Vergangenheit immer wieder aus. Erst nach Emilies Tod findet Sofia eine Kiste mit Briefen aus einem Fischerdorf an der Costa Brava. Offenbar hat Sofia dort als kleines Mädchen einen Sommer verbracht. Fest entschlossen, das Meer ihrer Träume zu finden, macht sie sich auf den Weg nach Spanien – und auf die Suche nach der eigenen Vergangenheit …

Autorin

Anika Beer wuchs umgeben von Geschichten auf: Mit drei Jahren lernte sie lesen, mit acht fing sie an, eigene Erzählungen zu schreiben. Inzwischen hat sie mehrere Romane für Jugendliche und Erwachsene veröffentlicht. Sie lebt mit ihrer Familie in Bielefeld und reist so oft wie möglich ans Meer.
Weitere Infos über die Autorin finden Sie auf ihrer Homepage www.anikabeer.de oder bei Instagram unter @anika.beer.autorin.

Anika Beer

Am Horizont das Meer

Roman

GOLDMANN

Nachweis der zitierten Gedichte:
Seite 7: Ramón Sampedro, *Cartas desde el infierno (Briefe aus der Hölle)*, Übersetzung: Anika Beer.
Seite 171: Rainer Maria Rilke, *Die Gedichte, Lied vom Meer*, Insel Verlag, Frankfurt am Main 2006.

Sollte diese Publikation Links auf Webseiten Dritter enthalten, so übernehmen wir für deren Inhalte keine Haftung, da wir uns diese nicht zu eigen machen, sondern lediglich auf deren Stand zum Zeitpunkt der Erstveröffentlichung verweisen.

Dieses Buch ist auch als E-Book erhältlich.

MIX
Papier aus verantwortungsvollen Quellen
FSC® C014496
FSC
www.fsc.org

Penguin Random House Verlagsgruppe FSC® N001967

2. Auflage
Originalausgabe Mai 2021

Neumarkter Str. 28, 81673 München
Dieses Werk wurde vermittelt durch die Literarische Agentur Thomas Schlück GmbH, 30161 Hannover
Umschlaggestaltung: UNO Werbeagentur, München
Umschlagmotiv: Stadt und Meer: Valery Bareta/Alamy Stock Photo
Fahrrad, Pflanzen an der Mauer: FinePic®, München
Häuser: Smartshots International/getty images
Redaktion: Ilse Wagner
LS · Herstellung: kw
Satz: Vornehm Mediengestaltung GmbH, München
Druck und Bindung: GGP Media GmbH, Pößneck
Printed in Germany
ISBN: 978-3-442-48867-4
www.goldmann-verlag.de

Besuchen Sie den Goldmann Verlag im Netz

Für meine Oma,
der ich dieses Buch so gern vorgelesen hätte.

8. Juli 1995, Rocavella, L'Alt Emporda, Spanien

Es war ein klarer, stiller Morgen an der wilden Küste.

Die Ruhe nach dem heftigen Unwetter der vergangenen Nacht hing noch über dem Dorf, und eine blanke, sanfte Sonne funkelte in den Pfützen, die der Sturm in den Straßen zurückgelassen hatte. Von der sengenden Sommerhitze, die der Tag erwarten ließ, war um diese Zeit nur eine Ahnung zu spüren. Selbst der Wind, der die ganze Nacht über wie wild an den Fensterläden gerüttelt hatte, war in einen erschöpften Schlaf gefallen und schnaufte nur von Zeit zu Zeit leise vor sich hin.

Luz und Cian, die Kinder des Dorfapothekers, hatten sich früh aus dem Haus geschlichen, um vor allen anderen am Strand zu sein, solange das Dorf noch schlief und die Welt ihnen allein gehörte. Cian wollte Schätze im Treibholz suchen, hatte er gesagt, und dann waren sie durch Luz' Fenster nach draußen und am Blumenspalier hinunter auf die Straße geklettert. Es war jener strahlende Sommer 1995, in dem sie am liebsten Piraten sein wollten, mit Augenklappen und Enterhaken an Angelschnüren, mit Piratenkopftüchern und Holzsäbeln aus zersägten Besenstielen. Kein Wunder also, dass Luz sofort Feuer und Flamme für den Plan ihres großen Bruders war.

Die Sonne war gerade erst über den Horizont gekrochen und ließ das Meer weiß-golden glitzern, als sie die kleine Bucht unterhalb des Leuchtturms erreichten. Der rötliche Sand im Schatten der schroffen Küstenfelsen war dunkel vor Nässe, und es roch nach Wind, Salz und den Algen, die am oberen Rand des Strandes eine schwarze Wellenlinie zeichneten, als wolle die See ihnen zeigen, wie beeindruckend weit sie in der Nacht ins Land vorgedrungen war.

Wie Cian vorausgesagt hatte, war die Bucht übersät mit dem Unrat, den das Meer in der Nacht ausgespien hatte. Holztrümmer, Flaschen und verblichene Plastiktüten, alte Schuhe, Getränkedosen und zerbrochene Angelruten. Die Überreste eines Lenkdrachen und dazwischen Muscheln, bunte Kiesel, Kronkorken und Scherben, die die Wellen rund und glatt geschliffen hatten. So stapften die Kinder mit nackten Füßen durch den nassen Sand, die Augen auf den Boden gerichtet, damit ihnen kein Funkeln, kein noch so schwaches Schimmern entging. Mit den Zehen schoben sie pockenbedecktes Holz zur Seite und hoben mit spitzen Fingern Papier und verklumpte Algen auf. Schon bald waren sie so vertieft in ihre Arbeit, dass sie gar nicht bemerkten, wie die Zeit verging – bis Cian auf halber Strecke zwischen dem Leuchtturmfelsen und der Brandungslinie eine schier unglaubliche Entdeckung machte.

»Luz!«, rief er, und seine Stimme überschlug sich vor Aufregung. »Komm, das musst du sehen! Schnell!«

Luz, die am anderen Ende des Strandes gesucht hatte, zögerte nicht eine Sekunde. Sie ließ ihren Sammelkorb fallen und rannte, so schnell ihre kurzen Beine sie trugen, quer durch die Bucht, wo Cian neben einem merkwürdigen, unförmigen Haufen auf sie wartete.

Es war ein Mädchen. Ein echtes, blasses Mädchen mit klatschnassem Haar, das ihr verfilzt am Kopf und in der Stirn klebte. Sie war nackt bis auf ein paar unkenntliche Stofffetzen und die algenverklebten Reste eines Fischernetzes, die sich hoffnungslos um sie herum verknotet hatten. Ihre Augen waren geschlossen, und ihre Haut war so bleich, dass sie fast blau schien.

»Da staunst du, was?«, flüsterte Cian, die Stimme heiser vor Aufregung. »Das ist eine Meerjungfrau!«

Ehrfürchtig starrte Luz auf das Mädchen. »Sie hat aber gar keinen Fischschwanz«, gab sie zu bedenken und knabberte aufgeregt an ihren Fingernägeln.

»Natürlich nicht, Dummchen.« Cian hockte sich neben das Mädchen und musterte sie genauer. »Das war die böse Seehexe. Sie hat ihren Fischschwanz in zwei Beine verhext. Ist doch klar.«

Darauf wusste Luz nichts zu sagen. Sie hatte davon noch nie gehört. Aber Cian war ja schon zehn, ganze drei Jahre älter als sie, der würde es wissen. Nervös beobachtete Luz, wie er die Hand nach dem Mädchen ausstreckte. »Fass sie besser nicht an!«, flüsterte sie.

»Ich muss doch sehen, ob sie noch lebt!«

Doch als Cians Fingerspitzen die weiße Haut streiften, zuckte er zurück. »Kalt wie ein Fisch.«

Luz schauderte.

Cian aber rückte noch ein Stück näher an die kleine Meerjungfrau heran und beugte sich über sie, bis er fast auf sie fiel.

»Cian!«, zischte Luz ängstlich. Doch da drückte Cian schon sein Ohr auf die schmale Brust unter dem modrig-feuchten Fischernetz. Mit blitzenden Augen sah er zu seiner Schwester hoch. »Sie lebt noch!«

In Luz' Brust zog und kribbelte eine Mischung aus Angst, Neugier und Hilflosigkeit, in der kleine Blasen wunderbarer Aufregung platzten. Eine echte Meerjungfrau! Ermutigt von Cians Erfolg hockte sie sich nun ebenfalls hin und streichelte über die Arme und Schultern des Mädchens. Sie war wirklich eiskalt. Mitleid stieg in Luz auf. »Hab keine Angst«, murmelte sie. »Wir retten dich. Stimmt's nicht, Cian?« Sie sah ihren Bruder hoffnungsvoll an.

Aber Cian sagte nichts darauf. Er starrte nur wie gebannt auf seine Hand, unter der sich, wie zur Antwort, die schmale Brust nun deutlich sichtbar hob und senkte.

Und als Luz ebenfalls wieder auf das Mädchen blickte, erkannte sie, dass die Meerjungfrau aufgewacht war und ihre Retter aus großen Augen ansah.

Es war, als ob für einen Moment die Zeit stillstünde. Luz und Cian sahen sich an und dann wieder auf die

Meerjungfrau, deren strahlend blaue Iriden unnatürlich riesig wirkten in dem bleichen, schmalen Gesicht. Und als das Meermädchen mit ungelenken Bewegungen versuchte, sich aufzurichten, da zuckten die Kinder zurück wie vor einem tot geglaubten Fisch, der plötzlich wieder zu zappeln anfängt.

Aber dann begann das Mädchen zu husten, zu keuchen und Salzwasser auszuspucken – ein Geräusch, das so mitleiderregend klang, dass sie sich beide plötzlich ziemlich dumm vorkamen, vor so einem schwachen, ausgezehrten Wesen zu erschrecken.

»He, schsch«, machte Cian, als wolle er ein Kätzchen beruhigen, das er aus der Regentonne gerettet hatte. »*Tranquil·la, tranquil·la* …«

Die Meerjungfrau hatte sich derweil wieder auf den Boden sinken lassen und sich eng zusammengerollt, die Wange in den nassen Sand geschmiegt. Sie zitterte am ganzen Körper, ob vor Furcht oder vor Kälte war nicht zu unterscheiden.

»Keine Angst«, flüsterte Luz, weil sie befürchtete, ein lautes Wort könne einen erneuten Schreck und damit einen neuen Hustenanfall auslösen. »Wir tun dir nichts. Wir wollen dir bloß helfen.«

Die Meeresaugen schauten verständnislos zu ihnen hinauf.

»Ich bin Cian«, sagte Cian und deutete auf sich, »und das ist Luz. Und wie heißt du?«

Aber das Mädchen antwortete nicht. Stattdessen

sanken die Lider über die wasserblauen Augen, als wolle sie erneut ohnmächtig werden.

Die Kinder sahen sich erschrocken an.

»Was machen wir denn jetzt, Cian?«, flüsterte Luz – undeutlich, weil sie vor Aufregung schon wieder die Finger im Mund hatte. »Sollen wir *mamà* holen?«

Cian schüttelte energisch den Kopf. »Das dauert viel zu lange! Vielleicht ist sie tot, bis wir zurück sind!« Er legte die Stirn in Falten und dachte angestrengt nach. Dann sprang er auf die Füße. »Ich weiß! Wir holen David! Komm, Luz!«

»Aber ...!«, stieß Luz entsetzt hervor. Vor dem grimmigen alten Leuchtturmwärter hatte sie einen gehörigen Respekt. Und hatte nicht auch *papà* verboten, dass sie den Strand verließen und zum Leuchtturm hinaufkletterten? Doch Cian war bereits unterwegs und sah sich nicht einmal nach ihr um.

»Cian! Warte!«, heulte Luz und rannte hinter ihrem Bruder her, so schnell sie konnte. Allein zurückzubleiben mit dem reglosen Mädchen, das jederzeit einfach aufhören konnte zu atmen, das erschien ihr noch sehr viel Furcht einflößender, als dem Leuchtturmwärter zu begegnen.

Und so stoben die beiden durch die Brandung davon, während am Horizont langsam die Sonne in den leuchtenden Sommerhimmel hinaufstieg und Sand und Salz auf der Haut des Meermädchens zu krümeligem Staub trockneten.

Erster Teil:
Sofia

1.

Rauschend umspült die Brandung meine Knöchel. Sie plätschert und glitzert an meinen Zehen, die mit jeder Welle tiefer in den nassen Sand sinken. Kitzelnd entfliehen die Kiesel dem Druck meiner nackten Sohlen. Das Wasser leuchtet unter den Strahlen der Nachmittagssonne himmelblau und türkis. Ein vertrautes Meer. Ein vertrauter, wilder Horizont, ein überwältigendes Gefühl von Heimkehr, und doch …

Wo ein Flüstern in jeder schäumenden Welle sein sollte, eine Melodie im Säuseln des Windes, der über die gekräuselte Oberfläche streift, höre ich nichts.

Salz auf meiner Haut. Gischt und Möwenschreie. So nah. So unerreichbar.

Und das Meer schweigt mich an.

»Entschuldigen Sie bitte. Ich suche den Weg zum Strand.«

Die Worte drangen so unerwartet durch die Stille, dass Sofia sich im ersten Moment nicht einmal darüber wunderte.

Wasser. Wellenrauschen. Wind.

Ein Strand?

Erst nach und nach dämmerte ihr, dass ihre Gedanken sehr weit fort gewandert sein mussten und dass es wohl keinen logischen Zusammenhang zwischen der Frage, dem Rauschen in ihren Ohren und der nüchternen Kühle des Bibliotheksschalters unter ihren aufgestützten Ellbogen gab.

»Ist alles in Ordnung bei Ihnen?« Das junge Mädchen auf der anderen Seite des Tresens krauste besorgt die sonnenverbrannte Nase. Erstsemester, vermutlich. Höchstens drittes. Sie hatte Sommersprossen. Dicht an dicht wie Sandkiesel auf der hellen Haut.

»Oh, nein, schon gut. Ich war nur in Gedanken.« Auch Sofia zwang rasch ein Lächeln in ihre Mundwinkel; weiter kam es nicht, sondern blieb dort stecken wie mit Nadeln angeheftet. »Was war die Frage, bitte?«

»Ich suche ein Buch. Es soll an diesem Standort sein.« Das Sommersprossenmädchen legte einen Zettel auf den Tresen der Ausleihe. *FB 21 TT400 C191(2)* stand darauf. *China Study: Die wissenschaftliche Begründung für eine vegane Ernährungsweise, Campbell 2011.*

Standort – nicht Strand. *Ach so.*

Sofia schüttelte den Kopf und zugleich die letzten Überbleibsel von Salzwind und Meeresrauschen von ihrer Haut. Das Stecknadellächeln verursachte ihr einen Krampf in der linken Wange. »Tut mir leid, da sind Sie hier falsch. Hier finden Sie nur Bücher über Literaturwissenschaft und Linguistik. Die Ernährungs- und Haushaltswissenschaften sind auf der anderen Seite des Gebäudes, Bereich E-1, einmal quer durch die

Halle.« Sie warf einen Blick auf die Uhr hinter ihr an der Wand und erschrak. Acht Minuten nach fünf.

Völlig die Zeit verträumt.

Um Viertel nach fünf wollte sie Oliver abholen. Daraus wurde nun wohl nichts. Der Feierabend fing gut an. Sie wandte sich wieder an die Studentin, bemüht, sich die plötzliche Eile nicht anmerken zu lassen. »Die Kollegen sind wahrscheinlich schon alle weg, aber versuchen Sie mal Ihr Glück.«

Die junge Frau errötete bis unter die Haarwurzeln. »Oh. Danke. Es ist auch nicht so wichtig, ich wollte es nur aus Interesse ausleihen. Also …« Ihre Augen huschten kurz zu Sofias Namensschild. »… Frau Bensiek, danke noch mal. Einen schönen Sommerabend wünsche ich.« Ihre Absätze klapperten etwas zu laut auf dem Linoleum, als sie an den Regalen entlang aus der Bibliothek floh.

Sofia sah ihr nach und seufzte leise. Wie lange war es her, dass sie rein aus Interesse ein Buch mitgenommen hatte? Seit ihrem Magisterabschluss jedenfalls nicht mehr, und der lag immerhin schon sechs Jahre und einen opulent gefeierten dreißigsten Geburtstag zurück. Sogar den einunddreißigsten, genau genommen – nicht ganz so opulent. Sie sah noch einmal zur Uhr und wusste nicht, ob sie der jungen Fremden wünschen sollte, dass sie in E-1 noch jemanden antraf. In ihren Ohren pochte die Stille, die die helle Stimme und die verklingenden Schritte zurückgelassen hatten.

Fast glaubte Sofia, das Rauschen ihres eigenen Blutes zu hören, das an und ab schwoll wie Wogen, die an einen Strand brandeten.

Nun lass doch mal das Meer.

Der Lesesaal lag jetzt verlassen da. Bei der Hitze hielt es niemanden länger als nötig hier drin. Nur ein paar Staubflocken flüchteten über den glatten Boden, als Sofia ihren Platz hinter dem Schalter verließ und eilig die Handtasche aus dem Spind zog. Vor dem Spiegel auf der Innenseite der Tür zupfte sie noch rasch die kurzen, schon sommergoldenen Locken in Form und zog den Lidstrich nach, tauschte die bequemen Arbeitssneaker gegen die eleganteren Sandalen. Ein letztes Mal drehte sie sich prüfend hin und her, schnippte einen Fussel vom schwarzen Bleistiftrock und strich den Kragen der geblümten Sommerbluse glatt. Okay. Seriös genug für eine Hausbesichtigung. Ein Blick aufs Handy zeigte drei unbeantwortete Anrufe einer unbekannten Festnetznummer. Sofia wischte sie unbesehen zur Seite.

Später.

Der Schlüssel knirschte im Schloss, als sie die schwere Stahltür der Bibliothek hinter sich zusperrte.

Draußen auf dem Parkplatz stand die Hitze wie eine Wand. Kein Lüftchen regte sich. Die Nachmittagssonne ließ den Asphalt flirren und alle Bewegungen wie in Zeitlupe ablaufen.

Sofia warf ihre Handtasche auf den Rücksitz und

drehte die Klimaanlage hoch. Zwanzig nach fünf. Um sechs waren sie mit der Dame des Bauträgerunternehmens in der Südstadt verabredet. Unmöglich zu schaffen, nicht im Feierabendverkehr und mit dem Umweg über die Fachhochschule. Fast unmöglich.

Sofia klemmte das Handy in die Freisprecheinrichtung und wählte die Nummer der Maklerin.

Dann trat sie aufs Gaspedal.

Schon als sie auf die Zufahrtsstraße zur Fachhochschule für Bauwesen und Architektur einbog, konnte Sofia die Ungeduld in Olivers Gesicht und seiner Haltung erkennen. Auf Außenstehende wirkte er vermutlich ganz entspannt – ein sportlicher Mittdreißiger in Shirt und gut sitzender Jeans, der an der Bushaltestelle vor den Parkhäusern wartete. Die Ledertasche, die Sofia ihm zur Promotion und dem Antritt seiner Dozentenstelle geschenkt hatte, trug er lässig über einer Schulter. Hin und wieder grüßte er vorübereilende Studenten mit einem Lächeln. Doch Sofia sah den nervösen Mittelfinger, der unablässig gegen die Seitennaht seiner Hose klopfte, und sie kannte diese Art, den Blick in den Himmel zu richten, um nicht auf die Straße zu starren, auf der sie irgendwann herangefahren kommen musste.

Sie klemmte sich hinter den Bus, der gerade die Haltestelle anfuhr, und blieb mit eingeschaltetem Blinker neben Oliver stehen.

»Hey, Liebling.«

»Na endlich.« Sein Begrüßungskuss fiel flüchtig aus.

»Tut mir leid. Ich musste noch einer Ersti-Studentin helfen.« Sofia warf einen Blick über die Schulter und scherte aus, ehe der Bus losfuhr. Hinter ihr hupte jemand.

Oliver seufzte und starrte auf den Verkehr, der im Schneckentempo vor ihnen dahinkroch. »Zu solchen Terminen ist man einfach pünktlich. Du weißt, wie ich über Unzuverlässigkeit denke.«

Sofia verdrehte die Augen. »Es sind zehn Minuten, Oliver. Zehn. Außerdem habe ich schon mit Frau Lund gesprochen.«

Oliver hob die Brauen. »Das ist ja wohl auch das Mindeste. Und?«

Nun musste Sofia fast lachen. »Sie war ziemlich erleichtert. Sie ist nämlich selbst spät dran.« Sie tätschelte liebevoll Olivers Oberschenkel. »Und jetzt entspann dich mal. So was passiert eben. Das ist normal und menschlich. Und draußen auf der Bundesstraße fließt es besser. War zumindest eben noch so.«

Darauf sagte Oliver nichts, aber er entspannte sich tatsächlich ein wenig, obwohl er immer noch mit gerunzelter Stirn nach draußen sah. »Welche neue Zeit habt ihr ausgemacht?«

Sofia zuckte die Schultern und lächelte. »Gar keine. Wir sind da, wenn wir da sind. War ihr Vorschlag.«

»Nicht dein Ernst.« Oliver stöhnte resigniert. Dann lehnte er sich zurück gegen die Kopfstütze und schloss die Augen. »Na gut. Dann macht ihr das halt auf eure fancy-pancy Verpflichtungslose-Vorstadt-weiber-Tour. Ich bin raus.« Trotz seines resignierten Tonfalls zuckte jetzt tatsächlich ein Lächeln um seine Mundwinkel.

Diesmal musste Sofia wirklich lachen. »Böser Mann.« Sie gab ihm einen Klaps aufs Knie, froh, dass er seinen Ärger zum größten Teil überwunden zu haben schien. »Am besten begrüßt du die Dame gleich ganz genau so. Ich bin sehr gespannt, wie sie das findet.«

Frau Lunds schwarzer BMW X5 parkte gerade vor der Einfahrt des Hauses ein, als Sofia am Straßenrand auf der anderen Seite den Motor abstellte. Der Sonnenhof 17 war eine noch recht nackt wirkende Doppelhaushälfte mit nur halb gedecktem Dach, gelegen am Rand einer Neubausiedlung im grünen Gürtel der Stadt, mit frisch gepflanzten Bäumen und Hecken hier und da. Vieles hier schien roh, unfertig, etliche Grundstücke waren noch leer oder gerade in der Bebauung begriffen.

Oliver liebte es, das sah Sofia sofort. Ein leeres Grundstück war für ihn eine Projektionsfläche unendlicher Ideen, und wenn etwas seine Augen zum Leuchten bringen konnte, dann ein leidenschaftliches Gespräch darüber, wie Häuser wuchsen und atmeten.

Als sie ausstiegen und der Maklerin entgegengingen, griff Sofia nach seiner Hand. Oliver drückte sanft ihre Finger, und sie spürte, wie seine Begeisterung auf ihrer Haut kribbelte. Ja doch, dachte sie und sah sich noch einmal um, sie könnte sich hier vermutlich wohlfühlen, nach einer Weile. Bis zur Arbeit wäre es auch nicht zu weit.

»Hallo, Frau Bensiek. Doktor Brenker.« Frau Lund schüttelte ihnen beiden die Hand. Sie war eine taffe Frau um die vierzig, im Nadelstreifen-Hosenanzug, mit feuerrot gefärbter Hochsteckfrisur und passendem Lippenstift. »Schön, dass es trotz aller Widrigkeiten geklappt hat. Wollen wir?«

Sie führte Sofia und Oliver die mit Bauschotter bedeckte Einfahrt hinauf. »Die Tür ist noch ein Provisorium«, sagte sie, als sie aufschloss. »Wie auch vieles andere. Sie würden im Fall eines Kaufes die finalen Entscheidungen natürlich selbst treffen.«

»Na großartig.« Oliver lächelte sein charmantestes Lächeln. »Ich liebe es, Bauherren reinzureden.«

Frau Lund lachte hell. »Das glaube ich gern. Ich habe auf Ihrem Profilbogen gelesen, dass Sie in Architektur promoviert haben. Wenn ich so neugierig sein darf: Wollten Sie Ihr Eigenheim denn nicht selbst entwerfen?«

Auch Oliver lachte jetzt. »Ach, Frau Lund, das habe ich doch längst. Ich kann es mir nur nicht leisten.«

Sofia hörte mit halbem Ohr zu, wie Oliver weiter mit

der Maklerin Small Talk führte. Von dem Traumhaus erzählte, das er seiner Liebsten – ihr – für einen unbestimmt fernen Tag in der Zukunft versprochen hatte. Dass sie jetzt erst mal etwas nicht ganz so Individuelles, aber dafür Praktisches suchten. Etwas, wo sie sich für die nächsten Jahre zu Hause fühlen konnten.

Sofia wanderte zwei Schritte hinter den beiden, besah sich die kahlen Wände und nackten Kabel, spähte in alle Zimmer und versuchte sich vorzustellen, wie sie sich hier einrichten könnten. Für Oliver, das wusste sie schon jetzt, war es perfekt. Für sie ... Sofia blieb mitten in einem Raum stehen, der wohl einmal ein Wohnzimmer werden konnte. Nun ja. Sie hatte vor Jahren schon entschieden, dass *er* ihr Zuhause war. Und dieses Haus war in all seiner Nüchternheit und Charakterlosigkeit bestimmt nicht der schlechteste Platz, um dort mit ihm zu leben.

»Sofia?« Olivers Stimme schreckte sie auf. »Ach, hier steckst du. Wir sind schon oben.«

Sofia drehte sich um und lächelte. »Entschuldige. Ich war in Gedanken.«

»Wo auch sonst.« Oliver schüttelte den Kopf, resigniert und liebevoll zugleich. Dann streckte er die Hand aus. »Komm mal mit rauf. Ich will dir was zeigen.«

»Na, da bin ich gespannt.«

Sie folgte Oliver die Betonstufen hinauf ins Zwischengeschoss, das nur ein Zimmer und ein winziges Bad hatte. Oliver führte Sofia zum Fenster und deutete nach draußen. »Schau mal. Wir haben das Meer direkt vor der Tür.«

Etwas in Sofia erstarrte für Sekundenbruchteile, obwohl sie natürlich wusste, dass das schlicht unmöglich war. Sie waren mitten im Inland, das nächste Meer war mehr als zwei Stunden Autofahrt entfernt.

An einem Bauzaun auf dem Grundstück gegenüber hing ein Plakat mit Werbung einer Fluggesellschaft. Schneeweißer Sand und Palmen. Ein traumhaftes, tiefblaues Meer.

»Na, was meinst du?« Oliver lächelte und legte den Arm um ihre Hüfte. »Ist das ein Zeichen? Meine schöne Meerjungfrau?«, murmelte er in ihr Haar.

Sekunden vergingen, in denen Sofia nur dastand und auf das Meer auf dem Plakat starrte. Die Sonne brannte durch das Fenster auf ihren Wangen. Kein Rauschen. Kein Wind. Das Meer schien in diesem Augenblick ferner denn je.

»Na ja, es ... ist nicht das Richtige«, sagte sie schließlich und hob die Schultern, ein bisschen zu abwehrend vielleicht. *Nicht wild genug.*

Olivers Griff um ihre Hüfte lockerte sich. »Hm«, machte er, und Sofia hörte die Enttäuschung in seiner Stimme.

»Das hat aber nichts mit dem Haus zu tun«, versicherte sie rasch. »Also, mir gefällt es. Dir doch auch.«

»Schon klar.« Oliver seufzte, weil er es natürlich besser wusste, oder zumindest ebenso gut wie sie, dass

Momente wie dieser ganz und gar nicht mit einem Schulterzucken abzutun waren. Eine kleine Pause, ein etwas gequältes Lächeln, und dann: »Es ist immer das Falsche. Ich weiß.«

»Hör mal, ich weiß, dass ...«

In diesem Moment vibrierte das Handy in Sofias Tasche. Schon wieder diese unbekannte Nummer.

»Wer ist das?«, fragte Oliver, als sie zögerte, den Anruf anzunehmen.

»Keine Ahnung.« Ihr war gerade wirklich nicht danach, mit einem Fremden zu reden.

Oliver hob eine Braue, wie er es immer tat, wenn er der Meinung war, dass sie die Dinge unnötig verkomplizierte. »Geh ran, dann weißt du's?«

Sofia zögerte. Es klang so einfach. Was Oliver sagte, klang immer einfach. Aber ...

Oliver seufzte, nur ein bisschen ungeduldig. »Es ist vielleicht wichtig?«

Sofia riss sich zusammen. Dann tippte sie auf den grünen Knopf. »Hallo?«

Ein Räuspern am anderen Ende. Eine fremde Frauenstimme. »Selma Tiemann von der Polizei Einhöven, guten Tag. Spreche ich mit Sofia Bensiek?«

Sofia warf einen Blick zu Oliver. »Ja, die bin ich ... was gibt es denn?«

Noch ein Räuspern. »Entschuldigen Sie die Störung, Frau Bensiek. Gut, dass ich Sie erreiche. Haben Sie einen Moment Ruhe?«

Ein nervöses Ziehen regte sich in Sofias Brust und zugleich der irrationale Impuls, das Handy aus dem Fenster zu werfen. »Natürlich«, sagte sie trotzdem, »wenn es nicht zu lang dauert?«

Die Frau am anderen Ende räusperte sich ein drittes Mal. »Frau Bensiek ... ich habe leider eine traurige Nachricht für Sie. Ihre Großmutter, Emilie Bensiek, ist in der vergangenen Nacht zum dritten Juli verstorben. Es tut mir sehr leid.«

Eine sachte Windbö strich durch die Bäume und Hecken draußen. Sofia starrte aus dem Fenster auf das Bild von dem falschen Meer, hörte die Worte und begriff sie nicht.

»Wie bitte?«, fragte sie und konnte sich selbst nicht hören.

Die Polizistin erzählte noch einiges mehr, von der Vermieterin, die Emilie Bensiek gefunden hatte, von Ärzten – natürlicher Tod, sanft eingeschlafen –, Notaren und Bestattern.

Es ist immer das Falsche, sagte Oliver sehr viel lauter in Sofias Kopf.

Sie bemerkte kaum, wie Oliver ihr das Telefon aus den Händen nahm. Während er leise und ruhig mit der Polizistin sprach, starrte Sofia auf ihre leeren Finger. Nur verschwommen bekam sie mit, wie Oliver schließlich auflegte. Er sagte nichts, zog sie einfach an sich und hielt sie fest. Sehr fest.

Aber ...

In der Leere flackerten Ahnungen von Empfindungen auf. Kleine Funken nur, die verglommen, lang bevor sie die Chance bekamen, an die Oberfläche von Sofias Bewusstsein zu dringen. Was blieb, war ein einsamer Gedanke, scheppernd und misstönend in der geisterhaften Stille in ihrem Kopf.

Ich kann sie nicht nach dem Meer fragen.

Nie wieder.

2.

»In der mondhellen Nacht saß die kleine Meerjungfrau am Wasser und starrte in die klaren Tiefen. Da schien es ihr, als sähe sie des Vaters perlmuttschimmerndes Schloss, und auf den Zinnen des Schlosses stünde die alte Großmutter mit der Silberkrone auf dem Kopf und den zwölf Austern an ihrem Schwanz und schaute zu ihr hinauf.«

Vergangenes soll man ruhen lassen, hatte Oma Emilie immer gesagt. Vergangenes soll man ruhen lassen – wie ein Stoßgebet zu jeder sich bietenden Gelegenheit, vor allem aber, wann immer der kleinen Sofia auch nur der leiseste Ton einer Frage über die Lippen kam. Über ihre Eltern. Über das Meer.

Als Kind hatte sie viel gefragt. Geradezu unermüdlich war sie gewesen.

»Wann kann ich wieder ans Meer?«

»Können wir meinen Kompass holen?«

»Wo sind Mama und Papa? Warum können wir nicht zu ihnen?«

»Darf ich Cian und Luz sehen – und Davíd?«

»Bitte, können wir nicht zurückfahren?«

Aber die Antwort, egal, welche Frage sie stellte, war

immer die gleiche: Vergangenes soll man ruhen lassen.

Sofia konnte nicht sagen, wann oder wie es schließlich dazu kam, dass sie sich fügte. Warum sie aufgab – nach dem tausendsten oder vielleicht auch zweitausendsten Versuch, ihrer Großmutter mehr als beharrliches Schweigen zu entlocken. Vielleicht waren es die zwei Tränen im linken Augenwinkel, die Oma Emilie jedes Mal energisch wegblinzelte, wenn die Sprache auf das Thema kam. Es musste einen Grund geben, weshalb sie nicht antworten konnte und weshalb sie nicht ins Meer zurückkehrten, wo ihre Heimat war. Sofia wollte ihre Oma nicht unglücklich machen. Also schwiegen sie schließlich beide.

Nur ein einziges Mal, viele Jahre später, hatte sie ein letztes Mal gewagt, Emilie auf das anzusprechen, was in ihrem Herzen fehlte. Ein insgeheim längst hoffnungsloser Versuch, an dem Tag, an dem sie das Haus ihrer Kindheit verließ, um mit Oliver in eine Wohnung in der nahen Großstadt zu ziehen.

»Welches Meer war es, Oma? Wo komme ich her?«

Oma Emilie hatte sie schweigend angesehen, mit Augen, die dunkel waren vor Kummer.

»Vergangenes soll man ruhen lassen«, antwortete sie schließlich mit mehr Nachdruck als je zuvor. Und Sofia begriff, wenn sie diese Frau, die ihre einzige Familie war, nicht in erbittertem Streit verlassen wollte, durfte sie nie wieder nach ihrer Vergangenheit fragen.

Seit diesem Tag waren weitere sieben Jahre vergangen, und von Sofias Suche nach der Wahrheit war schließlich nicht viel mehr geblieben als diese eine, quälende Frage: Hatte sie das Meer, *ihr* Meer, überhaupt jemals gesehen?

Und was war mit ihren Eltern geschehen?

»Warum fährst du nicht ans Meer und findest es heraus?«, hatte Oliver gefragt, eines dunklen Wintermorgens im ersten Jahr ihrer Beziehung, als er Sofia mit nach innen gekehrtem Blick auf dem Sofa sitzend vorgefunden hatte. »Wenn du erst dort bist, fällt es dir vielleicht wieder ein.«

Aber Sofia hatte nur den Kopf geschüttelt.

»Weil es immer das falsche Meer ist.« Das hatte sie ihm zur Antwort gegeben. Danach hatten sie das Thema nie wieder angesprochen. Oliver nicht, Sofia nicht, und auch ihre Großmutter nicht.

Und jetzt war es dafür endgültig zu spät.

*

Eine ganze Weile lag Sofia reglos in Olivers Armen und wartete darauf, dass die Tränen kommen würden. Dass die Trauer sie überwältigte und sie endlich etwas empfand.

Auch Oliver blieb stumm. Sanft strich seine vertraute Hand ihren Rücken auf und ab.

»Doktor Brenker? Frau Bensiek?«, drang in diesem

Moment Frau Lunds Stimme durch das Treppenhaus zu ihnen herunter. »Möchten Sie jetzt vielleicht noch das Obergeschoss sehen?«

»Ich muss hier raus«, murmelte Sofia an Olivers Brust. Jetzt mit der Maklerin sprechen und sich durch noch mehr kahle Zimmer führen lassen zu müssen, schien ihr einfach unerträglich. Und weinen konnte sie vor dieser fremden Frau auch nicht.

Oliver löste die Umarmung, fasste Sofia sanft bei den Schultern und sah ihr in die Augen. »Ich rede mit ihr. Ich sage ihr, dass wir ein bisschen Zeit brauchen, für alles. Willst du schon mal nach draußen gehen?«

Sofia nickte erleichtert. »Danke«, flüsterte sie und gab ihm einen Kuss. Dann wankte sie die Treppe hinunter.

Draußen war es unverändert heiß, doch Sofia schien es, als könne sie dort zumindest ein wenig leichter atmen.

Zumindest, bis es ihr wieder einfiel.

Sie ist tot. Oma Emilie ist tot.

Für immer weg.

Sofia wusste selbst nicht, was sie antrieb, als sie sich im nächsten Moment ins Auto setzte und den Motor startete, die Augen halb blind vor Tränen.

Sie fuhr einfach los.

8. Juli 1995, Rocavella, L'Alt Emporda, Spanien

Davíd, der Wärter des verwitterten Leuchtturms von Rocavella, war alt, bärtig und mochte Kinder nicht besonders. Tatsächlich mochte er Menschen im Allgemeinen nicht besonders, aber gegen Kinder und ihre niemals endende Ruhelosigkeit pflegte er eine spezielle Antipathie. Und hätte jemand Davíd gesagt, als er seine rheumatischen Knochen an jenem Sommermorgen aus dem Bett in der Leuchtturmwärter-Stube quälte, wie nahe ihm in diesem Moment ein kleines Wunder war – ja, hätte dieser Jemand ihm vielleicht sogar gesagt, dass nur wenige Stunden später ein bleiches, halb erfrorenes Mädchen in ebendiesem Bett liegen würde, das geradewegs aus dem Meer zu ihm gekommen war –, er hätte ganz bestimmt gelacht. Laut und rau hätte er gelacht und die verrückte Landratte zum Teufel geschickt.

»*Überlass das Seemannsgarn den Seemännern!*«, hätte er gebellt.

Doch als nicht lang nach Sonnenaufgang der Türklopfer seinen Turm erzittern ließ und die Apothekerskinder auf seiner Schwelle standen, nass und voller Sand und Algen, während das Morgenlicht ihre wilden Haare in leuchtende Heiligenscheine verwandelte, da war er so verblüfft, dass ihm gar nicht erst einfiel, sie wegzuscheuchen. Und ihr aufgeregtes Geplapper, aus dem Davíd nicht viel mehr heraushören konnte als *»Meerjungfrau, Meerjungfrau!«*, und ein ganz klein wenig vielleicht auch die Tränen in Luz' großen Bernsteinaugen hatten an diesem Morgen selbst den grimmigen alten Seebären neugierig gemacht, wer oder was da wohl an seinem Strand angespült worden war.

So stapfte er hinter den Kindern den schmalen Pfad über den Leuchtturmfelsen hinab, ohne sich von ihrer Ungeduld allzu sehr aus der Ruhe bringen zu lassen. Als sie schließlich den Strand erreichten, waren ihre Schatten bereits merklich kürzer geworden. Und dort, wo die letzten Ausläufer der Wellen gerade noch an ihren Füßen leckten, lag sie: die kleine Meerjungfrau.

Davíd hatte in seinem Leben schon viel gesehen: auf See, an Land, am Grund seines *Cremat*-Glases im Winter. Seeungeheuer, Klabautermänner, Sirenen - er hatte die Geschichten über solcherlei Wesen so oft erzählt, dass er selbst schon längst nicht mehr wusste, was er wirklich gesehen und was erfunden hatte. Doch als er das bleiche, magere Mädchen im nassen Sand liegen sah, nackt bis auf ein Fischernetz und ganz und gar schutzlos, da regte sich in seinem vernarbten Herzen ein Funke, der nichts mit Beinen oder Fischschwanz zu tun hatte, und er beschleunigte seine Schritte und eilte zu ihr, so schnell seine vom Rheuma schmerzenden Knochen es zuließen.

Das Mädchen war wach. Aus tränenverhangenen Augen starrte sie die drei Neuankömmlinge an, war aber offensichtlich viel zu schwach, um sich auch nur einen Fingerbreit zu rühren.

»Komm, komm«, murmelte Davíd, kniete sich zu ihr in den Sand und strich ihr mit seinen schwieligen Händen das nasse Goldhaar aus der Stirn. »*Tranquil·la.*«

Und das Mädchen, so sonderbar es auch schien, beruhigte sich beim Klang seiner Stimme. Die Panik in ihren Augen schwand, und obwohl es nicht so aussah, als würde sie verstehen, was er sagte, schien sie doch zu spüren, dass dieser raubeinige Alte ihr helfen wollte. Also nahm Davíd sie kurzerhand mitsamt dem Netz auf seine Arme und trug sie ohne ein weiteres Wort zurück zum Leuchtturm.

Die Apothekerskinder, die offenbar jede Scheu vor dem bärbeißigen Leuchtturmwärter verloren hatten, blieben ihm dabei dicht auf den Fersen. Davíd ließ sie. Sie hatten das Mädchen gefunden – nicht einmal er brachte es fertig, ihnen jetzt die Tür vor der Nase zuzuschlagen. Sollten die Rotznasen sich ruhig nützlich machen.

Im Leuchtturm angekommen, schnitten sie die Meerjungfrau aus dem aufgequollenen Fischernetz heraus, wuschen mit einem warmen Lappen das Salz von ihrer Haut, steckten sie unter die Bettdecke und flößten ihr Fischsuppe und Tee mit Rum ein. Die Kinder gingen Davíd dabei mit leuchtenden Augen und glühenden Wangen zur Hand, und ihre Plappermäuler standen nicht einen Moment still.

Das Mädchen hingegen ließ alles stumm mit sich geschehen. Kein einziges Wort kam ihr über die Lippen, und in ihren wasserblauen Augen lagen nur Fragen, keine Antworten. Schließlich schlief sie mit einem erleichterten Seufzer einfach ein – und das musste ihren drei ungleichen Rettern für den Moment Lohn genug sein.

Davíd beobachtete die Kinder, wie sie auf wackeligen Schemeln vor dem Bett saßen, golden gestreift von vorwitzigen Sonnenstrahlen, die sich durch die zugezogenen Vorhänge ins Dämmerlicht stahlen, und hingerissen ihre Meerjungfrau anstarrten. Dabei stritten sie unablässig flüsternd miteinander – worüber, das konnte Davíd nur vermuten. Davíd seufzte schwer. Bei allem Verständnis, genug war irgendwann doch genug. Er baute sich hinter den Kindern auf und sah mit finster gerunzelten Brauen auf sie hinunter.

»So.«

Luz und Cian fuhren erschrocken herum. Sie hatten nicht bemerkt, wie er sich näherte, so vertieft waren sie in ihren Streit gewesen. »Jetzt aber raus mit euch.«

Das Entsetzen stand beiden deutlich ins Gesicht geschrieben. Luz' Augen füllten sich sofort wieder mit Tränen. Aber diesmal hatte Davíd kein Mitleid.

Cian, ganz der große Bruder, stellte sich vor Luz und versuchte, möglichst stark und männlich zu wirken.

»Aber es ist auch *unsere* Meerjungfrau«, teilte er Davíd mit. »Du kannst uns nicht einfach …«

»Hast du mal auf die Uhr gesehen?«, raunzte Davíd zurück und deutete unwirsch auf die alte Standuhr in der Ecke, deren Zeiger nicht mehr weit von zwölf Uhr mittags entfernt waren. »Wissen eure Eltern eigentlich, wo ihr seid?«

Die Erwähnung der Eltern, insbesondere des – so munkelte man im Dorf – hin und wieder etwas jähzornigen Vaters, erfüllte augenblicklich ihren Zweck. Luz und Cian wechselten einen erschrockenen Blick. Dann sahen sie wieder zu Davíd, die Gesichter immer noch trotzig spitz. Aber ihre Entschlossenheit war deutlich ins Wanken geraten.

»Dürfen wir denn später wiederkommen?«, piepste Luz. »Bitte!«

»Ja, o ja, bitte!«, fiel Cian ein, in einem etwas unbeholfenen Versuch, vom großen, starken Bruder rasch wieder zu dem niedlichen Jungen mit dem Engelsgesicht zu werden, der er schon beinahe nicht mehr war.

Und ob es nun daran lag, dass Davíds Herz an diesem Morgen ohnehin weicher war als sonst, oder ob er einfach spürte und verstand, wie wichtig den beiden Kindern dieses Mädchen war – er gab nach. »Na meinetwegen«, knurrte er. »Aber jetzt macht, dass ihr wegkommt!«

Die Kindergesichter leuchteten auf. »Danke! Tausendmal danke!« Und nun nahmen sie wirklich die

Beine in die Hand. In Windeseile hüpften sie den Leuchtturmfelsen hinab und rannten über den Kiesstrand davon, ihren gedrungenen, kurzbeinigen Schatten hinterher in Richtung des Dorfzentrums von Rocavella.

»Und dass ihr mir ja nicht das ganze Dorf hier anschleppt!«, rief Davíd ihnen noch nach.

Er erhielt keine Antwort.

Als die Kinder fort waren, kehrte endlich die Ruhe in den Leuchtturm zurück, die Davíd gewohnt war. Nur das Mädchen aus dem Meer war noch da und atmete leise.

»*Déu meu*«, murmelte Davíd. »Und was mache ich jetzt mit dir?«

Er setzte sich in seinen Schaukelstuhl beim Fenster, stopfte sich eine Pfeife und betrachtete grübelnd die schlafende Kleine. So spontan und selbstverständlich er sie hergebracht hatte, so ratlos war er nun. Was sollte er mit ihr anstellen? Er konnte doch kein Kind versorgen. Das konnte er nicht, und das hatte er auch nie gewollt. Hier in der Enge des Leuchtturms schon gar nicht. Oder? Er dachte an die Dörfler, die er aus vielen guten Gründen mied. Sollte er das Mädchen stattdessen diesen Haien zum Fraß vorwerfen? Davíd schaukelte etwas heftiger bei dem Gedanken und sog nachdrücklich an seiner Pfeife.

Er schaukelte lang vor und zurück, selbst als die

Pfeife längst erloschen war und die Sonne bereits gemächlich auf die Bergkuppen jenseits des Dorfes niedersank. Doch sosehr er auch grübelte, ihm fiel keine rechte Lösung ein.

»Was soll ich nur mit dir machen, Mädchen?«, murmelte er immer wieder. »Was nur?«

3.

Es war ein irrationaler Impuls gewesen. Der unvernünftige, geradezu selbstzerstörerische Drang, das Unglaubliche greifbar zu machen und mit eigenen Augen zu sehen, was in Sofias Welt einfach nicht möglich schien.

Doch als sie schließlich vor der Einfahrt zum Haus ihrer Großmutter aus dem Auto stieg, bereute sie bereits, überhaupt hierhergekommen zu sein. Sie konnte es nicht, das wusste sie sofort. Sie konnte dort nicht reingehen. Endlose Minuten stand sie einfach da, die Schlüssel in der Hand, und starrte auf die vertrauten Mauern des kleinen Reihenhauses im milder werdenden Abendlicht. So ruhig. So normal.

Hinter ihr erklang das Geräusch eines schließenden Fensters. Sofia drehte sich um. Schräg gegenüber wohnte die Vermieterin, Frau Kriemel, die, so hatte die Polizistin gesagt, ihre Oma heute Morgen gefunden hatte. Jetzt war nichts von ihr zu sehen. Aber die Vorhänge im Erdgeschoss bewegten sich noch.

Rasch wandte Sofia sich ab. Ein Gespräch mit Frau Kriemel war wirklich das Letzte, was sie sich gerade antun wollte. Hinter dem Haus und dem winzigen

Garten ihrer Großmutter führte ein Trampelpfad zwischen verwildertem Brombeergestrüpp hindurch zu einem Weiher. Als Kind hatte Sofia dort oft Trost gesucht. Und auch jetzt, so viele Jahre später, trugen ihre Füße sie wie von selbst dorthin. Der Weiher war allerdings viel näher, als sie ihn in Erinnerung hatte, er lag nur wenige Schritte hinter der Grundstücksgrenze. Tatsächlich konnte Sofia, als sie den schlammigen Uferstreifen erreichte, sogar noch die Dächer der Häuser über den Sträuchern sehen. Es war ernüchternd zu denken, wie fernab und geschützt vor allen Menschen sie sich hier als kleines Mädchen gefühlt hatte. Sie verstand nun auch viel besser, warum Oma Emilie sie so widerstandslos über Stunden unbeaufsichtigt hier hatte sitzen lassen. Sie hatte ja nur ein bisschen den Hals recken müssen, um sie zu sehen. Sofia ging in die Hocke und starrte in das trübe Wasser. Früher hatte sie sich vorgestellt, dass dieser Tümpel in Wahrheit ein winziges Stück des Meeres war und dass er sie irgendwie auf magische Weise mit dem Rest ihrer Familie verband. Manchmal hatte sie geglaubt, ihre Eltern in der Tiefe zu sehen. Manchmal sang das Wasser zu ihr.

Heute sah Sofia nur den schlammigen Grund unter der Entengrütze, kaum eine Armlänge unter der Wasseroberfläche, und darüber das verschwommene Spiegelbild einer Frau, die nicht mehr an Märchen und Kindheitsträume glauben konnte.

Sie setzte sich auf den von der Hitze trockenen, rissigen Schlamm des Uferstreifens und sah den Libellen und Wasserläufern zu. Der Tümpel stank. Sofia fühlte sich wie ein Fremdkörper mit ihren eleganten Sandalen, dem Bleistiftrock, der hübschen Sommerbluse. Sie hatte hier nichts verloren. Tränen stiegen ihr in die Augen.

Nein, an diesem alten Ort war nichts mehr tröstlich.

Sofia legte den Kopf auf die Knie und weinte.

Es wurde schon dunkel, als sie sich endlich aufraffte. Ihre Augen waren müde geweint, ihr Kopf schmerzte vom krampfhaften Nicht-Denken der letzten Stunden.

An der Hausecke, wo sich der Blick auf die Straße öffnete, hielt sie inne. In ihrem Auto brannte Licht. Die Beifahrertür stand weit offen, und auf dem Sitz saß Oliver und las.

Erst jetzt durchfuhr Sofia der Gedanke, dass sie ihn am Haus in der Südstadt mit Frau Lund zurückgelassen hatte, ohne Auto und ohne ihm zu sagen, wohin sie fuhr und ob sie zurückkommen würde, um ihn zu holen.

Als sie an der Straßenlaterne stehen blieb, sah Oliver auf. »Da bist du ja. Alles okay?«

Statt einer Antwort stiegen Sofia schon wieder Tränen in die Augen. Sie wischte sich am Wimpernkranz entlang und hinterließ dabei eine schwarze Spur auf ihrem Handrücken.

Oliver steckte das Buch weg und stieg aus dem Auto. »Blöde Frage. Tut mir leid.« Er breitete die Arme aus.

Sofia stand zu weit entfernt, als dass er sie einfach an sich hätte ziehen können. Aber sie trat auch nicht näher. Sie schüttelte nur den Kopf.

Oliver atmete hörbar aus. Er kannte das schon. Diese Mauer zwischen ihnen, sobald die Sprache auf das Meer oder ihre Großmutter kam, existierte, seit sie sich kannten. Seine Arme sanken herab.

»Na komm«, sagte er, »ich fahre.«

Sofia kroch wortlos auf den Beifahrersitz und vermied den gewohnten prüfenden Blick in den Spiegel. Oliver startete den Motor. Inzwischen war es völlig dunkel geworden. Schweigend fuhren sie los, zurück in Richtung Innenstadt.

»Willst du darüber reden?«, fragte er nach einer Weile.

»Nein.«

Sekundenlang sagte Oliver nichts. Er sagte in solchen Momenten meistens nichts. Aber dieses Mal hielt er nicht lange durch.

»Nicht mal heute lässt du mich dir helfen?«

»*Gerade* heute möchte ich wirklich nicht darüber reden.«

Oliver atmete angestrengt aus und wieder ein. »Hör mal, ich will doch nur ...« Er brach den Satz ab. »Verdammt. Warum machst du es mir so schwer?«

Nun wandte Sofia doch den Blick von der Straße ab

und sah ihn an. Seine Lippen waren schmal. Er tat ihr leid. »Ich mache es dir nicht schwer«, erklärte sie und spürte einen Kloß in ihrem Hals, der ihr die Stimme abzuschnüren drohte. »Ich will nur nicht darüber reden.«

»Es würde aber vielleicht helfen«, widersprach Oliver prompt. »Wenn schon nicht dir, dann wenigstens mir.«

Sofia schluckte. Sie wollte sich nicht ärgern, nicht heute, nicht jetzt. Aber sie tat es trotzdem. »Aber ich *kann* es nicht, Oliver. Kannst du das nicht einfach akzeptieren, wenn du es schon nicht verstehst? Du weißt, wie ich bin, also warum bist du nicht nach Hause gefahren? Oder du hättest mit Frau Lund einen Kaffee trinken gehen können. Die konnte doch reden ohne Ende, das wär doch sicher nett gewesen.« Sie war selbst überrascht, wie giftig das klang. Und auch Oliver war einen Augenblick lang sprachlos. Er lenkte das Auto an den Straßenrand und hielt an, damit er ihr eindringlich ins Gesicht starren konnte. »Überleg dir besser noch mal genau, was du da gerade gesagt hast.«

»Tut mir leid«, murmelte Sofia. »Das war ungerecht.«

Oliver schloss kurz die Augen, um sich zu sammeln. »Ich wollte bei dir sein«, sagte er dann sehr ruhig. »Dich halten, falls du mich brauchst. Wir sind seit sieben Jahren zusammen. Wir wollen heiraten, Sofia! Ein Haus kaufen! Warum kannst du nicht verstehen, dass es nun mal schwierig ist, wenn du mich in so wichtigen Momenten nicht an dich ranlässt?«

Sofia sah ihn ausdruckslos an. Wieder schmeckte sie Tränen auf der Zunge. »Für dich ist es also schwierig?«, sagte sie schließlich leise. »Ach so.«

Damit wandte sie wieder sich ab und starrte durch das Fenster in die Nacht.

Eine ganze Weile blieb Oliver sitzen und beobachtete ihren Hinterkopf, hoffte vielleicht, dass sie sich noch einmal umdrehte. »Lass dir doch helfen«, sagte er irgendwann, ein leises Flehen in der Stimme. »Lass mich für dich da sein. Nur dieses eine Mal.«

Aber Sofia gab keine Antwort. Sie drehte sich auch nicht zu ihm um, bis Oliver nach einer Weile mit einem tiefen Seufzer den Motor wieder startete.

4.

Ich weiß nicht, was es ist, das ich fühle. Ob ich überhaupt etwas fühle. Die Sonne berührt mich nicht, aber die Schatten auch nicht. Es ist ein bisschen wie an einem dieser verkaterten Morgen nach einer langen Partynacht zu Studentenzeiten, wenn der Restalkohol wie ein Vorhang zwischen mir und der Welt hing, nur diesmal ohne die tröstliche Erinnerung an Musik und Fröhlichkeit. Mein Mund fühlt sich an wie Pappe, egal, wie viel Wasser ich trinke.

Mir ist, als wäre der Meerestraum in der letzten Nacht zurückgekehrt, obwohl ich mich nicht an die Bilder erinnere. Es ist dieses Lied, das ich immer noch nicht hören kann – aber als ich aufgewacht bin, war es da, ganz weit weg. Es hat sich verändert. Aus der Wiegenmelodie ist ein Klagelied geworden. Und das Gefühl, mit dem ich aufwache, drängender. Nein, wütender. Ich kann nicht anders, als zu denken, dass das Lied mir damit irgendetwas sagen will.

Nur was?

Der nächste Morgen weckte sie mit Geschirrgeklimper und Dielenknarren. Vor dem Schlafzimmerfenster strahlte bereits der Sommerhimmel.

Olivers Seite des Betts war leer. Die große Decke,

unter der sie nun allein lag, schien Sofia zu erdrücken. Sie zwang ihre schweren Beine aus dem Bett und schlich ins Bad. Duschte. Zog sich an und schminkte sich, jeder Handgriff wie mechanisch ihren täglichen Gewohnheiten folgend. Dann ging sie in die Küche, wo Oliver den Tisch deckte für ein gemeinsames Frühstück, ehe sie beide zur Arbeit fuhren. Wie jeden Morgen. Als hätte es den vergangenen Tag überhaupt nicht gegeben.

Sofia blieb auf der Schwelle stehen und beobachtete seine vertraute Gestalt im Morgenlicht. Die breiten Schultern und langen Beine, den Bartschatten auf seinen Wangen und den Knick im linken Ohr, der es ein wenig abstehen ließ. Wie viele Morgen hatte sie ihn so gesehen? War es nicht gut zu denken, dass sie ihn noch unzählige Morgen so sehen würde, trotz allem?

Gerade in diesem Moment drehte sich Oliver zu ihr um. »Guten Morgen.« Sein Lächeln war blass. Unter seinen Augen lagen tiefe Schatten, als hätte er die ganze Nacht wach gelegen.

»Guten Morgen.« Sofia öffnete den Kühlschrank. Es erschien ihr merkwürdig, dass ihr Kopf sich mit so banalen Dingen wie dem Haltbarkeitsdatum von Sojamilch befassen konnte, aber tatsächlich war in ihren Gedanken gerade für kaum etwas anderes Platz. Oliver strich ihr im Vorbeigehen flüchtig über den Rücken. Kaffee plätscherte in ihre Tassen und verbreitete seinen Duft in der Küche. Und für eine kostbare Sekunde war es wirklich ein ganz normaler Tag.

Langsam setzte Sofia sich an den Küchentisch. Trank einen Schluck Kaffee und verbrannte sich die Zunge. Nichts war normal.

»Ich hab mir ein paar Gedanken gemacht. Hast du dich schon in der Bibliothek abgemeldet?« Oliver rührte den Kaffee kaum an. Normalerweise trank er zwei große Tassen in weniger als einer Viertelstunde. »Am besten auch gleich für morgen. Es gibt einiges zu regeln, und es hilft bestimmt, wenn du dich damit in Ruhe auseinandersetzt.« Er aß auch nicht. Üblicherweise konnte er morgens ganze Berge von Broten verdrücken. »Ich habe das vorhin schnell mal gegoogelt. Im Internet gibt es Checklisten, was bei einem Todesfall alles zu tun ist. Die scheinen recht nützlich zu sein. Schau dir die doch schon mal an, während ich weg bin. Ich komme nach dem Kurs direkt nach Hause, dann überlegen wir zusammen, wie wir es am besten angehen. Okay?«

Sofia starrte ihn mit leerem Blick an. Sie hatte das Gefühl, dass nur die Hälfte von Olivers Worten in ihrem Kopf ankam. *Was zu tun ist?* Im Augenblick wäre ihr nichts lieber gewesen, als sich weiterhin vorzumachen, dass es den gestrigen Tag nie gegeben hätte. Sie kannte Olivers lösungsorientierte Pragmatik. Probleme anpacken, nicht beweinen. Aber Sofias Art war das nicht.

»Sofia?« Oliver griff über den Tisch hinweg nach ihrer Hand. »Hörst du mir zu?«

Nein. Ehrlich gesagt nicht.

Oliver schloss kurz die Augen. Er wirkte plötzlich müde. »Na schön. Ich bin bald zurück. Drei Stunden, mehr nicht. Halt nur noch so lange durch. Wir ...«

»Kannst du einfach mal still sein?« Etwas zu schnell stellte Sofia die Tasse zurück auf den Tisch. Kaffee schwappte über den Rand und verbrannte ihr die Finger. Der Schmerz war beinahe eine Erleichterung.

Oliver war verblüfft verstummt.

»Nur *ein Mal,* lass mich bloß ein bisschen zur Ruhe kommen und hör um alles in der Welt auf damit, mir zu sagen, was ich tun soll. Oma ist gestern *gestorben,* und ich kann ... ich kann nicht ...« Sie schnappte nach Luft. Ihre Stimme war in eine fremdartig schrille Tonlage gerutscht, die Sofia an sich selbst noch nie gehört hatte. Und Oliver ebenso wenig. Er starrte sie an, als hätte er eine Unbekannte vor sich. Auch an normalen Tagen stritten sie, das war es nicht. Er kannte sie fatalistisch, er kannte sie verzweifelt, er kannte sie wütend. Aber er kannte sie nicht hysterisch.

»Okay. Jetzt komm mal bitte ein bisschen runter«, sagte er endlich, und Sofia hörte das Bemühen um Ruhe in seiner Stimme. Wie er sich ermahnte, jetzt nicht zu streiten, sondern um jeden Preis Verständnis für sie zu haben. Es gelang ihm von Wort zu Wort weniger, und das machte sie rasend. Oliver schüttelte den Kopf. »Ich habe es dir gestern schon gesagt: Ich will dir helfen, meine Güte, und ich kümmere mich um diese Dinge, weil du es allein offenbar nicht auf die Reihe bekommst. Manche Angelegenheiten müssen nun mal geregelt werden, also lass jetzt bitte das Bocken sein und hör mir ein einziges Mal einfach zu!«

»Mein Gott, fuck it, Oliver!« Sofia stand ruckartig auf, dass der Stuhl gegen den Kühlschrank polterte, und floh zum Spülbecken. Dort hielt sie ihre brennenden Fingerspitzen unter den Wasserhahn und ließ den kalten Strahl darüberrauschen, als könne er den Schmerz tatsächlich wegspülen. »Hast du dir eigentlich zugehört? Du redest und redest und beschwerst dich, weil ich dir angeblich nach sieben Jahren immer noch nicht vertraue, aber in Wirklichkeit kannst du es einfach nicht ertragen, dass ich nicht so funktioniere, wie du es gern hättest! Kannst du dir überhaupt vorstellen, wie es ist, einen leeren Fleck im Kopf zu haben? Hast du es auch nur ein einziges Mal versucht? Du behauptest, du.willst mir helfen, aber eigentlich geht es doch immer nur um dich. Glaubst du wirklich, ich mache es dir mit Absicht schwer? Wenn es einen Menschen auf der Welt gibt, der mich verstehen möchte, dann bin ich das selbst, und es hilft mir überhaupt nicht, wenn du mich dafür verurteilst, dass ich es nicht kann.«

»Jetzt reicht es aber!« Oliver schlug mit der flachen Hand auf den Tisch. »Muss ich mir gerade wirklich anhören, dass du wie ein heulendes Kleinkind mit dem Fuß aufstampfst und *Alleine machen!* schreist? Das ist doch nicht dein Ernst, Sofia!«

Sofia starrte ihn an. Sie war wie vor den Kopf geschlagen. Wortlos wandte sie sich ab. Eine Weile war es sehr still in der Küche. Oliver schwieg. Sofia schwieg. Nur das Wasser rauschte.

»Sofia«, sagte Oliver irgendwann, »Liebling ... es tut mir leid. Du hast recht. Ich wollte ...« Ein Seufzen, leise und ratlos. »Ich wollte nicht gemein sein.«

Sofia brachte noch immer keinen Ton heraus. Sie hörte Oliver den Stuhl zurückschieben und nach dem Autoschlüssel greifen. Dann stand er hinter ihr, so dicht, dass sie seine Wärme spürte, und strich leicht über ihren Oberarm. »Wir brauchen vielleicht beide eine kleine Pause«, murmelte er. »Aber ich bin bald zurück. Ich lasse dich nicht allein. Das weißt du doch, oder?«

Langsam drehte Sofia sich um. Sah in das vertraute Gesicht, das sie in diesem Moment gleichermaßen liebte und verabscheute. »Ja«, sagte sie und spürte eine Träne ihre Wange hinabrinnen, »ich weiß. Bis später.«

Oliver lächelte traurig. »Ich liebe dich.« Er drückte ihr einen sanften Kuss auf die Stirn. Die Wohnungstür schloss sich leise hinter ihm. Und das Wasser rauschte noch immer.

Erst als sie seine Schritte im Treppenhaus nicht mehr hören konnte, drehte Sofia den Hahn endlich zu und setzte sich zurück an den Tisch. Sie fühlte sich eigentümlich leer. Der kleine Raum mit seinen altmodischen, rot lackierten Möbeln schien ihr plötzlich sehr eng. Was sollte sie jetzt tun? Hier sitzen und Listen abarbeiten, wie Oliver es vorgeschlagen hatte? Unvorstellbar. Nachdem sie noch eine Weile ratlos ins Leere gestarrt hatte, griff sie schließlich nach ihrem Handy. Diese neumodischen Dinger wussten doch heutzutage alles. Vielleicht gab es einen Bestatter in der Nähe, der ihr helfen konnte.

5.

Das Beerdigungsinstitut Nagel lag unscheinbar am Rand einer stark befahrenen Straße und sah auf den ersten Blick eher aus wie ein altmodischer Blumenladen mit seinen üppig dekorierten Schaufenstern voller Rebengestecke und Engelsfigürchen. Nur wer genau hinsah, entdeckte die Kärtchen mit Geleitsprüchen zwischen dem Schmuck.

Sofia blieb einen Moment draußen stehen, um zu Atem zu kommen. In der glühenden Hitze hatte selbst der kurze Fußmarsch von ihrer Wohnsiedlung hierher sie völlig geschafft. Rasch zupfte sie vor der spiegelnden Fensterscheibe die verschwitzten Locken wenigstens notdürftig zurecht. Dann stieg sie die wenigen Stufen hinauf zum Eingang und öffnete die Tür.

Im ersten Moment konnte sie im schwachen Licht nichts sehen, nachdem sie so viel Zeit in der grellen Sonne verbracht hatte. Die Luft roch nach Klimaanlage, Blumen und feuchter Erde.

»Guten Tag«, sagte sie halblaut in die Schatten hinein, die ihre Augen ihr vorgaukelten.

Im Hintergrund des Ladens bewegte sich etwas. Allmählich gewöhnte sich Sofia an die Lichtverhältnisse und erkannte, dass die Schritte, die sich ihr näherten, zu einer Frau gehörten. Frau Nagel, vermutlich. Sie mochte Anfang sechzig sein und trug ein helles Sommerkleid, das ein wenig zu jugendlich und leicht schien für ihr Alter und ihren Beruf. Das flachsfahle, vielleicht auch schon graue Haar war zu einem lockeren Zopf geflochten.

»Guten Tag.« Sie lächelte. Ihre Stimme klang unerwartet tief. »Wie kann ich Ihnen helfen?«

»Entschuldigen Sie. Meine Großmutter ist gestorben.«

Frau Nagel lächelte ein Lächeln, das Sofia nicht recht einordnen konnte. »Der Tod einer nahestehenden Person ist nichts, wofür man sich entschuldigen sollte. Bitte, setzen Sie sich doch. Dann reden wir in Ruhe darüber.« Frau Nagel führte Sofia zu einem niedrigen Tisch. Eine Karaffe mit eisgekühltem Wasser und ein paar Gläser standen darauf.

Aufatmend ließ Sofia sich in einen der Korbsessel sinken. Erst jetzt wurde ihr bewusst, wie erschöpft sie war.

»Sind Sie allein hergekommen?« Frau Nagel goss Wasser in zwei Gläser und musterte Sofia aufmerksam. »Eine ziemlich schwere Last für eine einzelne Frau, finden Sie nicht?«

Sofia dachte an Oliver. An ihren Streit. »Ich bin ein bisschen kompliziert, wenn es um meine Oma geht«, gestand sie.

Frau Nagel hob die Brauen. »Verzeihen Sie, wenn ich zu forsch war. Aber wissen Sie: Die Gespräche, die Ihnen in den nächsten Tagen bevorstehen, sind womöglich noch viel belastender, als Sie es sich vorstellen können. Daher würde ich Ihnen empfehlen, zu diesen Terminen eine Vertrauensperson mitzubringen, an der Sie sich im Notfall festhalten können. Außerdem werden wir über Geld reden – viel Geld, das ist leider unvermeidlich. Für solche Angelegenheiten braucht man eine gewisse Objektivität. Nur ist der Tod eines Angehörigen nun einmal niemals objektiv. Das wissen Sie sicher selbst am besten.«

Sofia spürte, wie eine seltsame Unruhe sich in ihrer Brust ausbreitete wie ein Fluchtreflex, gegen den sie nur schwer ankam. Unruhig strich sie ihren Rock glatt, zupfte an ihrem Ohrring. »Ich will nur, dass das alles möglichst schnell vorbei ist.«

Frau Nagel nickte verständnisvoll. »Aber manchmal bleibt uns nichts anderes übrig, als geduldig zu sein«, erwiderte sie sanft. »Bisweilen ist das sogar heilsam.«

Sofia dachte an das Gefühl der Ernüchterung, als sie am Vortag in den alten Weiher gestarrt hatte. War es nicht dieses Gefühl der endgültigen Entzauberung, um das sie vor allem weinte? Gab es überhaupt eine Heilung für einen Verlust wie ihren? »Ich versuche seit zwanzig Jahren, geduldig zu sein. Ich fürchte, da ist nichts mehr zu heilen.«

Frau Nagel musterte sie nachdenklich. »Ich mache

Ihnen einen Vorschlag«, sagte sie schließlich. »Wie wäre es, wenn Sie mir ganz unverbindlich ein wenig von sich und der Verstorbenen berichten? Erzählen Sie, wonach Ihnen ist und was Ihnen hilfreich erscheint. Danach müssen Sie nie wiederkommen, wenn Sie das nicht möchten, und ich werde niemals jemandem von Ihrer Geschichte erzählen. Wenn Sie aber feststellen, dass Sie sich wohlfühlen und sich und Ihre Großmutter mir anvertrauen können, machen wir einen Termin aus, an dem Sie jemanden mitbringen, der Ihnen bei diesen schwierigen Gesprächen und Entscheidungen beisteht. Einverstanden?«

Sofia beobachtete, wie das Kondenswasser in kleinen Tropfen an den Gläsern und dem Bauch der Karaffe hinabrann. Ihre Antwort verwunderte sie selbst.

»Ja ... warum nicht?«

Frau Nagel lächelte. »Wunderbar.« Sie stand auf und hängte ein kleines Schild mit der Aufschrift *Geschlossen!* ins Türfenster. Dann setzte sie sich wieder zu Sofia an den Tisch, beugte sich ein wenig vor und lächelte sie an.

»Also«, sagte sie, »wie war sie denn so, Ihre Oma?«

6.

»Die Königinmutter war eine kluge, aber stolze Frau, die liebevoll für die kleinen Meerprinzessinnen, ihre Enkelinnen, sorgte.«

Als sie noch ein Kind war, nannte Sofia ihre Oma insgeheim »die Königinmutter«. So stand es in dem zerlesenen Buch, das sie oft aus der Kinderbücherei auslieh, um das Märchen der kleinen Meerjungfrau zu lesen, wann immer sie glaubte, dass Oma Emilie es nicht mitbekam.

Bei der Königinmutter aufzuwachsen war nicht leicht. Bei aller Liebe, mit der sie sich um ihre Enkelin kümmerte, umgab Emilie stets eine strenge Traurigkeit, die jedes Lachen wirken ließ wie einen bunten Ballon, der über einer Beerdigung schwebt. Die kleine Sofia reimte sich irgendwann zusammen, dass wohl auch die Königinmutter das Meer vermisste, den Königspalast und ihre Familie. Und dass es einen wichtigen Grund geben musste, warum sie nicht gemeinsam dorthin zurückkehren konnten. Ja, dass dieser Grund ihre Oma vermutlich auch dazu bewog, ihr jeden Kontakt zu Cian und Luz zu untersagen, obwohl Sofia ihnen doch so fest versprochen hatte, sie bald zu besuchen. Ihnen den Fischschwanz zu zeigen, den sie noch immer nicht wiederbekommen hatte.

Es dauerte lang, bis Sofia aufhörte, darauf zu hoffen. Und noch länger, bis sie die Familie unten im Meer, die in ihrer Vorstellung sehr lebendig war, nicht mehr ganz so schmerzlich vermisste. Sie malte unzählige Bilder von ihnen. Auf Papier. In ihrem Kopf. Von ihrem Vater, dem Meereskönig, mit tiefblauem Fischschwanz, strenger Miene und sanften Augen, der weise und gerecht über sein Reich herrschte. Von ihrer Mutter, der Königin, mit der zarten Krone aus blassrosa Korallen, behängt mit schillernden Austernketten. Ihre Schwestern, die Prinzessinnen, hatten Haare wie wogendes Wasser, silbern und türkis und anemonenrot. Pfeilschnell schossen sie durch das Meer, schwammen um die Wette und sangen jenes Lied, das auch in Sofias Brust nie ganz verstummte. Wie klar hatte sie den Palast vor Augen gehabt, der schimmernd wie eine Perle am Grund des wilden Meeres lag. Jedes Zimmer, jeder unendlich lange Flur und jeder schlanke Turm, die lebendigen Blumen an den Wänden und die schillernden Fische, die durch die hohen Bogenfenster ein und aus schwammen, waren in ihrer Fantasie so deutlich und farbenfroh, dass sie Sofia manchmal realer schienen als ihr echtes Zuhause in dem kleinen Reihenhaus in der Prießallee. Und jedes Jahr an ihrem Geburtstag dachte sie: *Jetzt.*

Jetzt bin ich sicher endlich alt genug, jetzt kehren wir heim, und sie erzählt mir alles.

Doch die Zeit verflog und mit ihr der Glaube an Fischschwänze und Paläste am Meeresgrund.

Die Königinmutter aber behielt die Wahrheit für sich.

Bis in den Tod.

*

Als Sofia verstummte, schwieg auch die Bestatterin noch eine ganze Weile.

»Haben Sie vielen Dank für Ihr Vertrauen«, sagte Frau Nagel schließlich. »Das ist ja wirklich eine ungewöhnliche Geschichte. So etwas höre selbst ich nicht oft.«

Sofia nickte. Sie fühlte sich leer, ausgebrannt, als hätten die Erinnerungen ihr jegliche Kraft abverlangt, die ihr nach dem emotionalen Blackout der letzten vierundzwanzig Stunden noch geblieben war. Dabei fing die Geschichte an dieser Stelle doch eigentlich erst an.

Frau Nagel stand auf. »Also, liebe Frau Bensiek, was meinen Sie? Möchten Sie morgen wiederkommen?«

Sofia räusperte sich. »Ich denke schon. Ich ... ich wusste nicht, dass ...« Sie verstummte und schüttelte den Kopf, unfähig, ihre Gefühle in Worte zu fassen. »Vielen Dank.«

»Nein, ich danke Ihnen«, entgegnete Frau Nagel lächelnd. »Was halten Sie von zehn Uhr, würde Ihnen das passen?«

»Ich muss meinen Verlobten fragen. Vielleicht kann er seinen Kurs verschieben. Er ist Dozent an der Fachhochschule.«

»Melden Sie sich einfach.« Frau Nagel reichte ihr eine Visitenkarte. »Wir finden schon einen Termin.«

Sie begleitete Sofia zur Tür und reichte ihr die Hand. »Und denken Sie daran: Der Tod ist für die Hinterbliebenen eine sehr viel schwerere Reise als für den Verstorbenen. Es ist keine Schande, sich manchmal verloren zu fühlen.«

Sofia brachte ein Lächeln zustande. »Ja«, sagte sie. »Danke noch mal. Ich melde mich.«

Frau Nagel erwiderte ihr Lächeln. »Ich freue mich, von Ihnen zu hören, Frau Bensiek.«

Damit schloss sie die Eingangstür. Drinnen knackte ein Schlüssel im Türschloss.

9. Juli 1995, Rocavella, L'Alt Emporda, Spanien

Die kleine Meerjungfrau verschlief den ganzen Tag und auch den Großteil der folgenden Nacht. Nur manchmal stöhnte und wimmerte sie und wälzte sich so unruhig herum, dass die Decke vom Bett herunterrutschte. Davíd packte sie dann wieder warm ein und strich ihr über den Kopf, bis sie sich entspannte.

Die Kinder kamen mehrmals zurück und lungerten vor der Tür des Leuchtturms herum, als trauten sie sich nicht anzuklopfen. Davíd scheuchte sie jedes Mal davon.

»Sie schläft«, knurrte er die beiden an. »Kommt später wieder!«

Und das taten sie. Stunde um Stunde, den ganzen Tag über. Erst, als es dunkel wurde und ihr Vater von der Arbeit heimgekommen sein musste, blieben sie fort. Davíd aber wachte bei der Meerjungfrau und verließ sie nur ein einziges Mal, um die Lampe oben im Leuchtturm anzuschalten.

Am nächsten Morgen schließlich, die Dämmerung legte gerade einen ersten silbrigen Schleier über den Nachthimmel, schreckte er aus einem unruhigen Schlaf im Schaukelstuhl hoch, weil sich in seiner Nähe etwas regte. Davíd blinzelte und schaute zum Bett hinüber. Die Meerjungfrau hatte sich aufgesetzt und sah ihn aus wachen, klaren Augen an – schüchtern, aber ohne Angst.

Davíd räusperte sich. »Na. *Bon dia,* mein Mädchen«, brummte er, stemmte sich aus dem Schaukelstuhl hoch und verfluchte im Stillen die Schmerzen in Rücken und Schultern, die jede Bewegung zur Tortur machten. Verflixtes Rheuma. Schon vor Monaten hatte Doktor Garcia ihm geraten, sich allmählich an den Gedanken zu gewöhnen, den Leuchtturm aufzugeben. Das Lichtsignal würde ohnehin bald an das zentrale Netz von Girona angeschlossen werden, dann würde ein Leuchtturmwärter nicht mehr gebraucht. Seitdem ging Davíd nicht mehr zum Arzt, ganz gleich, wie sehr ihn die Schmerzen quälten. Der Leuchtturm war sein Lebensinhalt. Davíd brachte ihm mehr Zuneigung entgegen, als er jemals für einen Menschen empfunden hatte. Es war der einzige Ort auf der Welt, an dem er die See nicht schmerzlich vermisste, und er würde ihn niemals aus freien Stücken verlassen. Sie würden ihn schon hinaustragen müssen.

Vorsichtig setzte er sich auf die Bettkante. »Gut geschlafen?«, fragte er und versuchte, mit Gesten deutlich zu machen, was er meinte.

Das Mädchen verstand. Sie lächelte ein wenig und nickte.

Davíd brummte zufrieden. »Und willst du mir heute deinen Namen verraten?«

Das Mädchen sah ihn verständnislos an.

Davíd legte sich die Hand auf die Brust. »Davíd«, sagte er deutlich. »Und du?« Er deutete auf sie.

Die kleine Meerjungfrau musterte ihn aus ihren wasserblauen Augen. Lang und still.

Davíd seufzte und stand auf. Frühstück würde ihnen beiden guttun. Ob sie nun sprach oder nicht. Er machte sich auf den Weg in die Küche, um einen Topf Milch auf den Herd zu stellen.

»Sofia«, flüsterte das Mädchen hinter ihm.

Davíd drehte sich überrascht um. Musterte sie forschend, weil er glaubte, er habe sich ihre Antwort vielleicht nur eingebildet. »Sofia?«

Das Mädchen nickte zögernd. Ihre Wangen waren rot gefleckt.

Nun lächelte auch Davíd. »Na dann, Sofia. Magst du heiße Schokolade?«

Bei dem Wort *Schokolade* erstrahlte ihr Gesicht.

Sie frühstückten am grob gezimmerten Tisch in Davíds winziger Küche: dickflüssigen Kakao und in Butter geröstetes Weißbrot mit Tomaten. Sofia aß mit erstaunlichem Appetit. Überhaupt machte sie einen deutlich lebendigeren Eindruck als am Tag zuvor, hörte aufmerksam zu und versuchte offenbar zu verstehen, was Davíd zu ihr sagte.

Sie selbst allerdings hatte nach der Nennung ihres Namens wieder aufgehört zu sprechen. Keine Silbe war ihr zu entlocken, ganz gleich, welche Frage Davíd stellte.

Davíd störte ihr Schweigen an sich nicht. Er sprach schließlich auch nicht mehr als nötig. Was ihm an der Angelegenheit Sorge bereitete, war der Blick in Sofias Augen, der ihm verriet, dass sie nicht immer so wortkarg gewesen war. Und dass der Grund für ihre Schweigsamkeit vermutlich dort verborgen lag, wo sich auch die Antwort auf die Frage befand, wie sie eigentlich an den Strand von Rocavella gekommen war: An einer Stelle knapp unter der Oberfläche von Sofias gerade erst wieder zum Leben erwachenden Wesen, eine Stelle, nach der der alte Leuchtturmwärter nicht zu stochern wagte, aus Angst, das Mädchen damit unheilbar zu verletzen. Daher ließ er sie in Ruhe und nahm sie stattdessen nach dem Frühstück mit auf die Spitze des Leuchtturms, in die Lampenkammer. Die Linsen mussten gereinigt werden, und das taten sie nicht von selbst. Ob nun eine Meerjungfrau im Leuchtturm war oder nicht.

Als Sofia die Lampenkammer betrat, blieb sie stocksteif stehen. Mit offenem Mund starrte sie auf das Meer, das sich unter ihr ausbreitete. Von hier oben konnte man es in seiner ganzen Weite sehen, ein breites, grau-blaues Band, auf dem die ersten Strahlen der Morgensonne funkelten. Der Küstenwind fegte über die Wasseroberfläche und tanzte mit den Wellen, trieb Schaumkronen und glitzernde Wassertropfen vor sich her bis an den Strand, der im Schatten der zerklüfteten Felsen geduldig das Meer erwartete.

Davíd stellte den Eimer mit dem Putzwasser ab und schmunzelte über Sofias überwältigten Gesichtsausdruck. Er selbst liebte die Aussicht von hier oben wie nichts anderes, aber in all den Jahren, in denen er jeden Morgen von hier aus das Meer begrüßte, hatte sie zwar nicht an Schönheit, wohl aber den Überraschungseffekt verloren. »Na komm«, brummte er und öffnete die Tür zur Fensterputzergalerie. »Von draußen kannst du's noch besser sehen.«

Mit zittrigen Schrittchen trat Sofia auf den schmalen Steg, der um den Leuchtturm herumführte, und legte die Hände um das verwitterte Geländer. Ein Windstoß griff nach ihren Haaren und rieb die blassen Wangen rot.

Davíd stellte sich neben sie, die Arme auf das Geländer gelegt, und lächelte in seinen Bart hinein. »Schön, was?«

Doch Sofia, wie nicht anders zu erwarten, gab keine Antwort, sondern starrte nur schweigend und mit brennenden Augen auf die tiefblaue Linie des Horizonts in der Ferne, auf die unzähligen Schattierungen von Türkis, Azur und Nachtblau, mit Sprenkeln von rotem Gold, wo die Morgensonne auf den Wellen funkelte. Weit draußen, jenseits der wilden Wirbel nahe den Klippen, sammelten sich die Möwen in den Schatten der Wolken auf den Wellen. Ihr leuchtend weißes

Gefieder war aus der Ferne kaum von den Schaumkronen zu unterscheiden. Und als David sich kurz darauf zu Sofia umwandte, um ihr zu sagen, dass es nun aber wirklich Zeit war, mit der Arbeit zu beginnen – da sah er, dass das Meermädchen weinte.

7.

Olivers blauer Volvo stand auf dem Parkplatz, als Sofia von ihrem Besuch im Bestattungsunternehmen zurückkehrte. Sie warf einen Blick auf die Uhr. Er musste sich sehr beeilt haben. Alle Studenten abgewimmelt, keinen Kaffee getrunken, keine Kollegengespräche geführt. Sofia lächelte unwillkürlich. Oliver hielt immer sein Wort.

Er saß am Küchentisch, als sie die Wohnung betrat, vor sich den Laptop und daneben einen aufgeschlagenen Notizblock und sein Telefon. Er hatte seine Lesebrille aufgesetzt, und seine Haare wirkten ein wenig zerwühlt, als würde er schon länger dort sitzen und grübeln.

Sofia blieb auf der Schwelle zur Küche stehen. »Hi.«

Oliver drehte sich um. »Da bist du ja.« Er lächelte ein wenig schief. »Magst du dich zu mir setzen?« Er wies auf den Tisch. Zwei Gläser mit eisgekühltem Zitronenwasser standen darauf. Zwei, als hätte er gewusst, dass sie bald nach Hause kommen würde. »Ich habe gerade mit dem Arzt gesprochen, der den Totenschein ausgestellt hat. Wir können die Papiere nachher in der Stadtklinik abholen. Außerdem habe ich Frau Kriemel angerufen und ihr gesagt, dass wir uns um den Nachlass kümmern. Dann müssen wir bald zu einem Bestatter und einem Notar …« Er unterbrach sich, als wäre ihm gerade erst klar geworden, dass Sofia immer noch wortlos auf der Schwelle stand. »Ich überrenne dich schon wieder. Tut mir leid.«

Statt einer Antwort trat Sofia auf ihn zu und ließ sich endlich von ihm in die Arme schließen. »Mir tut es leid«, flüsterte sie. »Ich war furchtbar zu dir.«

Oliver hielt sie fest. »Ist schon gut«, murmelte er nur. »Ist schon gut.« Er gab ihr einen Kuss. »Wo warst du denn?«

Sofia zog ihren Stuhl nah zu seinem heran. »Ich habe ein Bestattungsunternehmen gesucht.« Sie erzählte von ihrem Gespräch mit Frau Nagel.

»Es ist schon eigenartig«, schloss sie. »Ich war noch nie so nahe daran, Oma zu verstehen. Es wäre so viel leichter, die Vergangenheit einfach ruhen zu lassen. Ändern kann ich sie ja sowieso nicht mehr.«

Oliver sah sie nachdenklich an. Dann nahm er ihre Hand. »Aber so bist du nicht.«

»Nein. Und es ist gut, dass ich das jetzt weiß.« Sie lehnte den Kopf an seine Schulter. »Gehst du noch mal mit mir hin? Morgen?«

Oliver gab ihr einen Kuss auf den Kopf. »Natürlich. Wann du willst. Ich habe mir freigenommen.«

Sofia nickte. »Danke«, sagte sie leise und hatte es schon lang nicht mehr so ehrlich gemeint. »Vielen Dank.«

8.

Heute Nacht habe ich wieder vom Meer geträumt. Den anderen Traum.

Ich träume ihn nicht oft. Meistens stehe ich einfach nur da und starre aufs Wasser. Aber dieser Traum ist anders.

Ich bin im Meer, mitten darin, und um mich herum ist Wasser, so weit das Auge reicht, und über mir der blanke Himmel. Ein endloser Ozean, in dem ich leicht wie eine Schaumkrone dahintreibe. Ich bin nicht allein. Eine Frau hält mich im Arm. Meine Mutter. Gemeinsam wiegen wir uns in den Wellen, lauschen dem Wind, der säuselnd über die Wasseroberfläche streift. Doch ich kann nicht bleiben, und sie kann nicht mit mir kommen. Lächelnd und bleich versinkt ihr Gesicht in den dunklen Tiefen. Für einen Moment sehe ich weit unter mir die Turmspitzen eines perlmuttschimmernden Schlosses. Dann verschluckt das schwarze Wasser auch dieses Bild.

Das Meer umarmt mich, der Wind treibt mich fort in eine ungewisse Zukunft. Sie singen für mich, halten mich, wie meine Mutter es tat.

Dann wache ich auf, und das Lied ist verschwunden. Sosehr ich auch suche, ich finde es nicht. Was bleibt, ist eine unbestimmte Erinnerung an grenzenlose Freiheit.

Sonst nichts.

Das Bestattungsinstitut Nagel wirkte sehr viel kleiner, wenn sich drei Menschen darin befanden.

»Eine Seebestattung«, sagte Sofia und trank einen Schluck Wasser, weil die Nervosität ihr den Mund austrocknete. »Das hätte sie so gewollt.«

Oliver drückte ihr leicht die Hand.

Frau Nagel nickte und notierte etwas in das abgegriffene Büchlein mit dem Ledereinband. Draußen peitschte ein Sommergewitter heftigen Regen gegen die Scheiben und tauchte die Engelsfiguren in den Regalen in grau-grünes Licht.

»Die Königinmutter soll ins Meer zurückkehren?«, murmelte die Bestatterin wie zu sich selbst.

Sofias Kehle wurde eng, und sie spürte, wie Oliver ihr einen überraschten Blick zuwarf. Die Königinmutter – auch davon hatte sie ihm nie erzählt. »Genau.«

Frau Nagel hob den Kopf und musterte sie prüfend. Obwohl sie lächelte, waren ihre Augen ernst. »Wissen Sie denn inzwischen, welches Meer es sein soll?«

Sofia sah zu Oliver. Suchte in seinem Blick nach einer Antwort und fand keine. Also schüttelte sie nur den Kopf. »Nein«, gab sie leise zu, »ich habe keine Ahnung.«

Frau Nagel klappte das Büchlein zu. »Wenn Sie wollen«, schlug sie vor, »können wir zunächst nur die Einäscherung in aller Stille vornehmen und die Seebestattung später organisieren, sobald Sie ... nun. Sobald Sie so weit sind.« Sie lächelte aufmunternd.

»Denken Sie daran, ich möchte Sie zu nichts drängen. Aber vielleicht bringt der Nachlass noch etwas ans Tageslicht. Und wenn nicht – dann haben wir immer noch Gelegenheit, uns um das weitere Vorgehen Gedanken zu machen. Was meinen Sie? Könnte das ein Weg für Sie sein?«

Ein Weg? Ja, vielleicht. Nur wohin? Das weiß ich immer noch nicht.

Oliver legte seine Hand über ihre ineinander verschränkten Finger. »Wir werden darüber nachdenken«, antwortete er an Sofias Stelle. »Haben Sie vielen Dank für die Beratung.«

Frau Nagel lächelte. »Lassen Sie sich Zeit, so viel Sie brauchen. Sie vor allem, Frau Bensiek.« Sie musterte Sofia mit ihren klaren Augen. »Wenn Sie also einverstanden sind, überführe ich Ihre Großmutter noch heute Nachmittag hierher. Vertrauen Sie mir. Sie ist hier in guten Händen.«

Als Sofia nickte, öffnete sie eine Mappe und zog einen Bogen Papier heraus. »Das ist eine Liste der Dokumente, die Sie für die Formalitäten benötigen werden. Dort stehen auch alle weiteren Informationen, Fristen und Zahlen. Bitte erschrecken Sie nicht, und überdenken Sie alles ganz in Ruhe. Vergessen Sie nicht, es gibt keine falschen Entscheidungen.« Sie lächelte. »Im Grunde wissen Sie ja auch längst, was Sie wollen, nicht wahr?«

Sofia schloss die Augen und horchte auf den Regen

am Fenster und in sich hinein. Wusste sie das wirklich?

Ja, dachte sie. Der Gedanke war groß und in gewisser Weise auch ein wenig Furcht einflößend. Aber eines wusste sie genau: Wenn sie diese letzte Chance nicht wahrnahm, würde jener Fleck in ihrem Herzen endgültig für immer leer bleiben.

Und das könnte sie sich niemals verzeihen.

9.

Ein paar Tage später stand Sofia vor dem kleinen Reihenhaus in der Prießallee und sah die blaugrau verputzte Fassade hinauf. Noch einmal warf sie einen Blick zurück zu Oliver. Er hatte ihr geholfen, einen gewaltigen Stapel Umzugskartons bis zur Tür zu tragen, ihr einen Kuss gegeben und sich wieder ins Auto gesetzt. Wie sie es besprochen, wie Sofia es sich gewünscht hatte. Trotzdem wartete er noch, hoffte vielleicht, dass sie ihn doch noch rief, um ihr beizustehen. Aber obwohl Sofia sich fühlte, als müsse sie sich jeden Moment auf die Waschbetonplatten der Einfahrt übergeben, hob sie nur die Hand und winkte.

Sie musste das hier allein tun, das hatte sie von Anfang an gewusst. Oliver war davon nicht begeistert gewesen, natürlich nicht, und Sofia hatte schon befürchtet, dass ihr Wunsch die brüchige Harmonie, zu der sie zurückgefunden hatten, zu sehr belasten würde. Aber er hatte es ohne weitere Diskussion und Tadel hingenommen, und sie hoffte still, dass er am Ende wirklich verstanden hatte, welche Art von Hilfe sie von ihm brauchte.

Es ist nur ein leeres Haus, versuchte sie, sich selbst

zu beschwichtigen, als sie den Schlüssel ins Schloss steckte. *Frau Nagel hat Oma vorgestern schon abgeholt.*

Die Tür schabte leise in ihren Angeln. Im Haus war es dämmrig und still. Die Luft schmeckte schal nach fast drei Tagen ohne einen Windhauch von draußen. Behutsam schob Sofia die Tür hinter sich ins Schloss.

Im Wohnzimmer waren die Rollläden zu zwei Dritteln heruntergelassen. Davon abgesehen war alles unverändert, unberührt, als könnte ihre Großmutter jeden Moment aus dem Garten hereinkommen, sich die Hände an der geblümten Kittelschürze abwischen und sie zur Begrüßung auf ihre schroffe, aber herzliche Art an sich drücken. Sogar der Kaffee, den sie sich noch kurz vor ihrem Tod aufgebrüht hatte, stand unangetastet auf dem Tischchen beim Lesesessel. Ein fester Rand aus Kaffee und Sahne hatte sich am weißen Porzellan abgesetzt, wo die Hitze die Flüssigkeit schon hatte verdunsten lassen. Säure stieg Sofia die Kehle hinauf. Sie presste sich die Hand auf den Mund und musste sich sekundenlang an der Lehne des Sofas festhalten.

Bleib ruhig. Du schaffst das.

Der Schrank. Fang mit dem Stubenschrank an.

Sofia wusste, dass die Schranktür grässlich quietschte. Oma Emilie hatte sie nie geölt, damit ihre Enkelin nicht unbemerkt die Bonbongläser plündern konnte, die sie im obersten Fach verwahrte. Trotzdem ging ihr das Geräusch durch Mark und Bein, und ihr Herz brauchte danach etliche Schläge, bis es sich wieder beruhigt hatte. Der Schrank war tabu. Selbst nach dem Tod ihrer Großmutter noch.

Doch das Haus blieb still, auch nachdem das Kreischen der Schranktür nicht mehr hinter Sofias Stirn nachhallte. Ihre Großmutter war nicht hier. Sie war allein.

Sofia griff nach dem Knauf des untersten Schubfachs. Dort drin hatte die sonst so enthaltsame Oma Emilie immer einen Flachmann mit Korn aufbewahrt – für Notfälle. Und den hatte Sofia jetzt dringend nötig.

Gegen Mittag hatte sie bereits einen Großteil der Einrichtung durchforstet und gönnte sich, gegen den alten Küchenherd gelehnt, eine kurze Verschnaufpause. Nur langsam erholte sie sich von dem Ekel, nachdem sie den schon seit Tagen fälligen Biomüll aus dem Hauseimer in die Tonne vor der Tür gebracht hatte.

Sofia zerrte sich die Gummihandschuhe von den Fingern und wischte sich erschöpft über die Augen. Die Küche war ein Schlachtfeld, und in Wohnzimmer und Flur sah es nicht besser aus. Sie hatte sämtliche Schränke und Kommoden aufgerissen und ausgeweidet, Gläser und Geschirr in Zeitungspapier gewickelt und neben Töpfe und Küchengeräte in Kisten gepackt. Auf dem Tisch lag ein Haufen farbiger Klebepunkte, mit denen sie die einzelnen Stücke für den Räumungstrupp kennzeichnete, der für den nächsten Tag bestellt war: Grün für persönliche Erinnerungsstücke, Weiß für Wertsachen, die in der kommenden Woche bei einer Haushaltsauflösung verkauft werden sollten, und Rot für Müll. Die Punkte waren Olivers Idee gewesen, aber bisher hatte Sofia fast nur die roten gebraucht, sodass sie inzwischen am Sinn des Systems zu zweifeln begann. Es gab in diesem Haus nichts von besonderem Wert. Erinnerungen, natürlich, haufenweise, aber keine, die sie in Form eines IKEA-Tellers oder einer Vase hätte mitnehmen wollen.

Sofia griff nach dem Flachmann und nahm einen großen Schluck, der ihr Tränen in die Augen trieb. Dann zerrte sie entschlossen den Knoten des Putztuchs fest, das sie sich um die Haare gebunden hatte, und zog die Gummihandschuhe wieder über. Keine Zeit für lange Pausen. Frau Kriemel, die allzeit pragmatische Vermieterin, hatte schon kurz nach Emilies Ableben den Strom im Haus abgemeldet. Und selbst diese endlosen Sommertage gingen irgendwann zu Ende.

Es dämmerte bereits, als sie sich endlich sicher war, dass es im Erdgeschoss außer Bonbons, Schnaps und einigen uralten, zwischen Buchseiten verborgenen Geldscheinen nichts gab, das ihre Großmutter vor ihr versteckt gehalten hatte. Ein wenig war ihr inzwischen danach, einfach überall rote Punkte aufzukleben und zu gehen.

Aber als sie vor der Treppe stand, die hinaufführte zu Oma Emilies Schlafzimmer und ihrem alten Jugendzimmer, da wusste Sofia, dass sie es nicht konnte. Ob sie dort oben nun etwas Besonderes fand oder nicht – einen allerletzten Blick musste sie als Erinnerung mitnehmen. Von heute an würde sie diese Räume nie wieder sehen.

Ihre Beine waren schwer wie Blei, als sie – vorbei an getrockneten Blumensträußen und selbst gemalten Bildern aus ihren Kindertagen – die Stufen hinaufstieg. Neun Stunden lang hatte sie Schränke ausgeräumt, Dokumente sortiert, alte Fotos angestarrt und weiße und rote Punkte an Möbel und Elektrogeräte geklebt. Neun Stunden ohne Pause. Nur ein Mal, als kleine schwarze Flecken vor ihren Augen zu tanzen begannen, hatte sie auf dem zerschlissenen Plüschsofa hastig ein Brötchen in sich hineingeschlungen und es mit einigen Schlucken Wasser hinuntergespült. Je länger sie arbeitete, desto leerer wurde ihr Kopf und desto gleichgültiger traf sie ihre Entscheidungen. Müll oder Wert. Geld oder Krempel. Was machte das noch für einen Unterschied? Hinterher war sowieso alles weg. Und als sie schließlich auf der Schwelle ihres alten Zimmers stand und der Geruch von frischen Laken und Oma Emilies Rosenparfüm ihr in die Nase stieg, hätte sie sich am liebsten auf ihr altes Bett gelegt und einfach nur geschlafen.

Sofia schluckte mühsam und wischte sich über die brennenden Lider. *Nur noch ein Zimmer. Nur noch eins.* Was auch immer dort war oder nicht war, danach würde sie endgültig Abschied nehmen von diesem Haus. Und morgen von Oma Emilie selbst. Morgen war der Tag der Einäscherung. Dann war es vorbei. Also überredete Sofia ihre müden Füße, sie ein letztes Mal hinüber ins Schlafzimmer ihrer Großmutter zu tragen.

Die Abendsonne fiel durch das Fenster auf das schmale Bett. Sofia blieb im Türrahmen stehen und war sich im ersten Moment nicht sicher, ob sie das Zimmer wirklich in der Gegenwart vor sich sah oder ob ihr überreizter Verstand ihr einen Streich spielte und ein Bild aus ihrer Kindheit darüberlegte. Seit ihrem Auszug war sie nicht mehr in diesem Raum gewesen, und trotzdem war es, als sei sie seit dem letzten Mal nur für fünf Minuten nach unten gegangen. Jeder Fingerbreit des penibel gesaugten Teppichs, jede akkurat gelegte Falte der Bettwäsche und der Vorhänge war ein Abbild von Oma Emilies Überzeugung, was die Unantastbarkeit der Vergangenheit betraf. Und wie Sofia so auf der Schwelle zu diesem Raum stand, wo jedes Detail an das unbeugsame Schweigen der Königinmutter erinnerte, wuchs in ihr der Wunsch zu schreien. Oder zu lachen, sie war sich nicht sicher.

Reiß dich zusammen. Du hast es fast geschafft.

Von allen Räumen im Haus, die sie an diesem Tag schon im Chaos hatte versinken lassen, hatte sich keiner so persönlich angefühlt. Es bereitete ihr einen geradezu makaberen Spaß, die fein säuberlich gefalteten

Kleidungsstücke Stapel für Stapel aus dem Schrank auf den Boden zu werfen, bis sie große wilde Haufen auf dem Teppich bildeten, nur um hier, in diesem Zimmer, endlich die Vergangenheit auseinanderzunehmen, die Oma Emilie so entschlossen von ihrem Leben getrennt und in Schweigen gehüllt hatte.

Und das war der Moment, in dem sie die Kiste fand.

Sie stand ganz hinten im Schrank, in der Schublade mit Oma Emilies Unterwäsche, unter einem Berg hautfarbener Bauch-weg-Unterhosen und Büstenhaltern. Eine simple Blechkiste, abgewetzt, verbeult. Und abgeschlossen.

Sofia hielt die Kiste mit beiden Händen vor sich und starrte sie an. Sie war nicht besonders schwer, und als Sofia sie schüttelte, hörte sie Rascheln und dumpfes Klappern. Papier? Fotos? Was, um alles in der Welt, mochte das sein? Was war so geheim, dass ihre Großmutter es in eine Kiste einschließen und zusätzlich noch unter ihrer Unterwäsche verstecken musste? Und was noch viel wichtiger war: Wo war der Schlüssel?

Sofia warf die Kiste aufs Bett, zog die Schubladen aus Oma Emilies Nachtschränkchen und kippte den Inhalt auf die Tagesdecke.

Eine Bürste, ein Pillendöschen, Taschentücher. Augentropfen und ein Brillenputztuch. Kein Schlüssel.

Enttäuscht fegte sie die Sachen vom Bett und ließ sich auf die Kante sinken, um nachzudenken. In all den Stunden, die sie nun schon im Haus herumräumte, hatte sie ganz sicher keinen Schlüssel gesehen, der zu dem Schloss hätte passen können, und ihr wurde ziemlich schnell klar, dass ihr wohl keine klügere Idee kommen würde, als stumpfe Gewalt anzuwenden. Sie klemmte sich die Kiste unter den Arm und lief zurück nach unten, um nach dem Küchenbeil zu suchen. Oma Emilie hatte es benutzt, um Gießlöcher in ihre Büchsenmilchdosen zu hacken. Dann musste damit auch die Kiste zu öffnen sein.

Sofia versuchte erst gar nicht, geschickt vorzugehen. Es dauerte eine Weile, aber nach einigen Schlägen gab das altersschwache Schloss mit einem hässlichen Knacken nach, gerade als das letzte dunkelviolette Licht draußen zur Nacht wurde.

Die Kiste war voller Briefe.

Sie stapelten sich bis dicht unter den Rand, Umschläge verschiedenster Größe und Farbe, manche dick, manche dünn. Einige waren zerknickt, andere sahen aus wie neu. Nur eine Gemeinsamkeit gab es: Sie waren alle mit derselben Handschrift beschrieben.

Sofia nahm den obersten Umschlag in die Hand und hielt ihn dicht vor ihre Augen. Die Handschrift war so unleserlich, dass sie den Namen ihrer Großmutter kaum erkannte. Eins aber konnte sie gerade noch sehen: Die Briefmarke war keine deutsche. Sondern eine spanische. Und mit einem Mal konnte sie auch den Ortsnamen im Absender entziffern:

Rocavella.

9. Juli 1995, Rocavella, L'Alt Emporda, Spanien

Unter der Kuppel des Leuchtturms stauten sich Licht und Hitze und verwandelten den Lampenraum schon früh am Tag in eine Brutkammer. Die große Laterne, die die Sonne in ihren ausladenden Fresnel-Linsen fing, füllte die enge Kammer fast vollständig aus. Innerhalb von Minuten wurde die Luft hier oben knapp, obwohl die Tür zur Fensterputzergalerie weit geöffnet war, und das Wasser in dem Putzeimer, der vor den Linsen stand, war schon zu einem guten Teil verdunstet. Der Hitze trotzend, schoben sich David und Sofia Schritt um Schritt den schmalen Holzsteg entlang, der um die Lampe herumführte, und reinigten die Linsen mit weichen Tüchern, bis sie glänzten.

Die Arbeit schien Sofia zumindest ein wenig von ihrem Kummer abzulenken. David hatte ihr gezeigt, wie sie die Fresnel-Linsen reinigen sollte: langsam und gründlich, Ring für Ring, damit kein Schmutzfilm darauf haften blieb, der das Licht hätte trüben können. Weil sie zu klein war, um an den oberen Teil der Linsen heranzukommen, putzte sie nur unten, während David sich um die obere Hälfte kümmerte. So arbeiteten sie schweigend eine gute Stunde lang, bis die Lampe glänzte wie neu. Als sie mit der letzten Linse fertig waren, waren

Sofias Tränen versiegt, und als sie erneut durch das Fenster auf das Meer hinuntersah, lächelte sie sogar.

Davíd folgte ihrem Blick und lächelte ebenfalls – allerdings nur, bis er die drei Gestalten entdeckte, von hier oben nicht viel größer als Zinnsoldaten, die sich dem Leuchtturm näherten. Davíd fluchte und warf den schmutzigen Lappen zurück in den Eimer. Diese Kinder! Sie hatten ihre Plappermäuler also doch nicht halten können, anders konnte er sich die Anwesenheit von Elena Genovés nicht erklären.

Sofia war neben ihn ans Geländer der Fensterputzergalerie getreten und sah neugierig hinunter. Dann blickte sie Davíd fragend an, als könne sie nicht recht verstehen, was ihn so verärgerte.

Davíd schnaufte ungehalten. »Komm mit.« Er griff nach dem Eimer und stieg die enge Wendeltreppe hinab zurück ins Wärterhaus, so schnell es seine schmerzenden Knie erlaubten. Er hoffte, bei der Tür zu sein, ehe das Krachen des Türklopfers die Ruhe zerschmetterte.

Natürlich vergebens.

Er hatte kaum einen Fuß in die Stube gesetzt, als der eiserne Knauf schon gegen die Tür donnerte. Mit einem leisen Schrei fuhr Sofia zusammen.

»Ho, ho ... ganz ruhig!«, brummte Davíd. »Das war nur die Tür.«

Das Mädchen nickte, ihr Atem noch immer ein bisschen zittrig – als ein zweites dröhnendes Klopfen sie erneut zusammenfahren ließ.

»Jetzt ist es aber wirklich genug!«, polterte Davíd. Er warf Sofia einen mahnenden Blick zu und deutete auf den Schaukelstuhl. »Bleib du hier!« Dann stapfte er zur Tür und riss sie mit einer schroffen Bewegung auf.

»*Per amor de Déu,* Elena! Was ist hier los?«

Draußen standen Cian und Luz wie zwei begossene Pudel links und rechts neben ihrer Mutter und starrten betreten zu Boden, während Elena Genovés sich, die Hände in die Hüften gestemmt, zu ihrer vollen Größe von einem Meter zweiundsechzig aufbaute und Davíd gleichermaßen unerschrocken wie herausfordernd anfunkelte.

»Was los ist?« Ihre dunklen Augen blitzten. »Ich möchte gern wissen, Davíd, was du meinen Kindern für Flausen in den Kopf gesetzt hast!«

Davíd furchte ungehalten die Stirn. »Nun aber mal langsam, *Senyora.* Ich habe niemandem ...«

Aber Elena ließ ihn kaum zu Wort kommen. »Tu nicht so unschuldig! Hier!« Anklagend deutete sie auf Luz und Cian. »Sieh sie dir an, sie sind völlig durch den Wind! Erst sind sie einen ganzen Tag nicht auffindbar, und dann versuchen sie, sich aus dem Hausarrest davonzuschleichen und erzählen irgendeinen Unsinn über Meerjungfrauen!«

»Aber *mamà* ...«, versuchte Cian, sich einzumischen, doch Elena schnitt ihm mit einer ungeduldigen Handbewegung das Wort ab. Einmal in Fahrt, war sie nur schwer zu bremsen.

»In deinem Leuchtturm, Davíd!«, schimpfte sie weiter. »In *deinem* Leuchtturm! Und nun sag mir nicht noch einmal, du hättest nichts damit zu tun! Du kannst dein Seemannsgarn erzählen, wem du willst, aber verschone um Himmels willen meine Kinder damit! Ich habe weiß Gott auch so genug Scherereien mit ihnen!«

Es fehlte nicht viel, und Davíd hätte ihr einfach die Tür vor der Nase zugeschlagen. Das war doch nicht zu fassen! Was erlaubte sich diese Frau, einfach hierherzuspazieren und ihm in seinem Haus ungerechtfertigte Vorhaltungen zu machen? Es brachte Davíd so in Rage, dass er nicht einmal Worte dafür fand.

Doch in diesem Moment begann Luz, herzzerreißend zu weinen. »Bitte!«, schluchzte sie, »bitte, wir wollten doch nur unsere Meerjungfrau sehen!«

Elena drehte sich zu ihrer Tochter um, und ihr Zorn verrauchte ganz offensichtlich beim Anblick des unglücklichen Mädchens. Sie seufzte, schwer und leidgeprüft, und warf Davíd einen Blick zu, der deutlich sagte: *Da, siehst du, was ich meine?* Dann ging sie in die Hocke und strich Luz tröstend über die Wange.

»Luz, *carinyo,* ich habe dir doch nun so oft gesagt, es gibt keine ...«

Sie kam nicht dazu, den Satz zu Ende zu bringen. Denn nun ertönten zaghafte Schrittchen von nackten Füßen auf altem Holz. Und kurz darauf schob sich ein blond gelocktes Köpfchen hinter Davíds breitem Rücken hervor. Die großen blauen Augen musterten die Szene verständnislos und ein wenig eingeschüchtert.

Elena erstarrte mitten im Satz. »*Déu meu* …« Ungläubig blickte sie von Sofia zu David und wieder zurück. Etliche Sekunden schien es ihr die Sprache zu verschlagen.

»Wo … wo kommt das Mädchen her?«, fragte sie endlich verwirrt, unschlüssig, was für eine Reaktion in diesem Augenblick wohl angebracht sein mochte.

David warf Sofia einen strengen Blick zu, unter dem sie ganz klein wurde – er hatte ihr ja gesagt, sie sollte drinbleiben in der Stube, und wenn sie auch kein Katalanisch sprach, hatte er doch gesehen, dass sie verstand, was er meinte. Luz' und Cians Stimmen mussten sie angelockt haben. David schüttelte mit einem missbilligenden Brummen den Kopf, legte aber dennoch seine Hand schützend auf Sofias Schulter.

»Die Kinder haben sie gestern Morgen am Strand gefunden«, antwortete er, so ruhig er konnte. »Sie war halb erfroren und ertrunken, also haben wir sie hergebracht.«

»Sie ist eine Meerjungfrau!«, meldete sich Cian erneut mit schüchtern piepsendem Stimmchen zu Wort – und dieses Mal widersprach seine Mutter ihm nicht.

»Déu meu«, wiederholte sie, »das ist einfach unglaublich … Was tun wir denn jetzt nur?« Ein Zucken ging über ihr Gesicht, als ihr etwas einfiel. »Du willst sie doch nicht etwa bei dir behalten, David!«

Noch ehe Davíd antworten konnte, schüttelte sie bereits energisch den Kopf. »Das geht auf gar keinen Fall! Das Kind braucht jemanden, der sich anständig kümmert! Wir müssen herausfinden, wo sie herkommt, und Doktor Garcia soll sie untersuchen.«

Davíd stöhnte verhalten. Diese Frau raubte ihm noch den letzten Nerv. »Warum sorgst du nicht dafür, dass der Dorfrat einberufen wird?«, knurrte er. »Dann können wir entscheiden, was mit ihr geschieht – und so lange bleibt die Kleine selbstverständlich hier«, fügte er rasch hinzu, ehe Elena auf dumme Gedanken kommen konnte.

Elena zögerte einen Moment und schien widersprechen zu wollen. Dann aber straffte sie sich und nickte. »Das ist eine gute Idee. Sehr gut. Ich kümmere mich gleich darum.« Sie griff nach ihren Kindern, packte je rechts und links eines mit unerbittlichem Griff am Ellbogen. »Los, ihr zwei, wir gehen.«

»Aber *mamà*!«, protestierte Luz wieder, das kleine Gesicht noch immer tränenverschmiert.

»Wir wollten ...«, fiel Cian ein. Aber sie wussten beide, dass betteln jetzt nichts helfen würde.

»Ihr habt immer noch Hausarrest«, erinnerte Elena sie mit stoischer Miene. »Ich gebe dir Bescheid, Davíd, wenn der Dorfrat zusammenkommt.«

Damit zerrte sie die Kinder hinter sich her, den schmalen Pfad den Leuchtturmfelsen hinab zum Strand.

»Bis bald, liebe Meerjungfrau!«, rief Cian noch über die Schulter, und auch Luz verdrehte und verrenkte sich, um dem Meermädchen noch einmal zuwinken zu können. »Wir kommen zurück, versprochen!«

Dann waren sie hinter einem Felsen verschwunden.

David atmete tief durch. Er hatte es ja gewusst, dass es um seine Ruhe geschehen war. Und es würde noch viel, viel schlimmer kommen.

Er sah hinunter auf Sofia, die sich erst jetzt vorsichtig hinter seinem Rücken hervorwagte. Der Blick, mit dem sie seinem begegnete, war verwirrt, verschüchtert und zugleich neugierig. Aber sie sagte nichts, und Davíd begriff, dass es keinen Sinn hatte, mit ihr zu schimpfen, weil sie trotz seiner Anweisungen an die Tür gekommen war. Sie würde es ja doch nicht verstehen. Und ändern würde es auch nichts.

Der alte Leuchtturmwärter seufzte schwer und schüttelte den Kopf. »Nur Ärger hat man mit dir«, brummte er und schob das Mädchen wieder zurück ins Wärterhaus. »Nur Ärger.«

Hinter ihnen blies der Seewind die Haustür ins Schloss.

10.

In all der Zeit, die Sofia damit verbracht hatte, über den Ursprung ihrer Meeresträume nachzugrübeln und in ihren eigenen zerstreuten Erinnerungen nach Antworten zu forschen, hatte sie niemals auch nur den kleinsten Hinweis darauf entdeckt, was es mit dem verzauberten Dorf auf sich hatte, in dem ihr Leben eine so dramatische Wende nahm. Ganz gleich, wie viel Erde sie in ihrem inneren Garten auch umgrub, es gab einfach keine Spuren, die zu dem Geheimnis führten, das ihre Großmutter so hartnäckig vor ihr hütete. Nichts, das ihr half, Märchen von Fantasie von Wahrheit zu trennen.

Jetzt allerdings, wo sie den Brief mit der spanischen Marke in den Händen hielt und auf den Namen des Ortes starrte, an dem er geschrieben worden war, wusste sie sofort, was *Rocavella* für sie bedeuten musste. Und dass diese Kiste voller Briefe womöglich der schriftliche Beweis eines Verrates war, den ihre Großmutter zwanzig Jahre lang an ihr begangen hatte.

Ich brauche Licht.

Hastig lief sie die Treppe wieder hinauf in ihr altes Zimmer und zum Bücherregal, wo sie mit fliegenden

Fingern das oberste Bord abtastete. Die Taschenlampe, mit der sie früher heimlich im Bett gelesen hatte, war noch da. Sofias Atem ging schwer, als hätte sie nicht eine Kiste mit Briefen, sondern einen Sack Ziegelsteine die Treppe hinaufgeschleppt. Die Beine überkreuzt, setzte sie sich auf das Bett und faltete das erste Blatt auseinander. Ihre Finger zitterten dabei so sehr, dass sie kaum die Taschenlampe ruhig genug halten konnte, um den Brief zu entziffern. Es waren nur wenige Zeilen in gebrochenem Deutsch.

Liebe Frau Bensiek,

vielen Dank für Ihre Brief. Ich freue mir sehr zu hören, dass Sofia ist gut. Wir sind alle gesund, nur Jordi, wie immer, jeden Tag schlechter. Letzte Woche, ich habe eine alte Foto von die Kindern gefunden. So suße! Ich hoffe, dass es Ihnen auch gefalle!

Geben Sie Sofia tausend Kusse von mir!

Herzliche Grüße
Elena Genovés

Ein Foto von den Kindern ...

Tatsächlich. Da war noch etwas in dem Umschlag. Sofia wischte sich über die brennenden Augen und zog das Foto heraus. Drei Kinder waren darauf zu sehen. Im Strahl der Taschenlampe erkannte Sofia zuerst sich selbst – ihr schmales Gesicht, das sogar beim Lächeln noch ernst blieb, umrahmt von den blonden Locken, auf die Oma Emilie immer so stolz gewesen war. Sie saß auf einer Holzbank zwischen einem Jungen und einem Mädchen. Dunkelhaarig beide, seine Augen blau, ihre bernsteinbraun. Sie strahlten fröhlich in die Kamera.

Cian und Luz.

Das Papier knisterte, als Sofia die Hand zur Faust ballte. All die Jahre! All die Jahre Schweigen, nur Schweigen und nie eine Antwort! Und zugleich hatte ihre Großmutter die ganze Zeit über Briefe mit dieser Frau ausgetauscht? Hatte gewusst, wie es diesen Menschen ging, die nach ihr fragten und sich um sie sorgten?

Wut stieg in ihr hoch, vermischt mit bitterer Enttäuschung. Und dass Oma Emilie nicht mehr da war, um ihr diese Wut ins Gesicht brüllen zu können, machte es nur noch schlimmer. Sofia schleuderte mit einem kleinen Schrei die Taschenlampe gegen die Wand. Klappernd fiel sie zu Boden und richtete ihren Lichtkegel gegen die Raufasertapete.

Schwer atmend schloss Sofia die Augen, um sich zu beruhigen. Dann hob sie die Lampe wieder auf und griff nach dem nächsten Brief. Nach dem nächsten und dem übernächsten. Verglich die Daten, die Bilder, die sie vereinzelt enthielten. Las alles, was darin stand, obwohl es doch im Grunde immer das Gleiche war. Wie es ihr ginge. Grüße. Küsse. *Wir vermissen sie. Will sie uns nicht doch einmal besuchen?*

Als sie schließlich auch den letzten Brief aus seinem Kuvert befreit, überflogen und dann fallen lassen hatte, hielt Sofia endlich inne und starrte mit leerem Blick auf das Durcheinander aus Papier und Umschlägen. Am liebsten hätte sie alle miteinander in den Müll geworfen. Oder verbrannt. Sie konnte sie aber, dachte sie bitter, auch einfach hier liegen lassen. Der Renovierungstrupp würde sich schon darum kümmern.

Sie bemerkte nicht, wie ihr die Tränen in die Augen stiegen. Es fing leise an, stumme Tropfen zuerst, dann ein schwaches Zucken in ihrer Brust, das sich schnell zu einem heftigen Schluchzen steigerte. Laut, hilflos und verzweifelt und zugleich befreit. Sofia klammerte sich an das alte Federkissen mit dem Blümchenbezug, das roch, als hätte Oma Emilie es erst heute frisch bezogen, und weinte um ihre Großmutter, weinte wegen der Wut und des Verrats, den sie doch aus der Welt hätten streiten müssen, weinte um all die Lügen und die vielen Jahre, die sie ohne die quälende Leere in ihrer Brust hätte leben können, wenn sie nur ein einziges Mal in diese Wäscheschublade gesehen und ihre Oma zur Rede gestellt hätte. Sie weinte, bis das Schluchzen endlich leiser wurde und verklang, und auch danach noch blieb sie liegen, schloss die brennenden Augen und wischte sich die letzten salzigen Tropfen von den Wangen. Der Lichtstrahl der Taschenlampe war schwächer geworden, flackerte und erlosch dann ganz. Sofias schwerer Atem füllte die Stille, die sich mit der Dunkelheit über das Zimmer senkte.

Ich muss nach Hause, dachte sie, *oder wenigstens Oliver anrufen.*

Doch noch ehe sie sichs versah, war sie, zusammengerollt wie eine Katze und eingehüllt in das gleichmäßige Geräusch ihres Atems, tief und fest eingeschlafen.

12. Juli 1995, Rocavella, L'Alt Emporda, Spanien

Das Meer war ruhig an diesem Tag. Die *Tramuntana,* der Wind aus dem Nordosten, schwieg, und die Sonne gleißte im wolkenlosen Tiefblau des Himmels.

Auch das Dorf war still. Seit Elenas Besuch an der Tür des Leuchtturms waren drei Tage vergangen, aber noch herrschte die Ruhe vor dem Sturm. Der Dorfrat hatte sich nicht zusammengefunden, und Sofia war immer noch bei David. Allmählich gewöhnten sie sich aneinander. Es lag ein erstaunliches Verstehen in der Schweigsamkeit, mit der der alte katalanische Seemann und das Mädchen aus dem Meer miteinander umgingen. David wunderte sich manchmal im Stillen, wie wenig ihre Gesellschaft ihn einengte. Sie begleitete ihn abends, wenn er die Lampe oben im Turm aufleuchten ließ, und morgens, wenn er sie wieder ausschaltete. Sie stand neben ihm, wenn er von der Fensterputzergalerie aufs Meer hinaussah, immer schweigend, immer mit Tränen in den Augen. Allein ließ er sie nicht dort hinauf.

Sofia aß mit ihm und lauschte aufmerksam, mit angezogenen Beinen in die Sofaecke gekauert, wenn er in seinem Schaukelstuhl saß und hinter dem Rauch seiner Pfeife grübelnd vor sich hin murmelte. Ihretwegen war er seit Tagen nicht wie üblich auf einen bis vier abendliche Schnäpse in die Taberna gegangen, lediglich auf einen kurzen Abstecher in den Supermarkt, um sie beide für die kommenden Tage mit Lebensmitteln einzudecken. Und auch Sofia hatte den Leuchtturm nicht verlassen, seit er sie hergebracht hatte.

An diesem Tag aber, als sie nach ihrem morgendlichen Gang vom Turm hinuntergestiegen waren, stellte sie sich neben die Tür, die hinaus zum Strandpfad führte, und sah Davíd fragend an, eine Hand auf die Klinke gelegt. Und als Davíd einen Blick aus dem Fenster warf, verstand er auch, woher ihr plötzlicher Wunsch, nach draußen zu gehen, kam. Die Apothekerskinder drückten sich mal wieder am Strand herum.

Davíd runzelte die Stirn. Er hatte ganz bestimmt nicht vor, das Mädchen bei sich einzusperren. Aber der Gedanke, sie allein herumstreunen zu lassen, fragil, wie sie war, gefiel ihm trotzdem nicht. »Ich weiß nicht, ob das eine gute Idee ist, Mädchen.«

Die blauen Augen flehten herzerweichend. Sofia faltete die Hände zu einer bittenden Geste.

Davíd brummte ergeben und nickte. »Aber nur bis an den Strand«, bestimmte er, deutete erst auf seine Augen und dann auf ihre Brust. »Wo ich dich sehen kann.«

Ein Leuchten ging über Sofias Gesicht. Sie nickte eifrig und war schon im nächsten Moment aus der Tür. Zu Cian und Luz. Wie immer ohne Schuhe.

Dunk.

Ein dumpfer Laut riss sie am nächsten Morgen aus dem Schlaf. Sofia schreckte auf, noch halb im Traum.

Verwirrt sah sie sich um und brauchte einen Moment, bis ihr wieder einfiel, wo sie sich befand. Jeder Knochen tat ihr weh, ihr Mund war staubtrocken und ihre Augen verquollen.

Dunk.

Da war es wieder. Es kam vom Fenster. Warf da jemand etwas gegen die Scheibe? Mit schlafschweren Beinen stieg Sofia aus dem Bett, ohne darauf zu achten, dass sie auf die noch immer am Boden liegenden Briefe trat. Mit einem Ruck zog sie die Balkontür auf.

Unten im Garten stand Oliver. In der linken Hand hielt er eine Reisetasche, in der rechten einen Tennisball. Wahrscheinlich aus dem Geräteschuppen im Garten.

»He, Schlafmütze. Die Klingel funktioniert nicht.«

Er hatte kaum ausgesprochen, als die Bedeutung seiner Anwesenheit Sofia wie ein Eimer kaltes Wasser ins Gesicht traf. Schlagartig war sie hellwach. Die Einäscherung! Oma Emilies vorerst letzter Weg.

»O Gott. Wie spät ist es?«

»Halb neun.« Oliver hob die Tasche an. »Ich hab dir was zum Anziehen mitgebracht.«

Sofia hörte ihm gar nicht zu. In Gedanken war sie schon auf halbem Weg die Treppe hinunter. »Ich mach dir auf!«

Sie knallte die Balkontür zu, dass die Glasscheibe schepperte, und wollte ins Erdgeschoss rennen – da blieb ihr Blick im letzten Moment an etwas auf dem Boden hängen.

Es war das Bild, das sie zuallererst in der Hand gehalten hatte. Luz und Cian auf der Bank, sie in der Mitte. Ein eigentümlich scharfes Gefühl breitete sich in Sofias Brust aus. *Letzte Chance.* In nur wenigen Stunden kam der Räumungstrupp. Dann würde alles fort sein. Für immer. Kurz entschlossen griff sie nach dem Foto, steckte es in einen der Umschläge und schob ihn in ihre Hosentasche. Es war nicht viel. Und zugleich mehr als genug.

Mit einem Knall schlug die Tür ihres alten Jugendzimmers hinter ihr zu.

Oliver war ums Haus herumgegangen und stand an der Vordertür, als Sofia im Erdgeschoss ankam. Durch das matte Glas konnte sie seine verschwommene Silhouette sehen. Sie atmete tief ein und aus und fuhr sich mit den Fingern durch die Haare, damit sie etwas weniger katastrophal aussah – auch wenn das wohl mehr Wunsch als Wahrheit blieb. Dann öffnete sie die Tür.

»Hey. Guten Morgen.« Oliver gab ihr einen flüchtigen Kuss und schob sich an ihr vorbei ins Haus, wohl wissend, dass sich hinter den Gardinen der Nachbarhäuser nicht nur Frau Kriemels neugierige Augen verbargen. Erst als die Tür hinter ihnen geschlossen war, zog er Sofia an sich und nahm sie in den Arm, streichelte ihren Rücken und küsste sie auf den Scheitel. »Hast du etwa die ganze Nacht gearbeitet?«

»Ehrlich gesagt: Ich bin eingeschlafen. Du hast dir doch keine Sorgen gemacht, oder?«

Zur Antwort drückte er sie nur etwas fester an sich, ehe er sie losließ. »Es sieht jedenfalls nach viel Bewegung aus.« Er warf einen Blick in die Runde. »Und hast du« - er zögerte kurz - »etwas gefunden?«

Sofia wusste, dass sie einen Moment zu lange schwieg. Einen Moment, in dem sie sich fragte, *warum* sie eigentlich schwieg, schon wieder. Hatten sie das nicht hinter sich gelassen? Und als Olivers Blick sich verdunkelte, wusste sie, dass er sich das Gleiche fragte.

Vergangenes soll man ruhen lassen.

Aber jetzt gehörte es ihr, dieses Vergangene. Der Umschlag mit dem Foto schien in ihrer Hosentasche zu glühen. Ihr ganz allein. Sie konnte nichts dagegen tun, egal, wie ungerecht es war. Und hatte sie nicht gestern noch geglaubt, er hätte das endlich verstanden?

»Nein. Ich meine, ich weiß nicht. Das ist mir gerade alles zu viel. Lass uns später darüber reden, okay?«, versuchte sie die Zurückweisung abzumildern - zu spät.

»Da sind wir also wieder«, murmelte Oliver und wandte sich ab.

Sofia spürte, wie sich altbekannter Ärger in ihr regte. So war das also. Nichts hatte er verstanden. Hatte sich nur beherrscht, um des lieben Friedens willen oder vielleicht aus Rücksicht auf ihren Verlust. Sie brauchte keines von beidem. Und es tat weh, dass er ihr offenbar nichts anderes geben wollte oder konnte, dass er ihr alles darüber hinaus vielleicht sogar nur vorgespielt hatte.

Unwirsch griff sie nach der Tasche, die er unter der Garderobe abgestellt hatte. »Ich muss mich fertig machen.«

Olivers Stimme, jetzt eindeutig gereizt, folgte ihr durch den Flur und die Treppe hinauf. »Du hattest versprochen, dass du anrufst.«

»Mein Akku war leer.«

»Was du nicht sagst. Den ganzen Tag?«

Sofia entschied sich, darauf nicht zu antworten.

Oliver seufzte entnervt. »Krieg ich wenigstens ein Danke, dass ich dir deine Sachen hinterhertrage?«

»Warum bist du dann nicht früher gekommen? Du legst doch so viel Wert auf Zuverlässigkeit.« Sie schlug die Badezimmertür hinter sich zu und drehte den Schlüssel um.

Eine Weile war es draußen still. Dann hörte sie ihn erneut, direkt hinter der Tür. Schon wieder so ratlos. Schon wieder so traurig. Schon wieder so enttäuscht. »Sofia, jetzt hör doch mal …«

Sofia warf das verschwitzte Shirt und die Arbeitsjeans in die Ecke und stieg in die Dusche. Dabei versuchte sie, nicht daran zu denken, wie makaber es war, sich im Haus ihrer toten Großmutter für deren Einäscherung hübsch zu machen. Das rauschende Wasser verschluckte Olivers Stimme nur beinahe. »Wie du willst. Ich warte unten. Behalt die Zeit im Auge, ja?«

Die Zeit. Sofia drehte den Hahn noch etwas weiter auf. Sie hatte ganz bestimmt nicht vor, zu diesem Termin zu spät zu kommen.

17. Juli 1995, Rocavella, L'Alt Emporda, Spanien

Im *Camarot del Capitá,* der einzigen Taberna in Rocavella, wurde gestritten.

Es ging auf vier Uhr am Nachmittag zu, und gegen die schlechte Laune wegen der verpassten Siesta half bei den meisten Anwesenden auch kein gut gekühltes Bier mehr. Die Luft war dumpf vom Schweiß der dicht gedrängten Versammelten – so viele Gäste hatte die kleine Schankstube sonst nur bei Übertragungen von Fußballspielen des FC Barcelona. Aber die Erregung an diesem Tag war keine fröhliche, und es schien auch so bald keine Erleichterung in Sicht. Nur das Meer, das hinter den runden Bullaugenfenstern in der Sommersonne leuchtete, schickte ab und an einen kleinen Windhauch herüber. Fast eine Woche hatte es gedauert, bis der Dorfrat zusammenfand. Dafür stritten sie jetzt umso ausgiebiger.

»Und ich sage, wir übergeben sie an die Polizei in Portbou«, sagte Andreu Montserrat, der Briefträger, bestimmt zum fünfzigsten Mal.

»Zuallererst braucht sie einen Kinderpsychologen«, widersprach Maria-Cristina de Molins, die wuchtige Bäckerin, im Brustton der Überzeugung. »Armes Ding, keine Silbe hat sie gesprochen, seit sie im Dorf ist. Sie muss betreut werden, ist es nicht so, Doktor Garcia? In Girona, da gibt es ein gutes Heim für …«

»Und ob sie spricht!«, fiel Elena ihr aufgebracht in die Rede. Ihre Hände fuhren dabei energisch durch die Luft und unterstrichen jedes Wort. »Sie ist vielleicht kein Plappermaul wie andere hier, aber sie hat Davíd und den Kindern ihren Namen verraten, und sie sagen, sie redet mit ihnen, so gut sie das kann, ohne Katalanisch. Sie *versteht,* das versichere ich euch, und ganz bestimmt muss sie nicht ins Irrenhaus! Die Polizei …«

»Gilipolles!« Davíd, der bisher grimmig dreinblickend in einer Ecke gesessen hatte, schlug mit der Faust auf den Tisch, dass das mürbe Holz knarzte. »Ich habe die Kleine gefunden. Sie vertraut mir …«

»Meine Kinder haben sie gefunden«, unterbrach Elena ihn spitz. »Ohne sie hättest du gar nichts von ihr gewusst.«

Davíd schnaubte und wischte den Einwurf grob beiseite. »Sie vertraut mir«, wiederholte er barsch. »Und ich werde nicht zulassen, dass ihr Hunde sie einfach ins Unbekannte abschiebt. Nicht ins Heim und nirgendwohin sonst.«

»Abschieben?« Elenas Augen blitzten angriffslustig. »Wie kannst du so was sagen? Du weißt genau, wie sehr meine Kinder dieses Mädchen lieben, Davíd, und dass ich ihr allein schon deshalb von Herzen gern helfen will. Aber doch nicht, indem ich sie hier festhalte! Sie hat eine Familie, und die müssen wir finden. Dieses

Kind gehört dir nicht, auch wenn du das nicht wahrhaben willst!«

»Bei dir kann sie ja wohl jedenfalls nicht bleiben, du alter Bock!«, keifte Senyora de Molins und erntete dafür zustimmendes Murmeln und vernichtende Blicke von Elena und Davíd.

»Jetzt bleibt doch ruhig«, beschwor Cristobal Claret sie, der der Eigentümer des *Camarot* und zugleich Bürgermeister von Rocavella war. »Wir finden eine Lösung. Wie wäre es denn, wenn wir stattdessen die Presse einschalten?«

»Damit sie uns überrennen?«

»Du willst doch nur die verdammten Touristen ins Dorf locken!«

»Bist du verrückt geworden?«

»So eine Dummheit habe ich ja noch nie gehört!«

Der Raum ertrank in aufgeregten Stimmwogen, bis keiner mehr den anderen verstand.

Zur gleichen Zeit standen unten am Strand drei Kinder mit nackten Füßen im Wasser. Der Junge mit dem Sturmwind im Haar und das Mädchen mit den Bernsteinaugen hatten die kleine Meerjungfrau in ihre Mitte genommen und hielten sie jeder fest an einer Hand.

»Wie dumm sie sind, diese Erwachsenen«, sagte Cian leidenschaftlich. »Wenn sie uns bloß zuhören würden! Wir wissen doch längst, wo deine Familie ist.«

»Ja«, pflichtete Luz ihm eifrig bei, »und wir bringen

dich ganz bestimmt zu ihnen zurück. Stimmt's nicht, Sofia?«

Die kleine Meerjungfrau lächelte sie dankbar an. »Ja«, sagte sie leise, und obwohl sie kein Katalanisch sprach, verstanden Luz und Cian sie ohne Mühe. »Ganz bestimmt.«

Dann schloss sie die Augen und lauschte hinaus zum Horizont, auf das Singen der Wellen und das Wispern des Windes über dem Wasser. Ferne Stimmen in einer niemals endenden Melodie.

Kommt, flüsterte sie stumm und ließ den Wunsch von den Möwen weit aufs Meer hinaustragen. *Bitte. Kommt und holt mich nach Hause!*

11.

Das Hinterzimmer des Beerdigungsinstitutes hatte keine Fenster. Nur ein mattiertes Oberlicht, umrahmt und fast überwachsen von Efeu und großblättrigen Ranken, brach die Sommersonnenstrahlen und streute ihr Licht weich über den Sarg, in dem Frau Nagel die Königinmutter aufgebahrt hatte. Es war ein schlichter Sarg, das günstigste Modell. Keine Kerzen, keine Blumen, kein Schmuck. Nur eine zierliche alte Frau in einem Totenhemd, die selbst im ewigen Schlaf noch streng und unendlich traurig zugleich aussah.

Sofia saß allein bei ihrer Großmutter. Nur sie und Oma Emilie - so war es gewesen seit jenem Tag, an dem die Königinmutter gekommen war, um sie aus dem verzauberten Dorf abzuholen. Von den wenigen Augenblicken, die Sofia in ihrer Erinnerung hatte festhalten können, war dies der klarste. Sie, am Strand mit Cian und Luz. Und dann, in der Ferne, die große schmale Frau mit dem aufrechten Gang, die entlang der Brandungslinie auf sie zukam. Die silberweißen Haare im strengen Dutt waren benetzt von der Gischt, die hohen Wangen feucht, als sei sie eben erst dem Meer entstiegen. Und noch ehe Sofia es selbst recht wusste, war sie bereits auf die Frau zugeflogen, die so fremd war und zugleich so vertraut, und warf sich in ihre Umarmung, ohne noch einmal zurückzusehen. In diesem Moment hatte sie aus tiefstem Herzen gewusst, dass diese Frau niemand anderes sein konnte als ihre Großmutter – ihre Familie, die aus dem Meer gekommen war, um sie nach Hause zu holen.

Wie bereitwillig sie mit ihr gegangen war. Sie hatte Cian und Luz dafür verlassen. Davíd. Den Leuchtturm. Sie hatte ja nicht gewusst, dass es für immer sein würde.

Aber das Zuhause, in das ihre Großmutter sie gebracht hatte, war ein anderes gewesen als erhofft. Am Rand einer großen Stadt, umgeben von nichts als Festland, hatte Oma Emilie sie behütet und umsorgt, ihr alles gegeben, was Sofia sich wünschte, außer dem einen. Ihr Schweigen konnte trotz aller Liebe die Leere nicht füllen, die das Meer hinterlassen hatte.

Woher war Emilie wirklich gekommen? Welchen Ruf hatte sie gehört? Und war sie jemals glücklich gewesen in dem kleinen Haus in der Prießallee? Sofia hatte es nie erfahren. Aber seltsamerweise spürte sie jetzt, da sie ihrer Oma zum allerletzten Mal über die Wange strich, keinen Groll mehr. Nur Dankbarkeit.

Sofia griff in ihre Handtasche und fühlte weiche Blütenblätter unter ihren Fingern. Ringelblumen aus dem Garten. Sie hatten sie jedes Jahr gemeinsam gepflanzt.

»Danke«, flüsterte Sofia und streute eine Handvoll der kleinen dottergelben Blüten auf das Totenhemd. Eine letzte Blüte steckte sie Emilie ins schlohweiße Haar. »Ich glaube, das habe ich dir nie gesagt, oder? Danke, dass du mich so sehr geliebt hast, dass du den Schmerz allein tragen wolltest.«

Noch einmal griff sie in ihre Tasche und holte zwölf Austern heraus, die sie auf eine Schnur gefädelt hatte. Den Glauben, selbst die Meerjungfrau aus dem Märchen zu sein, hatte Sofia längst verloren. Doch Emilie würde für sie immer die Königinmutter bleiben.

»Gute Reise.« Ein Flüstern, weil die Trauer ihr die Kehle zuschnürte. Sofia streichelte die bleiche, kalte Hand. »Wohin auch immer du zurückkehrst.«

Sie räusperte sich. Nun blieb nur noch eins. Ein Geständnis, ohne das sie sich nicht würde verabschieden können. Der Umschlag mit dem Foto, den sie unter dem Kleid in den Bund ihrer Strumpfhose geschoben hatte, klebte an ihrer Haut und machte sich bei jeder Bewegung bemerkbar. Mit zittrigen Fingern zog sie ihn heraus und hielt ihn hoch, als könne die Großmutter ihn tatsächlich sehen.

»Ich habe in deinen Sachen gewühlt. Ich konnte nicht anders. Bitte verzeih.« Auch ihre Stimme zitterte jetzt. »Ich weiß, du hast das nicht für mich geplant. Wann hätte ich es erfahren sollen? Vielleicht nie, wenn es nach dir gegangen wäre. Aber ich bin alt genug. Ich werde unser Meer finden. Auch wenn es vielleicht in

Wahrheit niemals dein Meer war.« Sofia tupfte sich mit dem Handrücken eine Träne von den Wimpern. »Kannst du das irgendwie verstehen? Ich will sie wiedersehen, Oma. Ich will mich wiederfinden.«

Ihre Großmutter, wie eh und je, schwieg. Doch anders als in all den Jahren zuvor schien es Sofia ein sanftes, zustimmendes Schweigen zu sein. Wie ein Kuss auf ihre Stirn oder ein mildes Lächeln. Fast glaubte sie, Emilies Stimme zu hören.

Es ist schon gut. Geh nur, mein Kind.

Sofia schloss die Augen. Mehr Tränen quollen zwischen ihren Lidern hervor. Und so saß sie da, hielt die Hand ihrer toten Großmutter und weinte leise, bis keine Tränen mehr übrig waren.

Erst dann stand sie auf. Sie fühlte sich seltsam leicht und gleichzeitig fest entschlossen. Sie würde diese Wunde wieder aufreißen, egal, wie sehr es schmerzte. Damit sie, nach all den verlorenen Jahren, endlich richtig heilen konnte.

»Danke, Oma«, flüsterte sie. »Ich passe auf mich auf. Ich verspreche es dir.«

Ein letztes Mal sah sie auf das stille, friedliche Gesicht hinab. Dann wandte sie sich ab und verließ leise das Hinterzimmer.

Eine gute Stunde später stoppte Oliver den Volvo vor dem Mehrfamilienhaus, in dem ihre Wohnung lag, und stellte den Motor ab.

»Ich fahre noch in die Stadt«, sagte er – das erste Wort, das er seit dem Morgen gesprochen hatte. »Ich bin mit Frau Lund zum Kaffee verabredet.« Ein schiefes, leicht zynisches Lächeln, das schnell wieder verblasste.

»Frau Lund?«, fragte Sofia und begriff viel zu spät, welche Spitze in seinen Worten steckte. Vielleicht hätte sie eifersüchtig sein sollen. Es erschreckte sie, dass es nicht so war. »Ach so?«

Oliver schüttelte den Kopf. »Ich sage das Haus ab«, erklärte er. »Ich denke, es ist nicht der richtige Zeitpunkt für uns.«

Vielleicht ist nie der richtige Zeitpunkt für uns. Vielleicht nie gewesen.

Sofia sah ihn an und fand keine Worte, um ihm zu antworten.

»Findest du nicht?«, fragte Oliver.

Es tat weh. Mehr, als sie gedacht hatte, dass es wehtun könnte, so etwas von ihm zu hören. Sofia wandte den Blick ab und sah auf ihre Finger hinunter, die ihre Handtasche umklammerten. Ein schwacher Duft nach Ringelblumen und Muscheln stieg zu ihr auf. Und zum ersten Mal begriff sie, wie sehr sie nicht nur ihn, sondern auch sich selbst damit verletzte, nicht über das Meer und alles, was damit zusammenhing, reden zu können. Und dass es vielleicht genau dieses Gefühl war, das trotz aller Liebe immer zwischen ihnen gestanden hatte. Weil sie ihn nicht mitnehmen konnte, obwohl er doch immer an ihrer Seite sein sollte.

»Wahrscheinlich nicht«, flüsterte sie.

Aus dem Augenwinkel nahm sie wahr, dass Olivers Blick noch immer auf ihr ruhte. Suchend. Nach ihr, nach Erklärungen, nach Verständnis dafür, was gerade mit ihr geschah, und auch mit ihnen beiden.

»Es tut mir leid.«

Ein schmales Lächeln, etwas zuversichtlicher diesmal, und doch unglaublich traurig. »Schon gut. Wir reden heute Abend über alles. Vielleicht brauchen wir beide nur ein wenig Zeit für uns.«

Als sie nickte, gab er ihr einen Kuss. »Es wird wieder gut. Ich liebe dich.«

Der Umschlag mit dem Foto brannte auf ihrer Haut. Und um ein Haar hätte sie ihm doch davon erzählt.

Noch nicht.

»Ich liebe dich auch.«

Sie floh aus dem Auto, ohne sich noch einmal umzudrehen.

12.

Die Wohnung empfing sie mit noch mehr Hitze. Trotzdem konnte sie die Luft hier oben, wo sie endlich daheim und ganz für sich war, deutlich leichter atmen als die Gebläsekühle im Auto. Sofia schüttelte die Sandalen von den Füßen und schälte sich aus dem Kleid und der verschwitzten Strumpfhose.

Der Umschlag fiel aus der Tasche und segelte zu Boden. Sofia hob ihn auf und starrte eine ganze Weile mit leerem Blick auf den Absender. Elena Genovés. Rocavella. Es wäre so einfach. Sie musste nur ...

Aber konnte sie das wirklich?

Was, wenn Oma Emilie all die Jahre recht gehabt hatte zu schweigen? Tat sie sich wirklich etwas Gutes, wenn sie aufwühlte, was vergangen und nicht mehr zu ändern war? Plötzliche Furcht ließ Sofias Herz eng werden.

Geh nur, mein Kind.

Sofia schloss die Augen und drückte den Brief sekundenlang an ihre Brust. Dann griff sie nach ihrem Handy und suchte nach der Nummer der spanischen Telefonauskunft.

einmal stiegen ihr Tränen in die Augen, und in ihrer Brust explodierte ein Feuerwerk. »Ja«, brachte sie gerade noch zustande – und dann schluchzte sie auch schon. Sie weinte wie ein Kind, das sich verirrt hatte und nach endlosem Umherirren von einer freundlichen Fremden an die Hand genommen wurde.

»Mein Gott«, sagte Elena ein ums andere Mal. »Mein lieber Gott! Sofia, Herzchen, nun wein doch nicht.«

Vergeblich versuchte Sofia, sich zu beruhigen. Das war doch peinlich, dachte sie und hätte fast gelacht, bei einer fremden Frau anzurufen und gleich loszuheulen, kaum dass sie mehr als drei Worte gewechselt hatten.

Aber die Wahrheit war: Es war ihr überhaupt nicht peinlich. Vor Elena Genovés, so absurd das auch schien, schämte sie sich für gar nichts.

»Entschuldigung«, sagte sie dennoch und war froh, dass ihr doch noch ein paar Vokabeln einfielen.

»Nein, nein, ganz ruhig. Alles ist gut.« Sofia konnte das Lächeln in Elenas Stimme hören – und für einen winzigen Moment meinte sie, es auch zu sehen: Ein beruhigendes, tröstliches Lächeln, das alle Sorgen und Ängste verscheuchen konnte. Und leise, heimlich, fast ohne dass sie es selbst bemerkte, schlich sich auch auf ihre Lippen ein kleines Lächeln. »Danke.«

»Tranquil·la, tranquil·la«, wiederholte Elena. »Also, erzähl. Was ist passiert? Warum rufst du mich an, nach so vielen Jahren? Hat deine liebe Oma endlich mit dir gesprochen? Kommst du uns bald besuchen?«

Sofia wischte sich über die Augen. Sie hatte überhaupt nicht bedacht, dass es ihr schwerfallen könnte, darüber zu reden. Dass sie Probleme damit haben könnte zu erzählen, wie sie die Briefe gefunden und von Oma Emilies Verrat erfahren hatte – ja, dass sie sich noch nicht einmal selbst wirklich im Klaren darüber war, wie sie nun zu der ganzen Angelegenheit stand und wie sie mit dem bitteren Nachgeschmack von Schmerz, Trauer und Wut umgehen sollte. Aber es war überhaupt nicht schwierig.

»Meine Großmutter ist tot«, antwortete sie leise. »Wir haben sie heute verbrannt.«

Sie hörte Elena nach Luft ringen. »O du meine Güte!«, stieß sie aus. »Sofia, Liebes, das muss furchtbar für dich sein! Es tut mir so leid!«

»Danke«, murmelte Sofia. Ja, es war furchtbar für sie. So oft wie in den vergangenen Tagen hatte sie in den letzten zehn Jahren nicht geweint. Aber es war so viel komplizierter als das. »Es schien mir der richtige Zeitpunkt zu sein, dich anzurufen«, sagte sie deshalb. »Aber nun weiß ich gar nicht, was ich sagen soll. Es tut mir leid.«

»Oh, nein, nein!«, widersprach Elena. »Ich bin so glücklich, von dir zu hören! Du musst uns besuchen, ja? Jordi, mich und die Kinder? Sie sind nicht mehr im Haus, Cian und Luz, aber wenn ich von dir erzähle, kommen sie geflogen, das versichere ich dir!«

Cian und Luz.

Bei der Erwähnung der Namen rieselte ein warmes Prickeln durch Sofias Brust. Sie griff nach dem Foto, das neben ihr auf dem Tisch lag, und saugte das fröhliche Lächeln förmlich in sich ein. Nach Spanien fahren? Sie wiedersehen? War das die Lösung?

Sie war selbst überrascht, dass sie gar nicht weiter darüber nachzudenken brauchte. Der Tod war eine Reise, auch für die Hinterbliebenen, das hatte Frau Nagel zu ihr gesagt. Und in diesem Moment wusste Sofia mit aller Klarheit, dass genau dies ihre Reise war und dass sie sie um jeden Preis antreten musste.

»Ja«, sagte sie mit fester Stimme, »ich komme gern. Sehr gern, wirklich, Elena.« Sie lächelte und fühlte sich plötzlich von einer warmen Zuversicht erfüllt, einer Gewissheit, das Richtige zu tun, wie sie sie seit Ewigkeiten nicht mehr empfunden hatte. Vielleicht sogar noch nie in ihrem Leben. »Wann passt es euch?«

»Jederzeit!« Elena sprudelte geradezu über vor Freude. »Jederzeit, meine Liebe, du hast bei uns immer ein Zuhause!«

Sofia nickte. »Danke, Elena. Vielen Dank. Dann melde ich mich bald, einverstanden?«

»Aber ja! Wir freuen uns, dich zu sehen! Die Kinder werden verrückt, wenn ich ihnen davon erzähle ... Du rufst wieder an, ja? Einen dicken Kuss, Liebes! Und bis sehr bald!«

»Ich rufe an«, versprach Sofia noch einmal. »Bis bald, Elena.«

Dann war die Verbindung unterbrochen, und Sofia saß wieder allein auf dem Sofa. Allein mit dem Sturm, der in ihrer Brust tobte, mit dem berauschenden Gefühl, den Weg zu einem Schatz entdeckt zu haben, und mit der geradezu erdrückenden Angst vor dem Unbekannten. Aber für eine Umkehr war es jetzt zu spät. Und sie war fest entschlossen, sich diesmal durch nichts und niemanden aufhalten zu lassen.

13.

»Hey.« Olivers Lächeln war noch immer verhalten, als er zwei Stunden später das Wohnzimmer betrat. Aber sein Blick war warm, und es lag kein Ärger mehr darin.

»Ich hab uns was zum Abendessen geholt. Ich dachte, du hast vielleicht Hunger.« Er stellte eine Flasche Wein auf den Tisch und daneben eine Schachtel mit Antipasti und hellen, weichen Brötchen. Sofia erkannte das Logo sofort. Ihr Lieblingsitaliener. Dorthin waren sie vor so vielen Jahren zum ersten Mal ausgegangen. Dort hatten sie sich zum allerersten Mal geküsst. Wehmut breitete sich in ihrer Brust aus, als sie daran dachte. Sie erinnerte sich viel zu selten an die guten Zeiten.

»Den habe ich wirklich«, sagte sie und bemühte sich zu lächeln. »Danke schön.«

»Na, dann komm.« Oliver entkorkte die Flasche und goss Wein in zwei Gläser.

Einem plötzlichen Impuls folgend, streckte Sofia die Hand nach ihm aus. »Nein ... komm du her. Setz dich zu mir. Bitte.«

Oliver sah sie überrascht an. »Oh? Na gut.« Die Polster raschelten, als er sich neben ihr auf das Sofa sinken ließ und ihr eines der Gläser reichte. Er saß weiter von ihr entfernt als sonst, und er musterte sie prüfend, als sei er sich nicht sicher, wie nahe er ihr in diesem Moment kommen durfte. »Du siehst schon viel besser aus als heute Mittag.«

Sofia nickte. Der Wein rann süßsäuerlich ihre Kehle hinunter. »Es geht mir auch besser. Ich ... habe dich wohl vermisst.« Sie wusste selbst nicht genau, woher diese Worte kamen. Vielleicht hatte der Wein sie aus ihr herausgespült. Aber sie fühlten sich wahr an, wahr und gut und auch ein wenig traurig.

Oliver drehte sein Weinglas zwischen den Fingern hin und her. »Ich dich auch«, sagte er schließlich leise, und es klang unendlich erleichtert. »Sehr sogar.« Als er den Kopf hob, lag etwas in seinen Augen, das Sofia nicht erwartet hatte. Ein Verlangen, das mit dunklem Feuer brannte und das sie schon seit einer ganzen Weile nicht mehr an ihm gesehen hatte. Und zu ihrer eigenen Überraschung spürte Sofia, wie ihr Körper darauf reagierte. Ihre Wangen glühten, in ihrem Unterleib pochte es sacht, und ihre Haut kribbelte.

Doch etwas hielt sie zurück. Eine ungewohnte Scheu, geradezu Scham. Als wäre dies nicht der Mensch und Vertraute, der seit so langer Zeit an ihrer Seite war. Als wären sie und Oliver sich über die Ereignisse der letzten Tage so fremd geworden, dass sie zögerte, sich vor ihm zu entblößen. Rasch wandte sie den Blick ab und trank einen etwas zu großen

Schluck Wein. Die Säure brannte an ihrem Gaumen, und sie hustete erstickt.

Warm legte sich Olivers Hand auf ihren Oberschenkel, wo der Saum des Rocks ihre nackte Haut traf. Dabei beugte er sich zu ihr hin, bis sie seinen Atem auf ihrer Wange spüren konnte.

»Komm«, flüsterte er, drehte ihr Gesicht mit der freien Hand zu sich und küsste sie sacht, »der Wein kann warten.«

Und in diesem Augenblick entschied Sofia, ihm zu folgen. Sich treiben zu lassen, fallen zu lassen in dieses Gefühl, das ihr in so kurzer Zeit so schmerzlich fremd geworden war, ohne dass sie es überhaupt bemerkt hatte.

Es war nicht nur der Wein, der warten konnte. In diesem Moment war es die ganze Welt.

Sie liebten sich wie zwei Teenager, so fiebrig und leidenschaftlich, als fühlten sie den anderen zum allerersten berauschenden Mal. Sie sanken auf den Teppich, weil sie sich nicht einmal mehr die wenigen Schritte bis zum Bett gedulden konnten, ihre Kleider achtlos zur Seite geworfene Haufen am Wegesrand.

Als sie schließlich schwer atmend nebeneinanderlagen, glänzten ihre Körper vor Schweiß. Olivers Hand ruhte auf Sofias Bauch über ihrer eigenen, die Finger ineinander verflochten.

»Weißt du, ich hab mir was überlegt«, sagte Oliver nach einer Weile und streichelte mit dem Daumen über ihren Handrücken. Sein Lächeln war zärtlich und endlich wieder so sicher, wie sie es von ihm kannte. »Warum fahren wir nicht zusammen weg, du und ich? Irgendwohin, wo wir noch nie waren. Nach Finnland vielleicht, oder Bulgarien. Costa Rica. Oder Sibirien. Mit der Transsibirischen Eisenbahn bis nach Wladiwostok. Was meinst du?«

Das entspannte Gefühl verflog sekundenschnell. Wie gern hätte Sofia den Moment festgehalten, noch ein paar Minuten in der warmen Sicherheit ihrer wiederentdeckten Zuneigung verbracht. Aber das war nun nicht länger möglich. Selbst Schweigen wäre jetzt eine Lüge gewesen.

»Das ist eine wunderbare Idee«, fing sie an. »Aber es geht nicht. Ich muss ...«

Oliver legte ihr sanft die Hand an die Wange.

»Doch, Sofia, es geht. Es gibt nichts, was wir nicht aufschieben könnten. Nimm dir frei. Lass dich krankschreiben, wenn es sein muss. Du musst jetzt erst mal gar nichts. Du hast dir eine Pause mehr als verdient.«

»Nein.« Sofia setzte sich auf. »Darum geht es nicht.«

Oliver runzelte verständnislos die Stirn und richtete sich ebenfalls auf. »Nicht? Worum dann?« Er musterte sie eindringlich. »Was ist los, Sofia?«

Was ist – jetzt schon wieder – los? Die Resignation war seiner Stimme deutlich anzuhören.

Sofia zwang sich, seinem Blick standzuhalten. Es war noch viel schwieriger, als sie gedacht hatte.

Oliver seufzte und schüttelte den Kopf. Das Licht in seinen Augen war erloschen. »Schon gut. Wir müssen ja nicht fahren.« Er stand auf und schlüpfte wieder in seine Hose. »Es war nur so eine Idee. Ich dachte, es täte dir ... es täte *uns* gut, mal rauszukommen, nach alldem. Zeit zu haben, nur für uns.« Seine Stimme klang rau.

Sofias Glieder waren schwer wie Blei. Der Duft von Antipasti und Wein stieg ihr in die Nase, würzig und erinnerungsschwer. »Es tut mir leid. Ich wollte es dir früher sagen. Ich kann nicht mit dir nach Sibirien, weil ... ich nach Spanien fahre.«

»Nach Spanien?« Nun verstand Oliver gar nichts mehr, wusste nicht, ob er erleichtert, verletzt oder einfach nur verwirrt sein sollte.

»Ja gut«, sagte er schließlich, und es klang bemerkenswert gefasst, »dann ... meinetwegen fahren wir nach Spanien. Ich richte mich da ganz nach dir.«

Sofia biss sich auf die Lippe. Auch sie stand nun auf, sammelte ihre Sachen ein und zog sich wieder an. Der Rock hatte einen Kaffeefleck. Den hatte sie vorher gar nicht bemerkt.

Sie musste es ihm sagen, dachte sie. Jetzt. Es führte kein Weg daran vorbei. Aber sie brachte es nicht fertig, ihn dabei anzusehen. »Nein«, sagte sie leise, »nicht wir. Ich muss allein fahren. Es tut mir leid.«

Eine ganze Weile sagte Oliver nichts, nicht einmal ohne Worte. Aber Sofia fühlte seinen Blick auf sich.

»Wieso?«, brachte er schließlich heraus. Es war eine der seltenen Gelegenheiten in den langen Jahren ihrer Beziehung, dass Sofia ihn fassungslos erlebte. »Was hast du gefunden? Was war in dem Haus? Sag's mir doch endlich, verdammt!« Und dann, als Sofia nicht gleich die richtige Antwort fand: »Bitte. Rede mit mir. Nur dieses eine Mal. Lass mich ...« Er atmete tief durch. »Lass mich nicht draußen stehen.«

Jetzt sah Sofia auf, wagte es, seinem Blick zu begegnen, obwohl sie sich schon lang vor nichts mehr so gefürchtet hatte. Dann griff sie nach ihrer Handtasche. Zog den Umschlag mit der daraufgekritzelten Telefonnummer und das Foto heraus und legte beides auf den Tisch, zwischen Antipasti und Weingläser.

»Es ist nicht deinetwegen«, sagte sie leise. »Bitte glaub mir nur das.«

Langsam trat Oliver näher, die Stirn in tiefe Falten gelegt. Er nahm das Bild in die Hand und sah es lange an. Irgendwann setzte er sich hin, legte das Foto zur Seite und griff nach Sofias Händen, zog sie auf einen Stuhl, sodass ihre Knie sich beinahe berührten, und beugte sich vor, um ihr in die Augen zu sehen.

»Ja. Ich glaube dir«, sagte er, doch unter der erzwungenen Ruhe hörte sie seine Stimme beben. »Aber was ich immer noch nicht verstehe, ist: Warum? Seit wir uns kennen, versuche ich, dir zu helfen, dich zu begreifen, dich bei der Suche nach dieser verdammten Wahrheit zu unterstützen – sieben Jahre lang. Immer und immer wieder habe ich mich zurückgenommen, hingenommen, dass du mich wegstößt, sobald es um dein Meer geht, und fest daran geglaubt, dass du, dass *wir* es eines Tages finden. Und jetzt? Jetzt stehst du kurz davor und lässt mich hier zurück. Sag mir eines, Sofia: Wie soll ich da noch an uns glauben?«

Seine Worte setzten Sofia außer Gefecht. War sie, waren *sie beide,* wirklich so hoffnungslos? »Was soll ich denn tun?«, flüsterte sie verzweifelt.

Mit einem entnervten Stöhnen ließ Oliver ihre Hände los und hob die Hände. »*Erzähl* es mir, mein Gott, wenigstens irgendwas! Was denkst du? Was fühlst du? Was ist gestern im Haus deiner Großmutter passiert? Nur ein Hinweis, Sofia – ist das denn wirklich so schwer?«

Er hatte recht. Natürlich hatte er recht. Aber ändern konnte sie es nicht. Stattdessen kamen ihr wieder die Tränen, obwohl sie geglaubt hatte, keine mehr in sich zu haben. Sofia mied seinen Blick, indem sie sich Wein nachschenkte. Die Antipasti rührte sie nicht an. Und sogar das kam ihr nun schäbig und gemein vor.

»Weißt du, was? Ich gebe auf. Ich kann das nicht mehr.« Oliver stand brüsk auf. Sein Körper war zum Zerreißen angespannt. Mit steifen Schritten ging er zur Wohnungstür und griff nach seinen Schlüsseln.

Das trieb Sofia auf die Füße. »Du gehst?«

Die Klinke schon in der Hand, blieb Oliver noch einmal stehen.

»Du willst doch eigentlich gar nicht, dass ich bleibe.« Sein Lächeln war gequält. Ein kläglicher Versuch, seine Worte abzumildern. Er scheiterte. »Ja, ich gehe. Warte nicht auf mich. Nicht heute und auch nicht nächste Woche. Falls du eines Tages glaubst, mit mir reden zu können, ruf mich an. Bis dahin ...« Er ließ den Satz unvollendet, zog seinen Verlobungsring vom Finger und ließ ihn nahe der Schwelle einfach zu Boden fallen.

Sofia stand da wie angewurzelt, unfähig zu begreifen, was gerade geschah. Das Begreifen kam erst, als die Tür krachend ins Schloss fiel. Dass er wirklich fort war und sie allein. Vielleicht für immer.

Doch noch viel schwerer als das Begreifen traf Sofia, dass es sich in diesem Moment, trotz der Tränen, die ihr jetzt wieder über die Wangen liefen, genau richtig anfühlte.

14.

Zwei Tage später stand sie am Bahnsteig inmitten Hunderter Fremder, die ebenfalls in den Zug nach Köln steigen wollten. Ein heftiger Sommerregen prasselte auf das Dach des Bahnhofs und verschluckte selbst den Lärm der einfahrenden Züge.

Sofia starrte auf die noch leeren Gleise, die jenseits der Bahnhofshalle in einer grauen Wand aus strömendem Regen verschwanden. Hier ging sie also los, ihre Reise ins Ungewisse, von der sie nicht wusste, wann sie zurückkehren würde – oder wie. Fast zwanzig Stunden würde die Fahrt dauern. Ein Sonderangebot der Bahn, nur Hinfahrt. Über Köln nach Paris, und von dort aus mit dem Nachtzug nach Portbou, ganz im Norden Spaniens direkt an der französisch-spanischen Grenze. Am Bahnhof von Portbou, so hatte Elena es versprochen, würde jemand auf sie warten, um sie abzuholen.

Zum hundertsten Mal in den letzten Tagen nahm Sofia ihr Handy in die Hand und wählte Olivers Nummer. Zum hundertsten Mal steckte sie es unverrichteter Dinge wieder weg. Was hätte sie ihm sagen sollen? Sie hatte erschöpfend um die Worte geweint, die sie nicht sagen, die Brücken, die sie nicht schlagen konnte. Jetzt musste sie nach vorn sehen. Wenn sie zurückkehrte … vielleicht würde dann alles anders sein. Und trotzdem hoffte sie bis zum letzten Moment, er könnte auf dem Bahnsteig auftauchen. Sie in den Arm nehmen. Ihr verzeihen.

Er tat es nicht.

Durch das Rauschen des Regens drang aus der Ferne ein schrilles Pfeifen. Ein Gong ertönte, und eine undeutlich kratzende Stimme kündigte die Einfahrt des Intercity nach Köln Hauptbahnhof an. Das Kreischen der Bremsen des einfahrenden Zuges schnürte Sofia die Kehle zu. Die Angst vor dem Schritt ins Ungewisse packte sie erneut mit festem Griff, und minutenlang, so fühlte es sich an, konnte sie sich nicht überwinden, auch tatsächlich einzusteigen. Sofia schloss die Augen und dachte an ihre Großmutter, friedlich schlafend im Sarg, Ringelblumen im Haar und Austernschalen um den Hals.

Geh nur, mein Kind.

Der Schaffner pfiff, es war höchste Zeit. Ein freundlicher älterer Herr half ihr, den Koffer die Stufen hinauf in den Wagen zu wuchten, ehe sie selbst hinterherkletterte, nur Sekunden, bevor sich die Türen schlossen. Der Schaffner hob die Meldescheibe, ein Zischen und Keuchen, dann ein Ruck, als der Zug anfuhr. Langsam zog die Lok die lange Reihe der Wagen aus dem Bahnhof. Draußen auf dem Bahnsteig glitten die Menschen vorbei, die grauen Steine, Glas und Stahlträger. Immer schneller und schneller, während Sofia, die Hand noch am Türgriff, sich dieses letzte, schäbige Stück Zuhause unauslöschlich ins Gedächtnis einbrannte.

Der Zug verließ den Bahnhof. Sofia schloss die Augen und atmete tief durch. Dann griff sie nach ihrem Koffer, um sich einen Sitzplatz zu suchen.

Die Reise hatte begonnen.

Und jetzt gab es kein Zurück mehr.

18. Juli 1995, Rocavella, L'Alt Emporda, Spanien

An dem Morgen, an dem Sofia den Leuchtturm verließ, standen sie und Davíd sehr früh auf. Sie frühstückten gemeinsam, Schokolade und geröstetes Weißbrot, ein letztes Mal. Davíd trank starken Kaffee mit Rum, trotz der Uhrzeit.

Sofia hatte nichts dazu gesagt, als er ihr am Abend vorher, als der Dorfrat endlich zu einer vorläufigen Entscheidung gekommen war, die Nachricht überbracht hatte: dass sie den Leuchtturm verlassen und von nun an bei der Familie Pujol i Genovés leben sollte, bis ihre eigene Familie sie abholen kam. Sie hatte nichts gesagt, aber Davíd war sicher, dass sie ihn verstanden hatte. Und im Meeresblau ihrer Augen schimmerte etwas, das Trauer sein konnte oder nervöse Erwartung. Vielleicht war die Trauer aber auch nur etwas, das *er* unbedingt sehen wollte.

Davíd schnaufte unwirsch. So ein Humbug. Sie würde nur ein paar Hundert Meter entfernt sein. Und irgendwann wäre sie ja ohnehin gegangen.

Ächzend stemmte er sich von seinem Stuhl hoch und schlurfte in die schattige Ecke hinten in seiner Stube, wo die alte Seemannstruhe stand, die er seit mehr als dreißig Jahren nicht mehr geöffnet hatte. Er musste eine ganze Weile kramen, bis er fand, was er suchte.

»Nimm das.« Er griff nach Sofias kleiner, blasser Hand und legte einen Kompass hinein. Alt und abgegriffen, in einem wasserfleckigen Lederetui. Er war fast so groß wie ihre Handfläche.

Davíd setzte sich neben Sofia und schloss seine großen, schwieligen Finger um ihre. »Du findest deinen Weg schon. Keine Angst.« Die Stimme kratzte ihm im Hals, und er räusperte sich.

Sofia hob den Blick und sah ihn an. Ihre Augen leuchteten, als sie lächelte. »Danke.«

Eine Woge warmen Wassers spülte über Davíds altes Seemannsherz hinweg. Und auch er lächelte.

In diesem Moment klopfte es laut und schnell an der Tür. Mit einem gereizten Schnauben schüttelte Davíd den Kopf und stand auf. Keine drei Atemzüge später stürmten die Kinder herein, gefolgt von ihrer Mutter.

»Da sind wir, Sofia!«

»Jetzt kommst du endlich zu uns!«

Im Leuchtturm wurde es plötzlich sehr hektisch. Luz und Cian packten Sofia ohne viele Umschweife an den Händen und zerrten sie mit sich durch die Tür nach draußen ins weiße Morgenlicht, während Elena ein wenig unschlüssig vor Davíd stehen blieb.

»Du kannst sie natürlich jederzeit bei uns besuchen«, sagte sie schließlich und verzog den Mund. »Wenn du das über dich bringst, heißt das.«

Davíd brummte etwas Unbestimmtes. Ob er es über sich brachte? Das zu entscheiden stand tatsächlich noch aus.

Elena seufzte und schüttelte den Kopf. »Ich meine es ernst, Davíd. Du bist sehr willkommen bei uns. Die Kinder haben mich wiederholt gebeten, dir das unbedingt zu sagen.«

Davíd antwortete auch darauf nicht. Stattdessen trat er in den Türrahmen und sah den Pfad hinunter, der sich zwischen den Felsen hindurch zum Dorf wand. Die Kinder hatten den Strand schon fast erreicht. Sofias helle Haare leuchteten in der Sonne.

»Sofia!«

Sie blieb stehen und sah sich nach ihm um, ein strahlendes Lächeln auf dem Gesicht.

Davíd hob zum Abschied die Hand. »*Adeu, nena.*«

Auch Sofia winkte fröhlich. »*Adeu,* Davíd! Bis bald!«

Davíd ließ die Hand sinken und sah ihr nach, wie sie, Seite an Seite mit Cian und Luz, über den Strand davonrannte, Füße in der Brandung und Sonnenlicht im Haar. Ein Kloß steckte in seinem Hals, aber diesmal räusperte er sich nicht.

Bis bald, mein Mädchen. Und vergiss mich nicht.

Zweiter Teil:
Luz und Cian

15.

Als wir noch klein waren, war das Dorf, in dem mein Bruder und ich lebten, ein magischer Ort. Es lag ein Zauber in allem, was wir sahen, und in allem, was wir taten; und ob wir nun Piraten waren, Schlangenbeschwörer und Zirkusdompteure oder Meermenschen – die Magie war immer bei uns. Wir fanden sie hinter jeder Hausecke, sahen sie im Sonnenlicht auf dem Meer glitzern, rochen sie im Wind, der von den Bergen kam, und spürten sie im Staub, der unter unseren Füßen knisterte. Die Zeit war unendlich, und wir waren es auch. Wir konnten alles sein und alles werden, und dafür genügte ein einziger, wunderbarer Gedanke.

Wenn ich heute durch die Straßen meiner Kindheit streife, spüre ich nichts von alldem. Ich sehe bröckelnde Mauern, verblichene Fensterrahmen und Hundedreck im Rinnstein. Die Sonne hat alle Farben unbarmherzig ausgebleicht und jeden Glanz stumpf werden lassen. Und ganz gleich, wie sehr ich versuche, die Magie wiederzufinden, es gelingt mir nicht. Ich schließe die Augen, streife die Schuhe von den Füßen und atme ein, so tief ich kann. Doch der Staub schmeckt nur nach Staub, und die heiße Straße verbrennt mir die bloße Haut.

Wenn ich dann die Augen wieder öffne, sehe ich meine

Kinder, die unbefangen von Dreck und Hitze über die Bürgersteige toben. Sie streiten, worüber Jungen in ihrem Alter eben streiten – wer von ihnen der Räuber sein darf und wer der Polizist. Morgen werden sie vielleicht denselben Streit über Ritter und Drachen austragen. Und während ich ihnen zusehe, kann ich nicht umhin, mich zu fragen, ob es wirklich das Dorf ist, das seinen Zauber verloren hat.

Oder vielleicht doch ich selbst.

Am Morgen des Tages, an dem Sofia nach Rocavella zurückkehrte, war die Zeit schon mehrfach über Luz zusammengebrochen, ehe sie auch nur einen Fuß vor die Tür gesetzt hatte. Seit vier Wochen hatten die Kinder nun Sommerferien, und mit jedem Tag gerieten sie mehr außer Rand und Band. Zu allem Überfluss war auch noch Sonntag, was bedeutete, dass Luz sie nicht zu einer ihrer Ferienaktivitäten schicken konnte. Stattdessen musste sie dafür sorgen, dass sie sich anzogen und frühstückten, sie vor dem Fernseher wegreißen – was die schwerste Aufgabe war – und sie an den Rücksitz ihres völlig überhitzen Seat fesseln, ohne dass der tobende Antón ihr ein blaues Auge schlug. Er war erst vier Jahre alt, und Luz wusste, dass der Trotz ihn manchmal noch wie eine Naturgewalt überkam, gegen die er nichts ausrichten konnte. Aber auch Raúl, ihrem Älteren, konnte sie insgeheim nicht verübeln, dass er wenig Freude dafür aufbrachte, mehr als eineinhalb Stunden durch die Vormittagshitze fahren zu müssen, um eine Fremde abzuholen, über die Luz ihnen kaum etwas erzählen konnte.

Luz war gerade sechs Jahre alt gewesen, als Sofia ins Dorf kam – so alt wie Raúl heute, und sie erinnerte sich kaum daran. Ganz davon abgesehen, dass das Thema »Meerjungfrauensommer« in der Gegenwart bestenfalls gemischte Gefühle in ihr auslöste. Ja, sie verstand, warum *mamà* über Sofias Anruf so aus dem Häuschen gewesen war. Aber wirklich, sie hätte Luz wenigstens vorher fragen können, ob es ihr passte, ehe sie sie dazu verpflichtete, die junge Dame vom Bahnhof in Portbou abzuholen. Eine Fahrt, die Luz insgesamt mehr als drei Stunden ihres einzigen freien Wochentages kosten würde – von den Nerven ganz zu schweigen. Und das nur, damit *mamà* zu Hause sein konnte, um Cian in Empfang zu nehmen, der seine Ankunft ebenfalls für heute angekündigt hatte. Als ob der nicht auch für ein paar Minuten allein zurechtkäme. Aber für den verlorenen, weltreisenden Sohn war ja selbst der größte Aufwand noch zu klein.

Nein wirklich, insgesamt war Luz, als sie nur haarscharf im Zeitplan in Portbou ankam und ihre immer noch quengelnden, streitenden Söhne aus dem Auto zerrte, nicht unbedingt in der besten Stimmung, um eine lang vermisste Freundin willkommen zu heißen.

Doch als sie den Bahnsteig betrat und in der Menge der einheimischen Reisenden Sofia entdeckte, wie sie schmal und blass neben ihrem Koffer stand, die hellen Haare leuchtend in der Mittagssonne, da schlug eine Welle von Gefühl über Luz zusammen, mit der sie nicht gerechnet hatte: Die Erinnerung an eine Zeit, in der das Leben noch leicht und schön gewesen war, in der sie noch an Meerjungfrauen glauben konnte und ihre schwerste Sorge darin bestand, ob ihr Bruder zum Nachtisch den größeren Pudding bekam. Das alles war so lange vergangen, dass Luz längst vergessen hatte, wie es sich anfühlte, ja, dass sie nicht einmal mehr gewusst hatte, dass ihr etwas abhandengekommen war.

Und deshalb weinte sie.

Dreißig Minuten früher.

Die letzte halbe Stunde der Zugfahrt war für Sofia die reinste Qual. Zuvor hatte sie lange Zeit aus dem Fenster geschaut und die beeindruckende Landschaft genossen, die draußen vorbeizog – die rauen Hänge der Pyrenäen mit ihren Pinien und Korkeichen, über denen Adler ihre majestätischen Kreise zogen. Die schroffen Klippen ockerfarbener Steine, die ihren Staub über jeden Halm und jeden Zweig legten und der ganzen Landschaft einen warmen und zugleich ausgeblichenen Ton gaben, wie auf einer alten Fotografie.

Und dann das Meer.

Sofia fühlte sich später nicht imstande zu beschreiben, wie es war, zum ersten Mal seit mehr als zwanzig

Jahren das Mittelmeer zu sehen, das gegen die zerklüftete Küstenlinie der Costa Brava anbrandete. Die Costa Brava – spanisch für *wilde Küste.* Doch wild war nicht nur die Küste, wild war vor allem das Meer, und wie wild schlug auch Sofias Herz, als sie, die Hand gegen die Scheibe des Zugfensters gepresst, zum ersten Mal das tiefblaue Schimmern jenseits der Berge erblickte, das sich bis zum Horizont erstreckte.

Doch dieser Moment war nun bereits Stunden her, und in Sofias Kopf, Magen und Herz hatte sich eine Nervosität breitgemacht, die keinerlei Raum mehr für die Bewunderung der Natur übrig ließ. Innerhalb der letzten fünfzehn Minuten war sie bereits viermal auf der Zugtoilette gewesen, hatte sich das Gesicht gewaschen und eingecremt, den Lidstrich nachgezogen, die Locken in Form gezupft und ihr verschwitztes Reiseshirt und die Shorts gegen ein pastellgrünes Sommerkleid getauscht. Nun saß sie unruhig auf der Kante ihres Sitzes, den Griff ihres Koffers schon in der Hand. Die letzten drei Stationen schienen kleine Ewigkeiten voneinander entfernt zu sein. Wer würde sie abholen? Würden sie sie gleich erkennen? Würde überhaupt jemand da sein?

In diesem Moment ertönte eine dunkle Glockenmelodie aus dem Lautsprecher über ihr.

»Pròxima estació: Portbou. – Próxima estación: Portbou – Next stop: Portbou.«

Sofia atmete tief durch und stand auf. Der Zug

wurde langsamer, bis er nur noch ganz gemächlich vor sich hin schlich, als zögere er die endgültige Ankunft absichtlich hinaus. Sofia hatte das Gefühl, ihre Brust müsse gleich zerspringen, so heftig schlug ihr Herz.

Dann kam der Zug endlich zum Stehen, die Türen öffneten sich zischend, und Sofia fiel mit dem schweren Gepäck mehr auf den Bahnsteig, als dass sie stieg. Die Hitze draußen empfing sie nach der klimatisierten Luft, in der sie die letzten Stunden verbracht hatte, wie ein Schlag ins Gesicht. Überwältigt blieb sie stehen, hielt sich an ihrem Koffer fest und blinzelte in die Sonne. Menschen trieben an ihr vorbei, strebten plaudernd und lebhaft gestikulierend ihrem Ziel entgegen, fanden einander, küssten sich. Kein einziges Gesicht kam ihr vertraut vor, und für einen Moment fühlte Sofia sich schrecklich verlassen – als sie vom Ende des Bahnsteigs eine junge Frau heraneilen sah. Die Absätze ihrer Pumps klapperten laut auf dem Pflaster, und ihr kurzes Sommerkleid war um die schmale Taille ein wenig verrutscht. An jeder Hand zerrte sie einen kleinen Jungen hinter sich her. Mitten auf dem Bahnsteig blieb sie schließlich stehen, schob die riesige Sonnenbrille auf den etwas zerzaust wirkenden Knoten dicken schwarzen Haars zurück und sah sich suchend um.

Und obwohl Sofia an dieser Frau nichts bekannt vorkam und sie wirklich rein gar keine Ähnlichkeit hatte mit dem Mädchen auf dem Foto, das sie seit dem Abschied von ihrer Großmutter stets bei sich trug – als ihre Blicke sich trafen, ließ ein Lächeln bernsteinbraune Augen aufleuchten, und Sofia wusste ohne jeden Zweifel, wen sie vor sich hatte.

Vor ihr stand Luz Pujol i Genovés – und ohne große Worte zu machen, schloss sie Sofia in die Arme und weinte.

16.

Eine Viertelstunde später drängten sie sich zu viert in Luz' kleinen roten Seat. Die Fenster hatten sie weit heruntergekurbelt, sodass Sand und Staub und warmer Wind ihnen die Haare durcheinanderwirbelten, während sie die kurvige Küstenstraße entlangbrausten. Sofia konnte den Blick nicht vom Meer lösen. Tiefblau und unendlich weit breitete es sich unter ihnen aus. Der Geruch von Salz und Fisch und nassem Stein stieg ihr in die Nase.

Zu Hause. So fühlt es sich an, nach Hause zu kommen.

»Hattest du eine gute Reise? Du musst ja ewig unterwegs gewesen sein!« Luz hatte sich rasch wieder gefasst. Nur noch ein schwarzer Schleier in ihren Augenwinkeln zeugte davon, dass sie eben abwechselnd geweint und gelacht hatte.

Mein Gott, du musst mich für eine sentimentale Kuh halten, hatte sie immer wieder gesagt, und dann: *Oh, Mutter, ich kann nicht fassen, dass du wirklich hier bist!*

»Ich kann's immer noch nicht glauben«, sagte sie auch jetzt, während hinter ihr auf dem Rücksitz ihre Söhne um irgendetwas stritten. Sie nahm die engen Kurven rasant, fast schon rücksichtslos, eine Zigarette zwischen die Lippen geklemmt, die sie hin und wieder aus dem Fenster abaschte. »Und *mamà,* sie ist verrückt vor Freude, kannst du dir das denken? Davíd haben wir noch nichts erzählt, er setzt ja kaum noch einen Schritt aus seinem Leuchtturm, aber wer – Raúl, jetzt *lass* deinen Bruder in Frieden! – wer sollte ihn herauslocken, wenn nicht du? *Mamà* hat es schon jedem im Dorf erzählt, wirklich jedem, sogar denen, die damals noch gar nicht da waren. Es ist völlig verrückt.« Ihr Lachen klang rau und ehrlich. »Ich hoffe, du hast Hunger, denn sie steht schon seit gestern in der Küche, weil sie – Donnerwetter noch mal, jetzt ist es aber genug! Seid jetzt still, *alle beide!,* oder ihr geht den Rest zu Fuß!«

Die Kinder verstummten schlagartig. Im Auto war es sekundenlang still. Luz warf Sofia einen Blick zu. »Verstehst du überhaupt, was ich sage? Ich rede viel zu schnell, stimmt's?« Wieder dieses Lachen. Es tat ihr nicht ein bisschen leid, und Sofia konnte nicht anders, als das liebenswert zu finden.

»Doch, doch, ich verstehe. Mir fallen nur nicht so schnell die Worte zum Antworten ein.« Den Klang von Luz' Lachen noch im Ohr, wagte sie sich einen weiteren Schritt vor. »Ganz wie früher. Oder?«

Das Lachen verblasste zu einem Lächeln. »Ja? Oh. Ja.« Hinter der Sonnenbrille konnte Sofia Luz' Augen nicht erkennen. »Das hatte ich vergessen.«

Es war dieser Moment, in dem Sofia klar wurde,

dass nicht nur für sie viel Zeit vergangen war. Und dass jener magische Sommer für die Menschen in Rocavella möglicherweise nur ein winziger Fleck in ihrer Vergangenheit war, der ihnen längst nicht so viel bedeutete wie ihr selbst.

Vergessen, dachte sie und kam sich plötzlich naiv vor. *Natürlich haben sie mich vergessen. Sie haben seitdem ein ganzes Leben gelebt.*

»Was ist mit Cian?«, versuchte sie, rasch vom Thema abzulenken. »Elena sagte, er käme vielleicht auch.«

Eine kurze Pause. »Für dich?«, erwiderte Luz dann, und ihre Lippen pressten sich einen Augenblick lang zu einem schmalen Strich zusammen. »Natürlich kommt er.«

Sofia sah sie verblüfft an. Es steckte so viel in diesen wenigen Worten, und nichts davon hatte sie erwartet.

Was ist mit euch passiert?

Ihr Finger zuckte zu ihrer Handtasche. Zu den strahlend lächelnden Kindergesichtern. Aber sie zog das Foto nicht heraus.

Hinten auf der Rückbank begannen die Jungen, leise wieder zu streiten. Luz brachte sie mit einem mahnend erhobenen Finger zum Schweigen.

»Es hat sich viel verändert seit damals«, erklärte sie, als hätte sie Sofias Gedanken gelesen. »Aber mach du dir keine Sorgen deswegen.« Ihr Lächeln war traurig, aber herzlich. »Wir freuen uns alle sehr, dass du gekommen bist.«

Danach sagte sie nichts mehr. Auch Sofia sah wieder schweigend aus dem Fenster, spürte den warmen Fahrtwind und den eigentümlichen Schmerz in ihrer Brust, wo die Worte vibrierten, die Luz unausgesprochen gelassen hatte.

Was ist mit uns allen passiert?

Wenn Sofia in den vergangenen Jahren an Rocavella gedacht hatte, dann erinnerte sie sich in erster Linie an den Strand und das Meer, aber auch an holprig gepflasterte Straßen zwischen eng stehenden Häusern, Mauern aus rohen Kalksteinkieseln oder leuchtend weiß getüncht. In ihrer Erinnerung war es ein heller, strahlender Ort, heiß und freundlich und dabei so rau wie seine Bewohner.

Aber als sie an diesem Tag in Luz' rotem Seat über das Pflaster holperten, wusste sie genau, was Luz gemeint hatte, als sie sagte, es hätte sich vieles verändert.

Rocavella war alt.

Vielleicht war es schon damals alt gewesen, aber jetzt war es uralt, auf eine traurige, heruntergekommene Weise. Sie trafen am frühen Nachmittag ein, *Siesta,* wie Luz erklärte, und die Straßen schienen wie leergefegt. Vor vielen Hauseingängen waren rostige Gitter heruntergelassen, die Läden vor den Fenstern geschlossen. Ein struppiger Hund schlich vor ihnen über die Straße und scherte sich nicht darum, als Luz ihn schimpfend anhupte.

Schließlich hielt Luz vor einem kleinen Laden mit einem Schild, das wie ein grünes Kreuz geformt war. *Farmàcia* stand darauf. Die Neonröhren, die es einmal erleuchtet hatten, waren fast alle kaputt. Auch hier sicherten Stahlgitter die fest verschlossenen Fenster. Luz stieg aus und öffnete Sofia von außen die Beifahrertür, deren verklemmtes Schloss sich von innen nicht betätigen ließ.

»So, da wären wir. Willkommen!«

Sofia kletterte aus dem Auto und blieb auf der Straße stehen, um das Haus anzusehen. Sie erkannte es nicht wieder.

»Hier wohnt ihr?«

Luz hob die Brauen. Für einen Moment sah es so aus, als hätte Sofia sie irgendwie beleidigt. Aber dann verstand sie. »Oh – es ist ein anderes Haus als früher.« Sie nickte. »Stimmt, daran hatte ich nicht gedacht. Ist schon ein paar Jahre her, da ist alles zerfallen. Nicht nur hier, in ganz Spanien, einfach …« Sie schnipste mit den Fingern und zuckte die Schultern. »Mit der Wirtschaft ging es bergab, keiner hatte mehr Geld für irgendetwas. *Mamà* und *papà* mussten das andere Haus verkaufen. Jetzt wohnen sie im Hinterhaus der Apotheke, ist schon okay, aber viel dunkler als unsere alte Wohnung und viel weiter weg vom Strand. Ich glaube, wir waren nie mit dir hier. Oder ich hab es vielleicht vergessen.« Sie zuckte erneut die Schultern, als wolle sie sich entschuldigen. »Jedenfalls … sprich mit *mamà* besser nicht darüber. Das Thema ist immer noch wie eine offene Wunde für sie.« Sie wandte sich ab, um ihre quengelnden Söhne aus dem Auto zu befreien.

Sofia schwieg, den Blick weiterhin auf das Haus gerichtet. So alt. So schäbig. So fremd. Das Gefühl war beklemmend.

In diesem Moment kam der kleinere der beiden Jungen – Antón – zu ihr herübergelaufen und schob seine kleine Hand in ihre. »*Vine* – komm, Sofia! Ich zeig dir, wo der Eingang ist.« Er strahlte sie so vertrauensvoll an, als hätte er sie schon sein ganzes Leben lang gekannt, und Sofia wurde sofort wieder ein wenig leichter ums Herz. Sie lächelte zurück und ließ sich von ihm in den schattigen Durchgang neben der Apotheke ziehen.

Als die dunkle Tür sich knarrend öffnete, schlug ihr eine Wolke aus Erinnerungen entgegen. Gebratener Knoblauch, Fisch und Salz und Kräuter, alter Staub und ein Hauch von Chlorreiniger. Es mochte sich in Rocavella vieles verändert haben, und das Heim der Familie Pujol i Genovés lag vielleicht nicht mehr im gleichen Haus wie früher – sein Geruch aber war ohne jeden Zweifel derselbe geblieben.

»Hola!«, rief Luz in den schummrigen Flur. Ein Paar ausgetretener Turnschuhe und ein Seesack lagen unter der Garderobe. Hinter der Tür am Ende des Flurs waren lebhafte Stimmen zu hören.

»Ah«, sagte Luz, »er ist schon da.« Sie warf Sofia ein schiefes Lächeln zu. »*Oeix*, Cian! Komm her und trag Sofia den Koffer rein!«

Ein paar Sekunden lang war es plötzlich totenstill. Dann polterte ein Stuhl zurück, die Tür wurde aufgerissen, und jemand stürmte heraus.

»Sofia?«

Wie vom Donner gerührt blieben sie voreinander stehen. Sofia starrte in Cians Gesicht. Er war älter geworden, kantiger, die strahlend blauen Augen vielleicht etwas dunkler, als Sofia sie so oft auf dem Foto und in ihrer Erinnerung gesehen hatte. Sehnig war er und hochgewachsen, Sonne und See hatten erste Falten in seine Haut gezeichnet. Aber er hatte immer noch den Sturmwind im Haar.

»Hola«, sagte Sofia leise.

Und da riss er sie in seine Arme und drückte sie an sich, als wollte er sie nie wieder loslassen.

»Wie schön«, murmelte er, während er sie auf die eine Wange küsste und dann auf die andere, »wie schön, dich zu sehen.«

Und dann ließ er sie doch los, als Elena aus der Küche gerauscht kam und Sofia umarmte und herzte wie eine lang vermisste Tochter, während Luz' Söhne über ihren Onkel herfielen und jeder zuerst von ihm auf den Arm genommen werden wollte.

»Sofia, *carinyo* – dass du da bist! So viele Jahre! Komm rein, komm rein! Hast du Hunger? Das Mittagessen ist gleich fertig, ihr könnt schon den Tisch decken. Luz zeigt dir, wo alles ist. Jungs, lasst den großen Kerl los und helft eurer Mutter, damit wir zu Tisch kommen. Cian, du holst Sofias Gepäck. Bring es in Luz' altes Zimmer – und nimm gefälligst die Finger aus meinen Schüsseln, verstanden?« Sie gab ihrem erwachsenen Sohn einen Klaps auf die Finger, die gerade eine Olive stibitzen wollten.

»Ay sí, general mamà!« Cian grinste, küsste seine Mutter auf die Wange und griff nach Luz' Autoschlüsseln. »Sei vorsichtig. Sie kennt keine Gnade.« Er zwinkerte Sofia zu und war schon aus der Tür.

Sofia stand überwältigt im Raum und ließ Worte und Lachen über sich hinwegspülen. Beinahe hätte sie vergessen zu atmen. Es war, als könne sich ihr Verstand nicht entscheiden zwischen der Vergangenheit und der Gegenwart. Die herzlichen und zugleich so energischen Worte, die Lebhaftigkeit und die Selbstverständlichkeit, mit der Luz ihr jetzt einen Stapel Teller in die Hand drückte ... es war unmöglich, sich dem zu entziehen. Als hätte sie schon tausendmal den Tisch dort auf der Terrasse gedeckt, die leicht erhöht über den Hinterhof blickte, im Lichtspiel der Platanenzweige, die wie ein natürliches Dach darüberhingen.

Dabei war sie noch nie hier gewesen. Luz hatte es selbst gesagt.

Alles war neu.

Und zugleich wie immer schon.

Beinahe hätte Sofia geweint vor Glück.

Kurze Zeit später saßen sie alle dicht gedrängt um den runden Tisch: Elena, Luz, Cian und Sofia, eingeklemmt zwischen Raúl und Antón, die beide unbedingt neben ihr hatten sitzen wollen und nun mit großen Augen ihre blonden Haare bewunderten.

»Du siehst aus wie eine Prinzessin«, sagte Antón, den Mund voll Kartoffeltortilla.

»Ja, du bist so schön«, bestätigte auch sein großer Bruder, der allerdings erst kaute und schluckte, nachdem er den mahnenden Blick seiner Mutter aufgefangen hatte.

Sofia lächelte. »Danke sehr.«

»Aber es ist wahr«, bekräftigte Elena und schenkte tiefroten Wein in bauchige Gläser. »Du siehst sehr gut aus, Sofia. Gesund und fröhlich. Du bist eine starke Frau geworden.«

Luz nickte. »Nicht wahr? Sie hat ein bildschönes Lächeln.«

»Jetzt hört aber auf.« Sofia räusperte sich verlegen. »Sonst krieche ich gleich unter den Tisch.«

Das brachte alle zum Lachen.

»Salut!« Elena hob ihr Glas, und sie stießen an, auch die Kinder, die Zitronenlimonade bekommen hatten. »Auf deine Heimkehr.«

Und dann aßen sie: Tortilla, frisches Weißbrot und

Tomaten, Reis mit Fisch und Gemüse, dazu Oliven, Schinkenstücke, Krebsfleisch und Manchego-Käse in Olivenöl. Das Klirren der Teller und Gabeln wurde nur unterbrochen von gelegentlichem Lob für die Köchin, für den Wein oder das Brot.

Schließlich schob Cian seinen Teller zurück, zündete sich eine Zigarette an und ließ den Rauch ins flirrende Schattenspiel der Mittagshitze schweben.

»Und? Wohin gehst du heute als Erstes?« Ein Zucken im Mundwinkel, ein schalkhaftes Lächeln. »Ans Meer«, fügte er hinzu, als sei die Antwort eine Selbstverständlichkeit.

Sofia nickte.

Rauschend, plätschernd um meine Knöchel. Ob es sich anfühlt wie im Traum?

Cian blinzelte ins Blätterdach der Platane. Dann warf er seiner Schwester einen Blick zu. »Gehen wir doch zusammen. Später, wenn es nicht mehr so heiß ist. Kommst du mit, Luz?«

Das schien Luz zu überraschen. Sie hob den Blick und musterte ihren Bruder misstrauisch, und Sofia dachte an die Bitterkeit, die sie im Auto in Luz' Stimme gehört hatte, als die Rede auf Cian kam – und an ihre eigenen Gedanken.

Was ist mit euch passiert?

»Ich weiß nicht«, wehrte Luz ab. »Die Jungs ...«

»Die bleiben bei mir«, fiel Elena ihr ins Wort. Ihr Tonfall duldete keine Widerrede. Weder von ihrer

Tochter und schon gar nicht von ihren Enkeln, obwohl Raúl den Mund bereits zum Protest geöffnet hatte.

»Natürlich gehst du mit zum Strand, *reina.* Hör nur ein Mal für ein paar Minuten auf, im Kreis zu denken. Sofia ist den weiten Weg auch für dich gekommen. Genieß es.«

Luz presste die Lippen zusammen. Dann aber lächelte sie. »*Bé.* Dann komme ich mit. Wenn ihr das wollt.«

»Aber sicher«, sagte Sofia sofort.

Cian hob die Schultern und zog an seiner Zigarette. »Natürlich. Nicht jeder sieht die Welt aus so engen Augen wie du, weißt du.«

Doch das hätte er besser nicht gesagt. Luz' Wangen röteten sich, und ihre Augen blitzten auf. »Na, wenigstens tue ich nicht so, als wäre *papà* zufällig verreist, wenn ich mich alle zwei Jahre mal zu Hause blicken lasse«, fauchte sie, in Sekundenschnelle funkensprühend vor Wut, stand ruckartig auf und verschwand im Haus. Drinnen knallte kurz darauf eine Tür.

Am Tisch war es eine Weile sehr still. Die Kinder blickten betreten auf ihre Teller, als wüssten sie nicht recht, wie sie sich verhalten sollten, da die Schelte ihrer Mutter ausnahmsweise nicht ihnen galt. Cians Gesicht erschien seltsam unbewegt, während er an seiner Zigarette zog.

Sofia sah befangen von einem zum anderen. So gesehen – wo war eigentlich Luz' und Cians Vater? Sofia erinnerte sich vage an eine gedrungene Gestalt mit barscher Stimme. Jordi Pujol, der Apotheker. Niemand hatte ihn auch nur mit einem Wort erwähnt, seit sie hier war.

Sie musste später fragen. Falls sich eine Gelegenheit ergab.

Elena schüttelte den Kopf. »Ay, dieses Mädchen«, murmelte sie. »Sie reibt sich an allem so sehr auf. Entschuldige, Liebes.« Sie lächelte Sofia an. »Wir wollten nicht die Stimmung verderben. Aber wir schaffen es immer noch, uns jeden Tag zu streiten. Da haben all die Jahre nichts geändert. Luz beruhigt sich gleich wieder, keine Sorge.«

Sofia lächelte zögernd zurück.

In diesem Moment zupfte Raúl, der ältere von Luz' Söhnen, sie am Ärmel. Seine grün-braunen Augen waren groß und hell in dem braun gebrannten Gesicht, und mit einem Mal bemerkte Sofia eine erstaunliche Ähnlichkeit zwischen ihm und dem Jungen auf dem Foto in ihrer Handtasche.

»Bist du wirklich eine Meerjungfrau?«, fragte Raúl.

Du bist eine Meerjungfrau, oder?, fragte Cian in ihrer Erinnerung.

Für einen langen Moment fehlten Sofia die Worte. Doch noch ehe sie etwas erwidern konnte, beugte Cian sich vor, stützte das Kinn in die Handfläche und lächelte. »Und ob sie eine ist. Die einzige echte Meerjungfrau der Welt.«

In diesem Augenblick hatte Sofia das Gefühl, die Brust würde ihr zerspringen. Aber ob vor Glück oder vor Traurigkeit, das wusste sie nicht.

»Na ja«, sagte sie leise und sah den Jungen neben ihr ernst an, »zumindest war ich mal eine.«

17.

Wenn mein Bruder zu mir sagte: »Renn!«, dann rannte ich ihm nach, auch in die wildesten Wellen hinein. Wenn er sagte: »Spring!«, sprang ich mit ihm auch vom höchsten Felsen. Ich lief, kletterte und tauchte, wohin auch immer es ihm einfiel. Ich stahl Bonbons aus dem Supermarkt, erkundete finstere Höhlen, überstand ein ums andere Mal das Donnerwetter unseres Vaters, bot dem Leuchtturmwärter die Stirn und rettete Meerjungfrauen. Und nicht ein einziges Mal fürchtete ich mich. In all den Jahren meiner Kindheit brauchte ich niemals eigenen Mut, denn er, mein Bruder, war mein Mut.

Als er ging, um seine Meerjungfrau zu finden, blieb ich nicht nur allein zurück. Sondern auch mutlos.

Meinen eigenen Mut habe ich bis heute nicht gefunden.

In der Kammer hinter der Küche war es dämmrig. Die Luft war schwer vor Staub, dick und warm und nur mit Mühe einzuatmen. Die dunkelblauen Fensterläden waren geschlossen, und das Licht fiel in schmalen Streifen auf die helle Leinenhose, die Jordi Pujols Knie bedeckte.

Luz stellte das Tablett mit Essen auf dem Tisch beim Fenster ab und schloss leise die Tür. *»Hola, papà.«*

Ihr Vater reagierte nicht. Unbewegt saß er in seinem Rollstuhl und starrte zum Fenster, als könne er durch verwittertes Holz und splitternde Farbe hindurchsehen.

Luz schloss kurz die Augen und atmete tief durch. »Es gibt Mittagessen. Ich helfe dir.« Sie schob ihren Vater näher zum Tisch, wobei sie darauf achtete, dass kein Lichtstreifen direkt auf seine Augen fiel.

Jordi grunzte undeutlich aus dem rechten Mundwinkel. Der linke hing schlaff herab. »Ewuena?«

Luz seufzte tonlos. »Ich bin es, *papà. Mamà* ist draußen. Sofia ist hier. Aus Deutschland, erinnerst du dich?« Sie drückte ihrem Vater den Löffel in die zittrige Rechte und legte Papierservietten auf seinen Schoß und seine Brust. Jordis Blick trübte sich ein wenig. Natürlich erinnerte er sich nicht. Er behielt kaum je etwas von dem, was Luz ihm erzählte. Oft genug erkannte er ja nicht einmal seine eigene Tochter. Manchmal fing er an, zu fluchen und zu brüllen, als wolle er sie aus dem Haus jagen. Niemand, schrie er dann mit plötzlich erstaunlich klarer Stimme, dürfe sich als seine Kleine ausgeben, und sie, *Betrügerin!*, solle auf der Stelle verschwinden.

Heute brüllte er nicht, und Luz war froh darüber. Sie war auch so schon aufgewühlt genug.

Da klärten sich die Augen ihres Vaters, und er fixierte sie, als sei ihm urplötzlich etwas sehr Wichtiges eingefallen. Seine verzerrten Lippen spitzten sich, und Luz wusste, was nun kommen musste.

»Wo isssh … Shian?«

Luz atmete tief ein und langsam wieder aus. Durch zwei Türen gedämpft hörte sie ihren Bruder im Hinterhof lachen. Auch Jordi musste seine Stimme erkannt haben. Sein Gehirn war beschädigt, aber er war nicht verblödet. Und seinen geliebten Sohn erkannte er immer. Immer.

Trotzdem log sie.

»Keine Ahnung, *papà.* Er wollte kommen … später. Er hat immer so viel zu tun, das weißt du ja. Bei der Marine ist es schwer freizubekommen. Wenn er hier ist, schicke ich ihn sofort zu dir. Versprochen.«

Ihr Vater sah sie an, lang und stumm. Und Luz tat so, als würde sie die Tränen in seinen Augen nicht bemerken.

Schließlich nickte Jordi ruckartig. Seine Finger um den Löffel verkrampften sich, als er ihn mit zittriger Hand in den Brei aus zerkochtem Reis und Gemüse tauchte. Dicke Kleckse tropften auf die Papiertücher und verfingen sich in seinem Bart, der bald wieder gestutzt werden musste. Luz versuchte nicht, ihm zu helfen. Das hätte er ihr nie verziehen.

Nach dem Essen ging sie ihrem Vater dabei zur Hand, sein Gesicht zu säubern und sich zur Siesta aufs Bett zu legen, wo er fast augenblicklich einschlief. Draußen war es unterdessen ruhig geworden, nicht einmal die Kinder waren noch zu hören. Und als Luz schließlich leise mit dem leeren Tablett die Kammer verließ, fand sie auf der Terrasse nur noch Sofia vor. Sie stand auf der obersten Stufe der Treppe, die zum Hinterhof hinabführte, ihr Glas mit dem letzten Schluck Wein darin in der Hand, in Licht gebadet wie eine Erscheinung. Als sie das Klappen der Tür hörte, drehte sie sich um.

»Hallo.« Ihr Lächeln war unsicher.

»Hallo.« Luz setzte das Tablett ab und gesellte sich zu ihr. »Wo sind denn die anderen?«

»Sie haben sich hingelegt. Elena sagte, ich soll mich auch ausruhen, aber ... ich brauche noch einen Moment. Macht es dir was aus, dass ich dein Zimmer benutze?«

Luz winkte ab und schenkte sich Wein nach. »Das ist schon so lange nicht mehr mein Zimmer. Fühl dich wie zu Hause.« Sie trank einen Schluck, ehe sie sich eine Zigarette anzündete. »Ehrlich gesagt, ich bin hier nie so richtig angekommen. Als wir hergezogen sind, war ich fünfzehn und ... na ja ... schwierig, fürchte ich.« Sie lachte bei der Erinnerung. »Wir waren alle schwierig, es waren ja auch schwierige Zeiten. Dann hatte *papà* seinen ersten Schlaganfall, und ...« Sie runzelte die Stirn. »Haben sie es dir erzählt? Das mit *papà*?«

Sofia schüttelte den Kopf. »Nein. Das tut mir leid.«

Luz zog an ihrer Zigarette und seufzte ärgerlich. »Warum frage ich eigentlich? Entschuldige. Du hättest das von vornherein wissen sollen.«

Sofia zuckte die Schultern und sah wieder hinab in den Hinterhof. Ihre kurzen blonden Locken fielen nach vorn, sodass Luz ihre Augen nicht sehen konnte. Gedankenverloren schwenkte sie die tiefrote Weinpfütze in ihrem Glas. »Es gibt wohl in jeder Familie Dinge, über die nicht gesprochen wird.«

Luz nickte. Eine Weile schwiegen sie.

»Ich möchte wirklich, dass du mit an den Strand kommst«, sagte Sofia schließlich. »Wenn du es so lange mit Cian aushältst?«

Luz warf ihr einen überraschten Blick zu. Eine ungewohnte Wärme breitete sich in ihrer Brust aus, bis sie sich schließlich als Lächeln auf ihr Gesicht stahl.

»Wenn du mich so bittest? Wie kann ich da nein sagen.«

Da lächelte auch Sofia. »Ja? Das freut mich. Wirklich sehr.«

Auf dem Weg zum Strand nahmen sie Sofia in die Mitte. Auch am späten Nachmittag glühte die Hitze noch in dem verwinkelten Irrgarten der engen Gassen, während die Bewohner des Ortes sich allmählich regten. Hinter halb heruntergelassenen Rollläden verbargen sich neugierige Blicke. Sie waren ja auch ein bemerkenswertes Gespann, dachte Luz sarkastisch. Der Weltreisende. Die gescheitert Heimgekehrte. Und ihre Meerjungfrau.

Sie hörten das Meer, lang bevor sie es sahen. Ein tiefes, stetes Rauschen, das sich mit dem Wind vermischte. Hier und da blinzelte es tiefblau zwischen den Häusern hindurch, kleine Schnitzel eines leuchtenden Bandes, erst täuschend weit entfernt, dann mit jeder Abzweigung, die sie nahmen, näher und näher. Doch erst als sie hinaustraten auf die Promenade, hinter der sich das Meer in seiner ganzen türkisblauen Weite vor ihnen ausbreitete, konnte Luz endlich wieder frei atmen. Bei aller Wut und Enttäuschung, die sie mit diesem Ort verband – dieser Blick löste alles auf. Immer.

Der Sand war heiß unter ihren Sohlen, als sie den Strand betraten. Die Sonne brannte auf ihre Köpfe und Schultern, und Luz öffnete den Mund, um Sofia auf den Strandkiosk aufmerksam zu machen, der Getränke und Eis verkaufte. Doch da legte Cian eine Hand auf ihre Schulter, und als sie aufgebracht zu ihm herumfuhr, schüttelte er wortlos den Kopf und sah vielsagend zu Sofia.

Luz verstummte, ohne auch nur eine Silbe gesagt zu haben.

Wie von unsichtbaren Fäden gezogen, strebte die junge Frau auf das Wasser zu. Luz und Cian blieben stehen, wo sie waren, und ließen Sofia allein mit dieser ersten Begegnung. Der Wind blies durch ihre Haare und flatterte in ihrem Kleid. Glitzernde Tropfen stoben in die glutweiße Luft, als sie ohne Zögern ins Wasser hineinwatete. Die Wellen trieben den pastellgrünen Rock wie Wasserpflanzen um ihre Knie. Ohne sich umzusehen, starrte Sofia dem Meer und dem Horizont in die Augen. Eine zerbrechliche Silhouette vor der wilden Küste, und doch schien sie genau dorthin zu gehören. Als hätte sie schon immer dort gestanden. So schmal und ganz allein.

»Erinnerst du dich?«, fragte Cian leise. »An sie?«

Luz sah aufs Meer. Auf die Wellen, die sich an Sofias Knien brachen. Ein vages Bild tauchte auf und versank genauso schnell wieder, wie eine Erinnerung, die sie nur aus den Geschichten ihrer Mutter geborgt hatte.

»Kaum«, gab sie zu.

Cian nickte langsam. »Das ist der Unterschied zwischen uns beiden.«

Luz warf ihm einen raschen Blick zu. Cian sah sie nicht an, sah immer noch auf Sofia und das Meer. Sein Lächeln war seltsam weit entfernt. Der Wind zerrte an seinem wilden, dicken Schopf, und plötzlich spürte auch Luz ihn überdeutlich, wie er versuchte, ihr das Haar zu zerwühlen, es aus dem Knoten zu befreien, in den sie es gezwängt hatte. Wann hatte sie damit eigentlich angefangen? Und was für ein Mensch war sie dadurch geworden?

In diesem flüchtigen Moment war die Erinnerung plötzlich ganz nah. Als könnte sie hier und jetzt in der Zeit zurückspringen und das Leben aus einem anderen Blickwinkel betrachten. Aber die Wut, die Luz nun schon so lange mit sich herumtrug, hing wie Blei an ihren Füßen.

Die Worte schmeckten bitter. »Du meinst, dass ich erwachsen geworden bin und du nicht?«

Cian schwieg. Ein bisschen zu lang. »Dass du angekommen bist«, sagte er dann. »Und ich nicht.«

Angekommen? Oder gestrandet?

»Man kann nicht ankommen, wenn man immerzu wegläuft.«

»Das verstehst du nicht.«

»Nein«, schoss Luz zurück, »das verstehe ich wirklich nicht.«

Cian runzelte die Stirn. »Wirf mir nicht vor, dass du hier bist. Du hättest in Girona bleiben können oder sonst wo. Auch ohne Xabi.«

Luz' Wangen röteten sich vor Wut. »Ich lasse *mamà* nicht allein.«

»Das ist nicht der Grund, und das weißt du auch.«

»Du weißt gar nichts, Cian.«

»Doch. Und zwar, dass sie sehr gut ohne uns klarkommt.«

In diesem Moment drehte sich Sofia zu ihnen um, ein kurzes Zurückschauen über die Schulter nur, als ob sie sich fragte, wo sie eigentlich blieben.

Cian und Luz wechselten einen Blick, schwer von so viel Unausgesprochenem.

Dann aber erschien ein Lächeln auf Cians Gesicht. Und Luz begriff: Es war nicht die Zeit zu streiten. Diese Tage waren ihre Chance auf einen Meerjungfrauensommer. Vielleicht die letzte, die sie je bekommen würden.

»Na komm, Luz«, sagte Cian. »Rennen wir.«

Und sie rannten.

In vollem Lauf ins Wasser hinein.

*

Es überwältigte sie. Das Gefühl der Weite, der Gesang der Wellen, die in einer längst vergessenen Sprache ihren Namen raunten.

Der Strand war weniger breit als in ihrer Erinnerung und erst recht in ihren Träumen; eine von steter Brandung ausgewaschene Bucht, in die die unermüdlichen Wellen eine rotgolden schillernde Schicht Kiessand getragen hatten. Rechts und links schoben sich schroffe Felsen weit ins Meer vor, dicht bevölkert von Möwenkolonien. Doch Sofia konnte den Blick nicht von der dunkelblauen Linie des Horizonts lösen, die in der Ferne Himmel und Wasser teilte. Sie atmete tief durch.

Sie war hier. Nach all den Jahren. Aber würde sie auch Antworten finden? Gab es eine Vergangenheit jenseits dieses Strandes, die in unbekannten Tiefen auf sie wartete?

Hinter ihr platschte und spritzte es, kühle Tropfen trafen ihre nackten Schultern.

»Na?«, fragte Luz und keuchte ein wenig. »Wie ist es?«

Wir wissen doch längst, wo deine Familie ist, sagte die Stimme eines Jungen aus ihrer Vergangenheit.

Ja, pflichtete eine eifrige kleine Mädchenstimme ihm bei, *und wir bringen dich ganz bestimmt zu ihnen zurück!*

Sofia stiegen Tränen in die Augen, doch sie lächelte. Was auch immer sie in Rocavella finden oder erfahren würde – damals wie heute war sie nicht allein.

»Wollen wir in unsere Höhle schwimmen?«, fragte Cian.

Und auch ohne zu Luz hinzusehen, wusste Sofia, dass keiner von ihnen in diesem Augenblick irgendetwas lieber tun wollte.

20. Juli 1995, Rocavella, L'Alt Emporda, Spanien

Das Wasser warf tanzende Linien reflektierten Sonnenlichts an die Höhlenwände. Kleine Wellen glucksten und plätscherten gegen die schroffen gelb-braunen Felsen und spülten Schaum und Algen den winzigen Kiesstrand hinauf.

Schwer atmend hockten Cian, Luz und Sofia im Sand, mit zittrigen Beinen und leuchtenden Augen. Es war streng verboten, so weit hinaus und an die Steilküste heranzuschwimmen. Es gab dort Strömungen, die unerwartete Kraft entwickeln konnten, und Felsen, die tückisch verborgen unter der Oberfläche lagen, bis das Wasser sich in ein besonders tiefes Wellental zurückzog und den Schwimmer dabei mit sich riss, um ihm die Beine zu brechen. So eindrücklich hatten die Fischer von diesen Gefahren erzählt, dass nicht einmal die furchtlosen Apothekerskinder bisher gewagt hatten, es trotz alldem wenigstens ein Mal zu versuchen. Nicht allein.

Aber mit einer Meerjungfrau an ihrer Seite?

Was konnte ihnen da passieren?

Und wenngleich es auch nicht vorsätzlich geschehen war – als sie Sofia ins Wasser führten und das Meermädchen zu schwimmen begann wie ein Fisch, nun ja, ein wenig unbeholfen zwar, jetzt, da sie zwei Beine hatte und keinen Fischschwanz mehr, aber doch so sicher und unbeschwert, da ließen die Geschwister sich von Übermut und blindem Vertrauen tragen und folgten ihrer Freundin weiter hinaus. Und noch weiter. Wo das Wasser wild war und die Wellen höher als sie selbst, und ohne einen Gedanken daran zu verschwenden, wie sie den Rückweg bewältigen sollten.

So hatten sie die Höhle entdeckt.

Sie versteckte sich in der Steilküste hinter einem Felsen, der ihren Eingang aus nahezu jedem Blickwinkel verbarg. Luz aber hatte ihn doch erspäht und ihren Bruder und Sofia aufgeregt darauf aufmerksam gemacht. Auf diese Entdeckung war sie mächtig stolz, und an Angst dachte sie immer noch nicht.

Eigentlich gab es in der Höhle nicht viel zu sehen. Nur Felswände, das winzige Fleckchen Kiesstrand, und einige Tümpel in den Felsen, in denen kleine Fische und Krebse schwammen. Aber es war schattig und angenehm feuchtkühl, und es war ein Ort, an dem ganz sicher kein Erwachsener sie finden konnte, wenn sie es nicht wollten. Außerdem war es ohne jeden Zweifel das Gefährlichste gewesen, das sie je getan hatten, und das allein fühlte sich fantastisch an. Cian und Luz berichteten sich gegenseitig aufgeregt, wie sie gegen die Strömung gekämpft und Fische an ihren nackten Beinen gespürt hatten, und verglichen das Zittern ihrer Hände. Daher fiel ihnen erst nach einer Weile auf, dass das Meermädchen, das sie hergebracht hatte, eigentümlich still war, noch stiller als sonst. Sie saß da, den Blick gedankenverloren auf den Höhlenausgang gerichtet, und die kleinen Wellen schwappten über ihre Füße. Das Wasser warf schillernde Lichtflecken auf ihr Gesicht.

»Was ist los, Sofia?«, wollte Cian besorgt wissen.

Sofia runzelte die Stirn. »Ich weiß es nicht«, sagte sie zögernd. »Ich weiß nicht, warum ich hier bin.« Und sie starrte auf ihre weißen Füße, als wären sie ihr fremd.

Cian und Luz wechselten einen Blick. Wie gern sie ihr helfen wollten! Aber ihnen fiel nichts ein. Luz hockte sich neben sie und schob ihre Hand tröstend in Sofias.

»Erinnerst du dich denn an gar nichts?«, wollte Cian wissen. »Auch nicht an das Schloss? Oder deine Eltern?«

Sofia schloss die Augen. Ihre Lippen kräuselten sich angestrengt.

»Ich erinnere mich ...«, flüsterte sie schließlich, »an ein Lied.«

»Ein Lied?«, fragte Luz.

Sofia nickte. »Ja. Ein Meerlied. Von meiner Mutter.«

»Singst du es uns mal vor?«, bat Cian aufgeregt. Ein echtes Meerlied! Wer bekam so was schon zu hören?

Und die kleine Meerjungfrau öffnete den Mund und begann mit klarer, heller Stimme zu singen.

18.

Der Platz auf dem winzigen Stück Kiesstrand war, wie sich herausstellte, reichlich knapp für drei erwachsene Menschen. Sofia und Luz mussten dicht zusammenrücken, während Cian sich auf einen der scharfkantigen Felsen neben sie hockte. Zudem kam ihnen heute, wo sie die Strecke in nicht einmal zehn Minuten bewältigt hatten, ihr ehemaliges Versteck längst nicht so abgeschieden und geheim vor wie damals. Doch die Spiegelung von Sonne und Wasser tanzte noch genauso auf den feuchten Wänden, und sie alle drei waren ebenso atemlos, nass und aufgeregt wie bei jenem ersten Mal, als sie hier an Land gekrabbelt waren.

Eine ganze Weile saßen sie einfach da, ließen den Atem zur Ruhe kommen und beobachteten die kleinen Wellen, die an den Höhlenwänden leckten. Schließlich stand Cian auf, wie er es früher getan hatte, all die Male, die sie gemeinsam hier gewesen waren – zuletzt am Tag von Sofias Abschied. Er kletterte über die ausgewaschenen Felsen hinweg zur hinteren Wand der Höhle, kaum zwei Meter von der kleinen Bucht entfernt, wo er sich vorbeugte und den feuchten Stein inspizierte. Behutsam fuhr er mit den Fingerspitzen über eine Stelle im Fels. Als er sich umdrehte, grinste er zufrieden.

»Es ist noch da.«

Und so war es. Dunkel und verwittert waren dort drei Buchstaben zu erkennen, vor langer Zeit von kleinen Jungenhänden mühevoll in den Stein geritzt und wieder und wieder nachgezogen, damit das Wasser die Linien niemals würde wegspülen können.

C S L

In Luz' Augen leuchtete die Aufregung vergangener Tage. »Weißt du noch«, fragte sie, »wie wir immer gesungen haben? Du hast uns das Lied vom Meer beigebracht.«

Cian kam zu ihnen zurück. Er hatte die Stirn in Falten gelegt. »Ich dachte, du erinnerst dich nicht.«

Luz zuckte die Schultern. »Daran schon. Seit gerade eben.« Sie zögerte, dann fügte sie leise hinzu: »An jedes Wort.«

Cian nickte langsam und setzte sich wieder auf seinen Stein. So saßen sie da und schienen auf etwas zu warten, während Sofia die Wellen beobachtete, die plätscherten und gluckster. Sie ließ nassen Sand durch ihre Finger rieseln, der – von Nahem betrachtet – gar nicht rot war, sondern regenbogenbunt, jeder Kiesel eine eigene Farbe.

»Dann wisst ihr mehr als ich«, sagte sie endlich.

Die Geschwister sahen sie überrascht an.

»Wirklich?«, fragte Luz. »Aber …«

»Wirklich. Ich weiß es nicht mehr.« Sofia zuckte die Schultern. »Meine Großmutter …« Sie schloss die Augen, es war schwerer auszusprechen, als sie vermutet hatte. »… hat mir nie erlaubt, es zu singen. Und irgendwann habe ich es dann vergessen. Ich war noch klein.«

Luz und Cian tauschten einen Blick durch das goldfunkelnde Dämmerlicht. Und als sei sie selbst in diesem Moment wieder ein kleines Mädchen, rutschte Luz an Sofia heran und nahm ihre Hand.

»Das macht doch nichts«, sagte sie und spürte eine Ahnung der Zärtlichkeit in sich aufsteigen, die sie damals ihrer kleinen Meerjungfrau gegenüber empfunden hatte. »Wir bringen es dir wieder bei.«

Cian nickte nur und räusperte sich ein paar Mal; selbst er schien jetzt ein wenig verlegen. Dann hockte er sich neben Luz, so nah, wie er seit Jahren nicht mehr neben ihr gesessen hatte. Flüsternd tauschten sie einige Worte aus, berieten sich.

Und dann sangen sie.

Später wanderten sie zu dritt an der Brandungslinie entlang und ließen Haare, Haut und Kleider von der Sonne trocknen, die sich ganz allmählich auf die sanften Kuppen der Pyrenäen herabsenkte.

Sofia bekam das Meereslied nicht mehr aus dem Kopf. Es klang so fremd und zugleich so vertraut, die vergessenen deutschen Worte. Die ans Spanische gewöhnten Stimmen ihrer Freunde hatten den Text nicht immer ganz fehlerfrei getroffen, aber Sofia hatte ihn doch erkannt, wie etwas, das sie schon immer tief in sich getragen hatte, und es erschien ihr völlig unmöglich, dass sie es jemals hatte vergessen können.

Uraltes Wehn vom Meer,
Meerwind bei Nacht:
du kommst zu keinem her;
wenn einer wacht,
so muß er sehn, wie er
dich übersteht:
uraltes Wehn vom Meer,
welches weht
nur wie für Ur-Gestein,
lauter Raum
reißend von weit herein …

O wie fühlt dich ein
treibender Feigenbaum
oben im Mondschein.

Was sagte ihr das Lied? Wer hatte es gesungen? Sofia wusste nur, dass es ein schmerzliches Gefühl von Heimweh in ihr wachrief – nach einer Heimat, die sie wahrscheinlich nie besessen hatte.

Erstaunlich war allerdings auch, was der Gesang in

Luz und Cian bewegt hatte. Seit sie gemeinsam nach den richtigen Wörtern und Silben gesucht hatten, um das Lied zum Leben zu erwecken, war die Stimmung zwischen ihnen gelöster, die Spannung vom Mittag in den Hintergrund gerückt. Sie wateten spritzend durch die Wellen, neckten sich und lachten.

Sofia folgte ihnen still. Immer wieder wanderte ihr Blick zum Leuchtturm, der einsam und stolz auf den Klippen über dem Strand thronte. Ob David sie schon entdeckt hatte? Stand er dort oben an seinem Fenster und beobachtete sie? Hatte ihm inzwischen überhaupt jemand von ihrem Besuch erzählt?

Morgen, dachte Sofia und spürte den Gedanken warm in ihrer Brust kribbeln. Morgen musste sie ihn unbedingt besuchen.

25. Juli 1995, Rocavella, L'Alt Emporda, Spanien

»So, dann mach mal bitte den Mund auf.« Doktor Garcia saß vor der kleinen Sofia auf einem von Elenas Küchenschemeln und öffnete selbst weit den Mund, um dem Mädchen zu verdeutlichen, was er meinte. Er hatte ihre Brust abgehört, in ihre Ohren geleuchtet, sie gewogen und ihre Gliedmaßen abgetastet.

»Kerngesund«, sagte der junge Arzt nun, nachdem er einen routinierten Blick in ihren Rachen geworfen hatte, und lächelte Sofia freundlich zu. Sofia lächelte scheu zurück. Sie sah fragend zu Elena, und als diese nickte, flüchtete sie in einer verblüffenden Geschwindigkeit nach draußen – dorthin, wo Cian und Luz bereits ungeduldig auf sie warteten.

Die ganze Zeit über hatte sie nicht ein Wort gesagt.

Elena und Doktor Garcia sahen ihr durchs Fenster nach, wie sie im Hof auf die anderen Kinder traf, die sofort lebhaft gestikulierend auf sie einzureden begannen.

»Ihre Schweigsamkeit macht mir Sorgen«, sagte der Arzt, als er sich sicher war, dass das Mädchen ihn nicht mehr hören konnte. Er war erst vor einem knappen halben Jahr nach Rocavella gekommen, ein modernes Stadtkind eigentlich, doch er hatte sich erstaunlich schnell in die kleine Dorfgemeinschaft eingefügt. »Es ist bemerkenswert, dass sie körperlich so auf der Höhe ist. Es deutet schließlich einiges darauf hin, dass sie mehrere Tage im Wasser getrieben ist. Dass sie noch lebt, ist für sich schon ein Wunder.« Er seufzte und sah auf den Zeitungsartikel hinunter, den Elena ausgeschnitten und auf den Küchentisch gelegt hatte. Einige Tage zuvor war eine forsche Reporterin im Dorf gewesen, um einen Bericht über das Mädchen aus dem Meer zu schreiben – und einen Suchaufruf zu starten, der ihre Familie, wo auch immer sie war, über ihren Verbleib informieren sollte. Gemeldet hatte sich darauf indes noch niemand. Nur noch mehr Presse. Überregional, international und Sensationstouristen. Es war ein Rummel in dem kleinen Ort wie wohl seit Jahrhunderten nicht. Gut für die Sache, versuchte Elena sich immer wieder selbst zu beschwichtigen. Aber für das Kind?

»Ich halte es allerdings für fast unmöglich, dass so ein Erlebnis keine Spuren hinterlässt«, fuhr Doktor Garcia fort und sah Elena ernst an. »Willst du sie nicht doch in die Klinik in Girona bringen? Wenigstens für ein paar Tage?«

Elena schüttelte den Kopf. »Das ist zu viel für sie. Sie fühlt sich bei uns sicher, verstehst du? Ich kann sie nicht schon wieder auf eine Fahrt ins Ungewisse schicken. Ich weiß, du meinst es gut, Manel, aber Sofia bleibt erst mal bei uns.« Sie verstummte und legte den Kopf schief, um zu lauschen. »Hörst du das? Sie singt.«

Tatsächlich war von draußen ein helles Stimmchen zu hören, das sanft und klar eine traurige und zugleich wilde Melodie sang.

»Das würde sie doch nicht tun, wenn es ihr bei uns nicht gut ginge, oder?«

Manel Garcia hob leicht die Schultern. »Da bin ich überfragt, Elena. Ich bin weder Psychiater noch Psychotherapeut.« Er begann, seine Gerätschaften zurück in die Arzttasche zu räumen.

»Mir wärmt es das Herz«, erklärte Elena. »Es ist ein schönes Lied.«

Der Doktor lächelte nachsichtig. »Das kann ich gut nachfühlen«, gab er zu. »Trotzdem, Elena, versprich mir, dass du nicht zu lange wartest. Verwehr ihr nicht die Hilfe, die sie braucht. Sie könnte sonst ihr Leben lang darunter zu leiden haben.«

Elena nickte. Alles in ihr sträubte sich dagegen, das Mädchen fortzugeben, und sei es nur für wenige Tage. Aber dann sah sie Sofia wieder vor der Reporterin sitzen, blass und verstört, zitternd, als könne sie erneut die Kälte des Wassers spüren – und sie wusste, dass Doktor Garcia recht hatte.

»Lass uns nächste Woche darüber sprechen«, sagte sie leise. »Gib ihr noch so viel Zeit. Und mir.«

Der Arzt antwortete nicht sofort. Er war anderer Meinung, das war seiner Miene deutlich abzulesen.

Trotzdem nickte er. »Einverstanden. Sprechen wir am Montag darüber.«

Doch es sollte nie dazu kommen.

Denn am Samstag, den 29. Juli 1995, traf die Königinmutter in Rocavella ein.

19.

»*Hòstia,* dieser Mann ist wie ein Geist«, sagte Elena und schüttelte ärgerlich den Kopf. Das Licht hatte sich gerötet und warf lange Schatten aus dem Innenhof herein. Elena stand am Herd, in der Pfanne brutzelte eine *botifarra* – eine dicke, gräuliche Wurst, die herrlich würzig duftete. Sofia trank Wein am Tresen, der den Küchenbereich vom Wohnraum trennte, und warf gewürfelte Tomaten und Gurken in eine Salatschüssel.

»Kaum da, verschwindet er auch schon, und man weiß nie, wann er wieder auftauchen wird.«

Sofia nickte bloß. Was gab es dazu schon zu sagen? Es stimmte ja. Es war seltsam ruhig in der kleinen Wohnung im Hinterhaus der Apotheke. Jordi saß im Rollstuhl am runden Esstisch. Elena hatte ihn aus seinem Zimmer geholt, gerade als Sofia, Luz und Cian zur Tür hereingekommen waren. Im Fernsehen wurde eine Dokumentation über Meeresschildkröten gezeigt, aber er schien kaum hinzusehen. Er hatte sich auch nicht gerührt, als seine Kinder auf der Schwelle erstarrten, jedes auf seine Weise. Cian war mit ein paar gemurmelten Entschuldigungen geflüchtet, noch bevor er richtig im Raum gewesen war. Kurz darauf verschwand auch Luz mitsamt ihren Söhnen und sichtlich implodierter Stimmung. Die Wut auf ihren Bruder war auf ihr Gesicht zurückgekehrt und hatte das Lachen überschattet, das kurz zuvor noch über den Strand geschallt hatte. Aber darüber sagte Elena nichts.

»Kommt er heute noch mal zurück?«

»Wer weiß? Bei ihm jedenfalls niemand. Spät, vielleicht. Vielleicht auch gar nicht.« Elena schnaubte. »*Ostres,* seine alten Freunde wohnen morgen auch noch hier!« Sie spießte die Wurst aus der Pfanne, als wollte sie ihren Ärger loswerden.

Sofia trug Salat und Baguette zum Esstisch und fragte nicht weiter. Stattdessen lächelte sie Jordi zu. Der kranke Apotheker sah sie ein wenig ratlos an. Dann aber entschied er sich zurückzulächeln. Ein mühevolles Heben des gesunden Mundwinkels. *»Hola, p-wincessa«,* nuschelte er.

Auch Elena lächelte jetzt, der Ärger über den flüchtigen Sohn schien vergessen. »Er erinnert sich von uns allen vielleicht am besten an dich.«

Sofia sah sie überrascht an, und Elena seufzte. »Die Gegenwart ist oft nicht gut greifbar für ihn. In seiner Welt seid ihr alle Kinder und Erwachsene zugleich.« Sie sah einen Moment lang gedankenverloren auf den Fernseher. Dann griff sie nach der Fernbedienung und schaltete um. Statt majestätisch dahingleitender Schildkröten leuchteten nun die Teilnehmer einer

Datingshow grell vom Bildschirm. »Aber jetzt lass uns essen.« Sie schnitt die *botifarra* in mundgerechte Stückchen und schob sie auf Jordis Teller. Auf der Mattscheibe wurde wild geknutscht. Dann Werbeunterbrechung. Sofia starrte hin, ohne es zu wollen.

»Wie war es denn am Strand?«, fragte Elena. »Hast du das Meer wiedererkannt?«

Sofia lächelte. »Es war eine Zeitreise.«

»Wie schön. Manchmal wünschte ich, ich könnte auch eine machen. Sieh dir das an.« Elena wies mit der Gabel auf den Fernseher, wo jetzt eine Nachrichtensendung begonnen hatte. Die Straßen von Barcelona tauchten auf, Demonstranten mit bunten Schildern und den gelben Schleifen der Separatisten. Sie forderten *Freiheit für unseren Präsidenten!* und *Republik!*

»Vor zwanzig Jahren«, erklärte Elena, »hätte ich darüber den Kopf geschüttelt. Ich war immer Katalanin im Herzen, weißt du, aber auch Spanierin. Und jetzt?« Sie lachte. »Wenn du nicht zu Besuch bei uns wärst, würde ich da draußen auf der Straße stehen.«

Sofia lauschte dem Bericht. Auch die andere Seite der Demonstration wurde jetzt gezeigt; Krawalle, Gewalt, Polizei mit Schlagstöcken und Wasserwerfern. Sofia sah die Wut der Menschen auf den Straßen auch in Elenas Augen, und sie dachte daran, was Luz erzählt hatte. Von der Krise, *bums,* alles weg.

»Weißt du«, fuhr Elena fort, als könne sie Sofias Gedanken in ihrem Gesicht lesen, »wenn du dein Haus verlierst und deine Kinder keine Arbeit finden, weil die Regierung nur Steuern nimmt, aber keine Unterstützung für die Region zu geben hat, dann überdenkst du deine Meinung noch mal.«

Jordi neben ihr grunzte so energisch, dass Brotkrümel aus seinem Mund fielen. Seine Augen waren nun sehr wach, und er verfolgte höchst gespannt das Geschehen im Fernsehen.

»Er hat das schon früher immer gesagt. Wir müssen uns für eine freie demokratische Republik Katalonien einsetzen. Keiner braucht heutzutage noch einen König.« Elena zuckte die Schultern. »Deshalb war es für ihn auch so schwer, als Cian zur Marine gegangen ist. Aber was soll ich sagen? Der Junge musste nun mal seine Meerjungfrau suchen.« Sie zwinkerte Sofia lächelnd zu.

Sofia erwiderte das Lächeln, aber nicht das Zwinkern. Cian. Mit seinem Sturmwindhaar und den lebhaften Augen. Dieser unstete Geist. Etwas zog in ihrer Brust, und mit einem Mal überkam sie überwältigende Sehnsucht nach Oliver, der so ganz anders war.

Ob er an sie dachte?

Sie hatte ihm noch nicht einmal geschrieben, dass sie gut angekommen war.

Hatte er ihre Nummer überhaupt noch? Der Gedanke tat seltsam weh und war zugleich befreiend. Es war gut, dachte sie und fühlte einen Stich in der Brust, dass sie allein hergekommen war.

Inzwischen waren die Nachrichten vorbei, die Datingshow hatte wieder angefangen. Jordis Kopf sackte auf seine Brust, als hätte jemand ihn ausgeschaltet, und er schnarchte leise. Elena stand auf. »Ich bringe den *senyor* eben ins Bett. Morgen müssen wir früh raus, wir fahren zum monatlichen Check-up in der Klinik in Roses. Ich bin gleich zurück.«

Sofia nickte und beobachtete, wie Elena den Rollstuhl in die Kammer hinter der Küche schob. Allein auf dem Sofa, schenkte sie sich mehr Wein ein und spürte dem Gefühl des Verlorenseins nach, das sich in ihr breitmachen wollte. Warum nur hatte sie erwartet, hier eine heile Welt vorzufinden? Wann ging das Leben schon mal gerade Wege? Stattdessen schien hier kein Stein auf dem anderen geblieben zu sein. Und vor allem verstand sie das Problem nicht, das Cian offenbar mit seinem Vater hatte, oder Luz mit Cian, obwohl das vermutlich irgendwie zusammenhing.

Elena kehrte zurück und leerte ihr Weinglas mit einem großen Schluck, ehe sie sich ebenfalls nachschenkte. Dann seufzte sie erleichtert und setzte sich wieder an den Tisch. »Manchmal frage ich mich, ob ich ein Alkoholproblem habe«, sagte sie und lachte, als würde sie das überhaupt nicht für ein Problem halten.

»Kümmerst du dich ganz allein um ihn?«

Elena schüttelte den Kopf. »Luz hilft mir sehr. Obwohl mir natürlich lieber gewesen wäre, die Sache mit dem Vater ihrer Kinder wäre gut ausgegangen.« Sie seufzte und winkte ab, als wäre das ein Thema, das sie auf keinen Fall vertiefen wollte. »Zweimal in der Woche kommt Mónica, sie hält meinen chaotischen Haushalt in Ordnung. Und donnerstags der Arzt. Doktor Garcia. Erinnerst du dich? Er hat dich damals untersucht. War noch ganz neu im Ort.«

Sofia schloss die Augen und suchte nach einem Bild zu dem Namen. Einem Gefühl zu dem, was Elena erzählt hatte. Schließlich schüttelte sie den Kopf. »Leider nein. Ehrlich gesagt erinnere ich mich an kaum irgendetwas.«

Nur an das Meer.

Elena nickte. »Du warst noch klein. Da liegt viel Leben dazwischen.«

Sofia sah in ihren Wein, der rubinrot im Licht der Kerze leuchtete, die Elena auf den Tisch gestellt hatte. Die eine, wichtigste Frage brannte ihr auf der Zunge und rumorte in ihrem Magen. Und doch hatte sie Angst, sie auszusprechen.

Sie gab sich einen Ruck. »Weißt du, wie ich hergekommen bin? Damals? Warum ich dort am Strand lag? Ich meine, wenn man über dreißig ist, ist es schwer zu glauben, dass man aus einem Perlmuttschloss am Meeresgrund geschwommen ist, aber … ich weiß nicht mal, wer meine Eltern sind.«

Elena warf ihr einen überraschten Blick zu. Sofia sah Unglauben in ihren Augen. Erschütterung und Mitleid.

»Deine Oma hat dir wirklich gar nichts erzählt?«

Sofia schüttelte den Kopf. »Vergangenes soll man ruhen lassen. Das hat sie immer gesagt.« Das Lächeln schmeckte bitter. »Ich habe sehr lange gedacht, ich sei wirklich eine Meerjungfrau. Vermutlich ein bisschen zu lange.«

Elena schwieg eine ganze Weile. Widersprüchliche Gefühle stritten auf ihrem Gesicht, als ringe sie mit sich selbst um etwas, das Sofia nicht begreifen konnte. Dann stand sie auf und verließ das Zimmer. Sofia hörte sie in einer entfernten Ecke des Hauses kramen. Schließlich kehrte sie zurück. In der Hand hielt sie eine Schatulle aus Holz.

Sofias Herz pochte plötzlich ungewohnt schnell in ihrer Brust. Es war, als würde sie die Situation im Haus ihrer Oma noch einmal gespiegelt sehen. Eine Kiste, in der ihr vergessenes Leben lag. Mit einem Mal zum Greifen nahe.

»Du warst viel in der Zeitung damals«, sagte Elena. »Ich habe alles aufbewahrt. Die Briefe von deiner Oma sind auch da drin. Sie hat nicht oft geschrieben, meist habe ich keine Antwort bekommen. Aber manchmal doch.«

»Oh«, flüsterte Sofia. Mehr wusste sie nicht zu sagen. Die Schatulle lag ebenso bedeutungsschwer in ihren Händen wie die Blechkiste aus der Wäscheschublade ihrer Großmutter. Aber anders als bei der Sichtung des Nachlasses fühlte sie diesmal nicht den überwältigenden Drang, sie sofort zu öffnen und ihren Inhalt freizulegen. Im Gegenteil. Was sie fühlte, war mehr ein Zögern. Widerstreben fast.

Wollte sie wirklich wissen, was ihre Vergangenheit war? Wollte sie die Träume, in denen sie in ihrer Kindheit zu Hause gewesen war, ausgerechnet hier und jetzt endgültig entzaubern?

Elena lächelte mitfühlend und verständnisvoll. »Lass dir Zeit. Du wirst den richtigen Moment wissen. Und ich brauche die Kiste nicht mehr. Du kannst sie haben.«

Sofia nickte und drückte die Schatulle an sich. Mit einem Mal fühlte sie sich sehr erschöpft. Sie stand auf. »Ich glaube, ich gehe ins Bett. Der Tag war lang.«

Elena erwiderte das Nicken. »Eine gute Idee. Melde dich, wenn du etwas brauchst. Mein Zimmer liegt deinem direkt gegenüber.« Sie lächelte. »Gute Nacht, Sofia. Und schlaf gut. Ich freue mich sehr, dass du hier bist.«

Luz' Zimmer war jugendlich eingerichtet. Poster von Filmstars und Punkrockbands an den Wänden, dazwischen Fotos, Grüße und Herzchen ihrer Freundinnen, direkt mit Filzstift auf die Tapete gemalt. Ein Schrank, ein Schreibtisch, ein breites Bett – für viel mehr war hier kein Platz. Auf einem Stuhl in der Ecke und auf der kleinen Spiegelkommode fanden sich Fragmente von Luz' Söhnen und der Luz der Gegenwart: Kinderklamotten, einzelne Ohrringe, ein kleines Schminktäschchen, zu elegant für ein Punkrock-Mädchen. Sonst nichts. Sie wohnte wirklich schon sehr lange nicht mehr hier. Kam lediglich zu Besuch. Sofias großer Koffer war halb unter das Bett geschoben und schien den Raum förmlich zu sprengen.

Sofia setzte sich aufs Bett, die Holzschatulle noch in der Hand, und sah sich um. Ihr eigenes Jugendzimmer kam ihr in den Sinn, in dem ebenso die Zeit stehen geblieben war und das nun trotzdem fort war, für immer.

Sofia blinzelte gegen das plötzliche Brennen in ihren Augen an. Dann stand sie auf und stellte die Holzschatulle auf die Kommode. Das konnte sie heute nicht, dessen war sie sich jetzt sicher. Dafür war an diesem Tag schon zu viel auf sie eingestürzt. Sie trat ans Fenster, öffnete es weit und ließ den Blick in die Nacht hinauswandern. Das Meer war von hier aus nicht zu sehen. Aber das Licht des Leuchtturms huschte über den dunklen Himmel, begleitet vom steten Rauschen der Wellen, die an den Strand rollten. Leichter Wind zupfte an Sofias Haar. Der an- und abschwellende Klang der Brandung und das blinkende Licht machten sie schläfrig.

Als sie sich schließlich ins Bett legte, fielen ihr die Augen zu, kaum dass ihr Kopf das Kissen berührte.

20.

Sie ist hier. Endlich.

Ich habe so lange davon geträumt, dass es sich jetzt, wo es so weit ist, immer noch unwirklich anfühlt, sie auch nur anzusehen. Zu hören, wie sie spricht, wie sie lacht. Zu sehen, wie die Sonne auf ihren Haaren leuchtet. Ich war zehn, als wir sie fanden – zehn Jahre alt, und zum ersten Mal in meinem Leben rettungslos verliebt. Seit damals habe ich jeden Tag nach ihr gesucht. Nach ihrem Lächeln. Ihrem Geheimnis. In jeder Frau, die mir begegnete.

Oh, diese Ironie.

Denn wenn ich Sofia jetzt ansehe, ist dort kein Geheimnis mehr. Sie hat es verloren. Und wie soll eine Frau aus Fleisch und Blut auch den Träumen eines Zehnjährigen gerecht werden?

Was bleibt, ist ihr Lächeln. Das immer noch wunderschön ist.

Sofia schlief lang und reglos wie ein Stein. Als sie erwachte, war es längst hell, und sie konnte sich nicht erinnern, wann sie das letzte Mal so tief und traumlos geschlafen hatte.

Draußen vor dem offenen Fenster blinzelte die Sonne bereits über die Dächer. Das Meer rauschte.

Die Holzschatulle wartete auf der Kommode, aber noch immer fühlte Sofia sich nicht bereit, einen Blick hineinzuwerfen.

Ich bin noch nicht so weit.

Doch seltsamerweise löste der Gedanke keine Unruhe in ihr aus. Der Zeitpunkt würde kommen. Es gab keinen Grund zur Eile. Und noch so viel anderes wiederzuentdecken.

Im Haus herrschte eine verlassene Stille, und Sofia fiel ein, was Elena über den Klinikbesuch gesagt hatte. Sie mussten schon unterwegs sein. Aber aus der Küche drang Kaffeeduft herüber. Vielleicht hatte Elena welchen für sie gekocht.

Auf bloßen Füßen tapste Sofia in den Wohnbereich. Morgensonne und Schattenspiele fielen durch die geöffnete Glastür herein. Und auf der Veranda im weißen Morgenlicht saß Cian. Vor ihm auf dem Tisch stand ein Kaffeebecher neben einer aufgeschlagenen Tageszeitung. Er rauchte und tippte mit der freien Hand auf seinem Smartphone.

Sofia blieb stehen. Unwillkürlich fuhr ihre Hand zu ihren Haaren, die sich wie jeden Morgen wüst in alle Richtungen lockten. Sie brauchte keinen Spiegel, um zu wissen, wie ihr Out-of-Bed-Look aussah – ungekämmt, ungeschminkt und in einem uralten, fadenscheinigen Nachthemd.

In diesem Moment sah Cian auf und nahm ihr jede Gelegenheit für einen unauffälligen Rückzug.

»Guten Morgen.«

Sein Lächeln war breit, sein Shirt verwaschen, und seine Jeans wies ein ansehnliches Loch auf, aus dem sein rechtes Knie hervorsah. Und seine Haare? Sofia musste beinahe lachen. Gab es ausgerechnet vor ihm wirklich einen Grund, sich wegen ungebürsteter Locken zu genieren?

»*Bon dia.*« Sie lächelte verschmitzt, hockte sich zu ihm an den Tisch und zog die nackten Füße auf die Sitzfläche.

»*Català.* Sehr gut.« Cian grinste. »Gut geschlafen?« Er schob das Smartphone in seine Hosentasche.

»Fantastisch. Ich war wohl müde.«

»Ich hol dir einen Kaffee.« Er stand auf und kehrte kurz darauf mit einem dampfenden Becher zurück.

»Eigentlich bin ich hier, um dich abzuholen«, sagte er, als er sich wieder gesetzt hatte. »Ich hätte nicht gedacht, dass du so lange schläfst.«

Dann hatte er also nicht hier übernachtet, wie Elena es vorausgesagt hatte. Sofia war überrascht, dass ihr der Gedanke auf unbestimmte Weise nicht gefiel. Wo mochte er gewesen sein, wenn nicht hier? Alte Freunde, hatte Elena gesagt. Was für alte Freunde waren das wohl?

»Ach so? Wohin gehen wir denn?«, fragte sie und trank einen Schluck Kaffee.

Cian lächelte schief, als wüsste er genau, was sie gerade umtrieb. »Ich war bei Davíd. Ich besuche ihn immer sofort, wenn ich auf Heimaturlaub bin. Außerdem musste ihm doch irgendjemand erzählen, dass du hier bist.« Er fingerte eine neue Zigarette aus seinem Päckchen. »Er wünscht sich, dass wir zum Frühstücken kommen.«

»Wirklich?« Sofia war sich bewusst, dass er ihre Reaktion genau beobachtete, aber das war ihr egal. Mit einem Mal pochte ihr Herz wie wild. David! Sie sprang auf die Füße, der Kaffee war vergessen. »Dann mache ich mich schnell fertig.«

Cian nickte, zündete die Zigarette an und grinste. »Keine Hektik. Er wird warten. Die paar Minuten hält er nach all den Jahren auch noch aus.«

Aber das hörte Sofia schon nicht mehr. David konnte vielleicht warten – sie konnte es ganz sicher nicht.

Es dauerte eine Weile, bis Sofia bemerkte, dass sie einen anderen Weg zum Strand nahmen als am Tag zuvor. Cian führte sie zuerst ein ganzes Stück weiter Richtung Dorfmitte, vorbei an eng stehenden Wohnhäusern und winzigen Geschäften, die sich halb in dunklen Souterrain-Geschossen versteckten. Etliche der Gebäude schienen allerdings einfach leer zu sein, und auch von den sonst an der Costa Brava allgegenwärtigen Touristen waren in den Straßen Rocavellas so gut wie keine zu sehen. Nur vereinzelt irrten ein paar Urlauber an ihnen vorbei, die vermutlich in dem einzigen Hotel des Ortes untergekommen waren. Es war schon seltsam, dachte Sofia. So wenig sie auch das Bedürfnis hatte, hier auf andere Deutsche zu treffen und mit den missgünstig beäugten Touristen in einen Topf geworfen zu werden – ihr Fehlen verstärkte den altersfleckigen, schäbigen Eindruck des kleinen Dorfes auf eine traurige Art und Weise.

Sie warf einen Blick zu Cian. Er hatte die Hände in den Taschen seiner Jeans vergraben und schien halb in Gedanken, halb in die Betrachtung der windgegerbten Mauern versunken.

»Wo gehen wir denn gerade hin?«, fragte Sofia, als sie in eine schmale Gasse einbogen, die das Licht der rasch steigenden Morgensonne noch kaum erreichte.

Cian warf ihr einen Blick zu und hob eine Braue. »Zum Leuchtturm natürlich.« Er grinste, spitzbübisch und ein bisschen schief, als wäre ihm gerade erst klar geworden, woher ihre Verwunderung kam. »Es liegt mir nicht, immer die gleichen Wege zu gehen. Außerdem dachte ich, du willst vielleicht das alte Haus sehen. Hier entlang kommen wir direkt daran vorbei.«

»Oh«, machte Sofia. Tatsächlich hatte sie darüber auch schon nachgedacht. »Ja, sehr gern.«

Cian zwinkerte ihr zu. »Wusste ich's doch. Da vorn ist es.« Er wies ein Stück die Gasse hinab, wo sie sich in Richtung Meer öffnete.

Sofia musste nicht fragen, welches Haus er meinte. Sie erkannte es sofort. Die kleinen Fenster mit den blau gestrichenen Rahmen und die Holzspaliere mit wild rankendem Blauregen und korallenroten Klettertrompeten. Alles an dem Haus schien warm, vertraut und einladend, als wolle es sie zu Hause willkommen heißen.

Doch auch hier blätterte der weiße Putz ab, genau wie der blaue Lack der Eingangstür, und die flachen Stufen, die hinaufführten, waren bröckelig. Die Fenster waren staubblind, und in einem – *Luz' Zimmer,* dachte Sofia, *dort haben wir beide geschlafen!* – hing ein großes, schon etwas verblichenes Schild mit einer Telefonnummer. Darunter stand in dicker blauer Schrift: *Immobiliaria Puig Girona. En venda.* Zu verkaufen.

Sofia blieb neben Cian vor dem Haus stehen und sah hinauf zu dem Fenster und dem Schild. Ein eigenartiges Ziehen griff nach ihrem Magen. »Es steht wieder leer?«

Cian musterte sie mit einem undeutbaren Blick. Das Lächeln war von seinem Gesicht und aus seinen Augen verschwunden. »Immer noch«, antwortete er. »Hier hat nie wieder jemand gewohnt.«

Sofia sah ihn überrascht an. »Niemand hat es gekauft?«

Cian zuckte die Schultern. »Niemand kann sich das leisten. Nicht hier. Und die, die es sich leisten können, tja ... Ein Haus in Rocavella ist nicht gerade eine Wertanlage, weißt du.«

Sofia starrte stumm auf die alten Mauern. Wie wäre

es wohl gewesen, dachte sie, wenn sie Elena und ihre Familie hier hätte besuchen können? Fehlte nicht etwas Wichtiges in dem Puzzle, weil das nicht mehr möglich war? Das Gefühl lag schwer auf ihrer Brust.

In diesem Moment erschien wieder dieses schalkhafte Grinsen auf Cians Gesicht. »Willst du rein?«

Sofia warf ihm einen verdutzten Blick zu und konnte nicht verhindern, dass ihr Herz ein wenig schneller klopfte. »Rein ins Haus? Aber die Tür ist doch sicher abgeschlossen.«

Cian lachte. »*Sí, clar!* Aber der Riegel von Luz' Fenster ist noch genauso kaputt wie vor zwanzig Jahren. Na los, komm! Ich mach das nicht zum ersten Mal. Das stört hier niemanden – die kennen mich doch.«

Die Aufregung rauschte kribbelnd durch Sofias Brust. »Aber ...«, protestierte sie der Form halber, denn sie waren schließlich erwachsen und vernünftig. Aber gegen Cians Tatendrang, das wusste sie nun wieder genau, war sie noch nie angekommen. Schon lagen ihre Sandalen neben seinen Turnschuhen im Rinnstein, und sie sah zu, wie er das Blauregen-Spalier hinaufkletterte und sich am Fenster zu schaffen machte. Nervös warf sie einen Blick die Straße hinauf und hinunter, aber niemand war zu sehen. Oder doch ... dort hinten, auf einer Bank, saß ein betagtes Ehepaar und unterhielt sich. Aber sie schienen einfach zu ignorieren, was Sofia und Cian taten.

Cian hatte sicher recht, dachte Sofia. Die Leute hier

kannten ihn seit seiner Geburt, auch wenn er nicht mehr hier lebte – und warum sollten die Einwohner Rocavellas einen der Ihren an ein Immobilienbüro in Girona verpetzen?

»*Vine,* Sofia! Komm rauf!« Cian war schon im Haus und steckte den Kopf aus dem Fenster.

Sofia zögerte nicht länger. Sie setzte einen nackten Fuß auf das verwitterte Holz des Spaliers und begann zu klettern. Als sie fast oben war, griff Cian nach ihrer Hand und zog sie das letzte Stück hinein.

Dann blieben sie erst einmal stehen, wo sie waren, um Sofia Gelegenheit zu geben, wieder zu Atem zu kommen, wobei sie mehr vor Aufregung aus der Puste war als vor Anstrengung.

»Willkommen zu Hause«, murmelte Cian neben ihr.

Sofia sah sich um. Der Raum war genau so kahl, wie es von draußen den Anschein hatte. Doch wie sie hier stand, in diesem Zimmer, malte die Erinnerung immer klarere Bilder auf die nackten Wände mit den vergilbten Blümchentapeten. Von Morgensonne, die sie weckte. Eine Matratze auf dem Fußboden, direkt neben Luz' Bett. Nackte Füße auf sonnenwarmem Holz, der Seewind in ihren Kleidern, wenn sie sich alle drei frühmorgens durch das Fenster aus dem Haus zum Strand stahlen.

»Früher haben wir …«, setzte sie an, im gleichen Moment, als Cian »Weißt du noch …?«, sagte.

Sie sahen sich an und lachten, und in diesem Augenblick war es eigentlich völlig egal, woran sie sich gegenseitig hatten erinnern wollen. Es war dieser Moment, in dem es plötzlich wieder ganz genau so war wie früher, als läge nicht eine halbe Ewigkeit zwischen jetzt und damals. Als wäre seitdem nicht alles zerfallen und verblichen, woran Sofia sich erinnerte, und wenn es nur in ihrer beider Vorstellung war.

Vielleicht war eben doch nicht alles anders.

»Na komm.« Cian fuhr sich mit der Hand durch die Haare und lächelte. »Nur eine kleine Runde. Vergiss nicht, David wartet auf uns.«

Der Wind toste laut oben auf den Klippen. Er rauschte in Sofias Ohren, zerrte an ihren Haaren und drückte mit festen Böen gegen ihren Rücken, als wolle er sie packen und weit hinausschleudern in die Wellen und die Gischt.

»Mach dich darauf gefasst, dass du laut und deutlich sprechen musst«, rief Cian über die Schulter. »Er ist ganz schön alt geworden.«

Sie waren fast am Ende des Pfades angelangt, und aus der Nähe sah Sofia, dass Cians Worte nicht nur auf den Leuchtturmwärter zutrafen, sondern auch auf den Turm selbst. Der Wind und die ständige Feuchtigkeit hatten dem Mauerwerk zugesetzt, Moos wuchs auf den Steinen. Aber er stand so stolz wie eh und je.

Sie nickte und grinste. »Für mehr reicht mein Katalanisch doch sowieso nicht.«

Cians Lachen wurde vom Wind verschluckt.

Als sie den höchsten Punkt der Klippe erreichten, hielt Sofia einen Moment inne, um den Anblick zu genießen, der sie immer wieder aufs Neue überwältigte. Das Meer, windgepeitscht und zugleich so unschuldig tiefblau und türkisgrün. Als ihr Blick auf einen Felsen fiel, der wie eine knochige Schulter aus den Wellen ragte, lächelte sie. Da unten, gar nicht weit von ihnen entfernt, vielleicht sogar direkt unter ihren Füßen, musste ihre Höhle sein. Sie sah zu Cian, ob er wohl denselben Gedanken hatte, und stellte überrascht fest, dass er sie offenbar schon eine Weile beobachtete. Ernst. Mit eindringlichem, fast prüfendem Blick. Sofia errötete, ohne genau zu wissen, warum.

»Das ist unserer, oder?« Sie deutete auf den Felsen.

Cian nickte, jetzt lächelte er wieder. Er trat neben sie, so dicht, dass ihre Oberarme sich beinahe berührten, und sah ebenfalls hinaus aufs Meer. »Das ist alles unseres«, sagte er nur.

Es lag Vergangenheit in seiner Stimme, fast wie vorhin, im alten Haus der Familie, doch diesmal mit einer Tiefe, die eine Gänsehaut auf Sofias Armen kribbeln ließ. Für einen Augenblick wurde sie nahezu überwältigt von dem Impuls, Cian bei der Hand zu packen, loszurennen und einfach die Klippe hinab ins Wasser zu springen.

Und er wäre ihr gefolgt. Sie sah es in seinen Augen, blitzend unter dem Sturmwindhaar.

Sofia rang nach Luft. Ein Teil von ihr flog bereits.

Da öffnete sich die Tür zum Leuchtturm.

»Sofia!«

Davíd.

Der Gedanke an einen Sprung über die Klippe verwehte im Wind. Und ohne auch nur eine Sekunde darüber nachzudenken, rannte Sofia auf den alten Leuchtturmwärter zu und stürzte sich in seine Arme.

21.

Die Standuhr in der Ecke tickte. Das war das einzige Geräusch.

Sie hatten sich lang und fest in den Armen gehalten. Nun saßen Sofia und David am Tisch in der Leuchtturmwärter-Stube und wussten nicht, was sie sagen sollten. Aber das störte keinen von ihnen. Sie schwiegen gemeinsam, wie sie es immer getan hatten. Manchmal blinzelte David ein bisschen energischer als sonst, dann gruben sich die Falten um seine Augen tief in seine dünne Haut. Wie vergilbtes Papier, welk über einem alten, müden Gesicht. Hager war er geworden, und seinen Bewegungen fehlte die Kraft. Aber er war immer noch unbeugsam und schroff wie der Felsen, auf dem sein Leuchtturm stand.

Der Tisch war für vier gedeckt. Sofia war erstaunt gewesen, wie hell und aufgeräumt das Wärterhäuschen sie empfangen hatte, nicht so dunkel und eng wie in ihrer Erinnerung. Doch das Rätsel hatte sich schnell gelöst, als eine rundliche, kleine Frau mit strahlenden Augen aus der Küche gekommen war und sich mit dem Namen Alba vorgestellt hatte. Alba war Ende zwanzig, eine Freundin von Luz, gelernte Krankenschwester aus

Venezuela, mit goldbrauner Haut, kräftigen Armen, ungebändigtem Kraushaar und einem Gesicht wie ein offenes Buch. Sie half Davíd seit einigen Monaten im Haushalt – erst hatte er sich natürlich gesträubt, aber inzwischen hatte sie ihn gut im Griff, wie sie augenzwinkernd versicherte, und er hatte sogar aufgehört, dagegen zu wettern, dass sie zu jeder Gelegenheit an ihrem Smartphone hing und ihren Verwandten in Venezuela Fotos schickte. Nun stand sie mit Cian draußen und rauchte. Ihr Lachen drang gedämpft durch die dicke Holztür. Sie wollten Sofia und Davíd ein wenig Zeit geben, hatten sie gesagt. Zeit zu zweit. Zum Reden. Oder zum Schweigen.

Irgendwann räusperte sich Davíd energisch. »Willst wohl sicher hoch auf den Turm, oder?« Er warf einen Blick auf die Tür hinten in der Ecke, hinter der sich die Treppe zur Lampe verbarg.

Sofia nickte stumm.

Davíd hob die Schultern. »Da musst du allerdings allein gehen. Meine Knochen machen das nicht mehr mit.« Er hustete rumpelnd. »Aber ist ja sowieso nichts mehr zu tun. Alles zentral geregelt heute. Kann bloß froh sein, dass sie mir ein Wohnrecht auf Lebzeit lassen. Die denken wohl, der Alte macht's ohnehin nicht mehr lang.« Er lachte bellend und wurde gleich darauf vom nächsten Hustenanfall geschüttelt. Sofia sprang auf und schenkte ihm ein Glas Wasser ein.

»Wer macht denn die Linsen sauber?«, fragte sie, als

das Husten endlich aufgehört hatte. Aber in Wahrheit bedeuteten ihre Worte: *Wie schlimm ist es? Wie krank bist du?*

Wieder dieses Blinzeln. Diesmal kamen schmerzliche Sorgenfalten auf der Stirn dazu. Ein Hüsteln, nur mit Mühe unterdrückt, und Sofia spürte plötzlich einen Kloß in der Kehle.

»So ein junger Kerl, kommt zweimal im Monat hier vorbei. Keine Ahnung von der See.« Davíd schüttelte den Kopf. »Wird schon richtig sein«, murmelte er, und dann, nach einer kleinen Pause: »Bin froh, dich noch mal zu sehen, mein Mädchen.«

»Ich ...«, begann Sofia und verstummte, weil sie keine Worte fand.

Davíd aber schnaubte und winkte ab, als wäre so viel Sentimentalität zu viel für ihn. Stattdessen wuchtete er sich ächzend aus seinem Stuhl hoch. »Na, geh ruhig rauf«, brummte er. »Ich hole so lange das junge Gemüse rein, bevor die uns noch verhungern.« Er sah sie an, seine Miene war weich. Er kannte sie immer noch. Vielleicht besser als irgendjemand sonst. »Lass dir Zeit, so viel du willst. Kannst später dazukommen.«

Sofia sah ihm nach, wie er mit gekrümmtem Rücken zur Eingangstür schlurfte, und dann auf den gedeckten Tisch, und plötzlich überkam sie ein überwältigendes Gefühl der Endgültigkeit.

Er würde sterben. Ob er es nun offen aussprach

oder nicht, ihrem alten Davíd blieb nicht mehr viel Zeit. Und sie wäre nach all den Jahren beinahe zu spät gekommen, um ihn ein letztes Mal zu sehen.

Tränen stiegen ihr in die Augen. Ja, dachte sie. Sie brauchte jetzt wirklich einen Moment für sich. Wahrscheinlich sogar mehrere.

Auf der Spitze des Leuchtturms blies der Wind noch heftiger als auf der Klippe. Sofia klammerte sich an die Brüstung der Fensterputzergalerie, starrte in die Ferne und wusste nicht, ob ihre Augen vom Wind brannten oder von den Tränen. Den Anblick des Meeres, ungestüm und weit, wie sie es so oft gemeinsam mit Davíd von hier oben aus beobachtet hatte, konnte sie diesmal kaum ertragen. So viele Erinnerungen waren damit verbunden – und jetzt auch ein schmerzhaft nagendes Schuldgefühl. Der Gedanke, beinahe zu spät gekommen zu sein, ließ sie einfach nicht los. Sofia bereute in diesem Moment bitterer als je zuvor, einfach aufgegeben zu haben. Sie hätte viel hartnäckiger darauf bestehen müssen, hierher zurückkehren zu dürfen, ob Oma Emilie ihr nun von ihrer Vergangenheit berichtete oder nicht. Aber sie hatte es nicht getan. Und nun war kaum etwas übrig, zu dem sie zurückkehren konnte.

Lange stand sie so da, endlose Minuten, in denen ihr jedes Zeitgefühl abhandenkam, bis sich schließlich hinter ihr die Tür zur Fensterputzergalerie öffnete.

»Hier bist du.«

Sie brauchte sich nicht umzudrehen, um zu wissen, wer dort stand. Sein Sturmwindlächeln vor sich zu sehen. Er war dort, als hätte sie ihn gerufen. Und auf unbestimmte Weise spürte Sofia, dass sie sich die ganze Zeit über gewünscht hatte, er würde kommen.

Sie wischte sich über die Augen. Als er sie von hinten behutsam in die Arme nahm, drehte sie sich um und vergrub das Gesicht an seiner Schulter. Eine Reihe kleiner Schluchzer schüttelte sie, und ihre Augen fühlten sich heiß und geschwollen an.

»Ich hätte dich vorwarnen müssen«, murmelte Cian. »Es tut mir leid.«

Sofia sagte nichts. Es war ein eigenartiges Gefühl, wie er sie so umarmte. Schwebend zwischen einer Erinnerung an die Kindheit, als er sie auf seine jungenhaft unbeholfene Art umarmt und getröstet hatte, wenn sie sich verloren fühlte, und der Erkenntnis, dass es die kräftigen, warmen Arme eines erwachsenen Mannes waren, die sie nun hielten. Vertraut und fremd zugleich. Sie spürte, wie seine Hand sanft über ihren Rücken strich und wie seine Brust sich unter einem tiefen Atemzug weitete.

Sofia hob den Kopf und sah Cian ins Gesicht. »Ich hätte viel früher zurückkommen müssen«, sprach sie aus, was sie in den letzten Minuten sicher hundertmal gedacht hatte.

Ein Lächeln, winzig klein im Sturmblau seiner

Augen. »Er hat die ganze Zeit auf dich gewartet.« Seine Stimme war tief und sehr weich, kaum mehr als ein Flüstern, und klang plötzlich brüchig, als hätte er Angst vor seinen eigenen Worten. »Genau wie ich.«

Dann lehnte er seine Stirn an ihre und zog sie mit einem Arm an sich. Sofia spürte seinen Atem über ihre Wangen streichen, sein Haar ihre Haut kitzeln. Sie schloss die Augen. Ihre Lippen berührten sich.

Beinahe.

Da zuckte Cian kaum merklich zusammen und zog sich von ihr zurück. Nicht weit. Aber weit genug. »Oh, oh«, murmelte er, und statt zu fragen, folgte Sofia verwirrt seinem Blick hinunter zum Strand – und entdeckte eine Gestalt, winzig in der Ferne vor den schäumenden, rollenden Wellen, die mit aufgebrachten Schritten auf den Leuchtturm zustapfte.

Luz.

»Ich rede mit ihr«, sagte Cian und war schon halb auf der Treppe. »Ich war's, der sie nicht eingeladen hat.«

Sofia kämpfte noch mit dem Gefühl, so plötzlich aus dem Moment gerissen worden zu sein, dass sie kaum einen klaren Gedanken zustande brachte. Sie wollte etwas sagen, erklären, beteuern, und dann wieder wusste sie nicht, ob es überhaupt Worte gab für das, was gerade in ihr vorging.

Ein Gesicht blitzte vor ihrem inneren Auge auf. Oliver. Ihr Herz zog sich zusammen, und zugleich schien es in diesem Augenblick unmöglich, ihm Raum in ihren Gedanken und Gefühlen zu geben.

Als hätte er das Chaos gespürt, das er in ihr geweckt hatte, hielt Cian im letzten Moment noch einmal inne.

»Oh, bevor ich es vergesse: Ich hab noch was für dich.« Ein wenig linkisch kramte er in einer seiner ausgebeulten Jeanstaschen und zog ein kleines Lederetui hervor, das Sofia seit zwanzig Jahren nicht mehr gesehen hatte. Trotzdem erkannte sie es sofort. Ihr Herz setzte einen Schlag aus.

Bitte, können wir meinen Kompass holen?

»Du hattest ihn bei uns vergessen. Damals. Er lag in deinem Bett, und ich dachte ... tja, ich dachte, ich passe gut auf ihn auf, bis du kommst und ihn abholst.« Cian lächelte schief. »Dass es so lange dauern würde, hätte ich allerdings nicht gedacht.«

Sanft legte er ihr die abgegriffene Lederhülle in die Hand, die sich so viel kleiner anfühlte als damals.

»Ich auch nicht«, murmelte Sofia und fühlte schon wieder Tränen in ihre Augen steigen.

Cian seufzte leise und atmete ein, als wolle er noch etwas sagen. Sie vielleicht ein zweites Mal in den Arm nehmen. Aber dann warf er einen Blick zum Strand hinunter und schüttelte, wie um Verzeihung bittend, den Kopf. »Sie wird bald hier sein. Wir gehen besser.«

Und nun ging er wirklich, voraus die Treppe hinunter.

Sofia blieb noch einige Sekunden stehen, wo sie

war, den Kompass so fest in der Hand, als wollte sie ihn zerquetschen. Was dachte sie? Was fühlte sie? Sie wusste nur, sie sehnte sich, so sehr, dass es schmerzte. Aber sie war sich nicht sicher, wonach.

Einem plötzlichen Impuls folgend, zog sie ihr Smartphone aus der Tasche und machte ein Foto vom Meer. Von dem weiten Horizont, der ihr immer noch die Brust zerriss, wenn sie ihn ansah. Das Bild schickte sie an Oliver. Dazu schrieb sie nur zwei Wörter und begriff erst, als sie die Nachricht bereits verschickt hatte, dass sie hoffte, er würde sie besser verstehen als sie selbst:

Angekommen. Vielleicht?

22.

Luz war wütend. So wütend, dass es rauchte. Und verletzt. Vor allem verletzt, und dann wieder wütend auf Cian. Er hatte sie nicht mal gefragt! Er hatte ganz genau gewusst, dass sie Antón und Raúl erst bei den Ferienprogrammen in der Schule abliefern musste, ehe sie zu ihnen stoßen konnte. Aber statt auf sie zu warten, hatte er es ausgenutzt. Hatte Sofia weggeholt mit dem wohl wirksamsten Köder überhaupt: dem Leuchtturm. Bloß, weil er sich etwas auf diese Seemannsfreundschaft mit David einbildete. Weil er ... Ach, wusste der Teufel, was in seinem Kopf vor sich ging!

Luz war drauf und dran, kräftig gegen die Tür des Wärterhauses zu hämmern, als die Tür bereits nach innen aufschwang.

»Hallo, Schwesterherz«, sagte Cian und zog die Tür wieder hinter sich ins Schloss.

Luz starrte ihn an. Endlose Sekunden standen sie einander gegenüber, der Wind fuhr ihnen durchs Haar, und sie brauchten keine Worte, um genau zu wissen, was der andere zu sagen hatte.

»Es tut mir leid«, sagte Cian schließlich. »Ich musste sie allein sehen.«

»Das hättest du mir *sagen* können.«

Cian zuckte die Schultern. »Ich wusste doch, dass du uns finden würdest. Wo hätten wir sonst sein sollen?« Er seufzte. »Hör mal, Luz, ich meine das ernst. Es tut mir leid. Du kannst reingehen und meinen Platz am Frühstückstisch haben. Ich brauche jetzt sowieso einen Moment zum Nachdenken.«

Im Vorbeigehen strich er ihr mit der Hand über den Kopf, zauste flüchtig ihre heute offenen Haare.

Luz öffnete den Mund und zögerte, weil sie nicht recht wusste, was sie sagen sollte. Ihre Wut war davongeweht wie ein Drachen, der sich losgerissen hatte. »Cian ... warte!«

Aber er war schon an ihr vorbei. Ohne sich umzudrehen, hob er die Hand und winkte ihr ein *Bis später!* zu, während die andere bereits in der Hosentasche nach Zigaretten tastete. Dann war er zwischen den Felsen verschwunden.

Luz stand da und sah ihm ratlos nach. Was sollte das nun wieder? Verständnislos schüttelte sie den Kopf und zupfte gedankenverloren an ihren ungewohnt zerwühlten Haarsträhnen. Sie hatte ja gewusst, dass die Zeiten, in denen sie ihren Bruder blind und ohne Worte verstand, längst vorbei waren. Aber dass sie sich so fremd geworden waren? Das hatte sie bisher nicht zu fürchten gewagt.

Mit einem tiefen Seufzer wandte Luz sich ab und griff nun doch nach dem Türklopfer. Sie würde später noch mal mit ihm reden müssen. Jetzt wollte sie die Gelegenheit ergreifen, die er ihr so unverhofft verschafft hatte, und die Zeit mit Sofia genießen.

*

Sofia saß auf der alten Wendeltreppe und lauschte. In der Küche waren nach dem Klappen der Haustür nur das Ticken der Uhr und Davíds gelegentliches Husten zu hören, die durch das staubig sepiafarbene Licht zu ihr drangen. Wo waren Cian und Luz? Worüber sprachen sie? Was *erzählte* er ihr? Sofia schloss die Augen. Ihr Puls hatte sich inzwischen beruhigt, aber sie wusste immer noch nicht, wie sie sich Cian gegenüber von nun an verhalten sollte. Allein der Gedanke brachte ihr Herz zum Stocken, während sie noch auf ihr Smartphone starrte, und auf die Nachricht an Oliver. Er hatte sie noch nicht gelesen. Am liebsten hätte sie sie wieder gelöscht.

Sie vermisste ihn.

Sie vermisste, wie er immer wusste, was richtig war.

Als sie unten in der Küche nur Luz' Stimme hörte, atmete sie auf, obwohl es ihr zugleich einen Stich versetzte.

Wie ein Geist, hatte Elena über Cian gesagt. So treffende Worte hätte Sofia wohl nie gefunden.

Unter ihr plauderte und lachte Luz mit Alba. Dazwischen klang Geschirrklappern und ab und an Davíds bellender Husten. Langsam stand Sofia auf. Es wurde allmählich Zeit, sich zusammenzunehmen und durchzuatmen. Luz war da unten, und David. Sie warteten auf sie, saßen dort eigentlich nur ihretwegen. Hunger hatte sie auch. Sie war nicht nach Spanien gereist, um sich auf engen, dunklen Treppen zu verstecken.

Als sie die Tür zur Küche öffnete, sah sie als Erstes das Leuchten, das Davíds altes Gesicht erhellte.

Er hat die ganze Zeit auf dich gewartet.

Sofia spürte, wie ihr leichter ums Herz wurde. Ja, Davíd hatte gewartet. Jetzt, endlich, war sie hier - spät, aber nicht zu spät. Und solange sie hier war, würde sie ihn so oft zum Lächeln bringen, wie sie konnte.

»Wo sind denn deine Kinder heute?«, fragte Sofia, als sie später mit Luz zurück den Strand entlang in Richtung Dorf schlenderte. Sie hatten lange bei Davíd gesessen, bei dickflüssiger Schokolade, Kaffee und Croissants, die Alba selbst gebacken hatte. Zum Abschied hatte Sofia Davíd versprochen, spätestens am Mittwoch wiederzukommen. Wenn Alba ihren freien Tag hatte. Dann würden sie allein sein, ganz wie damals.

Luz zuckte die Schultern und grinste. »Hab sie abgestellt, obwohl ich heute frei habe. Das wissen sie nicht, zum Glück.«

»Bei ihrem Vater?«

Luz lachte auf, es klang unerwartet hart. »Bei dem?

Nicht, wenn ich es vermeiden kann.« Sie schüttelte den Kopf. »Nein, sie sind in der Schule. Sommerferienprogramm sei Dank.«

Sofia sah sie überrascht an, diese kleine, schmale Person mit dem wehenden schwarzen Haar. Luz war jünger als sie, mehrere Jahre sogar, aber in diesem Moment erschien sie Sofia alt und verbittert, mit scharfen Linien um die Mundwinkel. Sie wagte nicht, weiter zu fragen.

Aber das musste sie auch nicht.

»Wir haben uns in Girona kennengelernt. Während des Studiums.« Luz' Stimme klang jetzt wieder weicher. Sie hob einen schwarzen Stein auf, der vor Nässe schimmerte. »Es war nicht immer alles schlecht – natürlich nicht, sonst wäre ich ja nicht mit ihm dort geblieben. Im Gegenteil. Wir hatten die beste Zeit meines Lebens miteinander.« Luz war stehen geblieben und sah auf den Stein in ihrer Hand, strich mit dem Daumen fast zärtlich über die glatte Oberfläche. »Ein Kind war unser größter Wunsch. Unser größtes Glück.« Sie hob den Blick und lächelte bedauernd. »Wer hätte gedacht, dass die Erfüllung unseres größten Wunsches uns zu neuen Menschen machen würde? Und dass diese neuen Menschen so gar nicht mehr zueinander passen könnten?« Sie schloss die Hand fest um den Stein und warf ihn weit in die Wellen hinaus. »Als ich mich von ihm getrennt habe, war ich gerade wieder schwanger. Ende der Geschichte.«

Sofia sagte nichts. Sie ließ Luz' Worte schweigend auf sich wirken, spürte, wie sie etwas in ihr bewegten, das tiefer ging als das Mitgefühl, das Luz' Situation in ihr weckte, weil es sich so unglaublich *wahr* anfühlte. Als träfe Luz' Geschichte irgendwie, irgendwo, auch auf sie selbst zu.

Luz drehte sich zu ihr um und strich sich die wirren Haare aus dem Gesicht. »Oje, jetzt guck doch nicht so.« Sie grinste schief. »Es ist schon okay. Mir geht es ja so weit ganz gut hier. Ich will nur nicht ...« Sie zögerte, als sei sie nicht sicher, ob sie diese Wahrheit wirklich aussprechen durfte. Dann aber zuckte sie die Schultern. »Ich will einfach nicht für immer hierbleiben. Ich denke viel darüber nach, wann und wie ich abhauen könnte. Und ich bin oft wütend auf Cian, weil er es einfach getan hat. Ohne mich.«

Sofia nickte. Sie verstand jetzt besser, was zwischen den Geschwistern nicht stimmte. Nicht alles. Aber Luz' Geschichte erklärte vieles.

»Das ist vielleicht keine große Hilfe, aber ... du könntest jederzeit zu mir kommen, weißt du. Nach Deutschland. Falls dir danach ist.«

Luz sah sie lang an. Ihr Lächeln hatte sich verändert. »Doch«, sagte sie, »das ist sogar eine sehr große Hilfe, Sofia.« Sie machte einen Schritt auf Sofia zu, schloss sie in die Arme und drückte sie fest. »Danke.« Dann trat sie wieder zurück und hielt sich mit beiden Händen die Haare aus dem Gesicht. »Ach, dieser verdammte Wind.« Sie lachte. »Langsam hab ich echt die Nase voll.« Mit diesen Worten band sie die Haare wieder in den festen Knoten, den Sofia bereits kannte. Aber ihre Augen leuchteten, als hätte sie nach langer Zeit auf See ein Stück Land am Horizont gesehen.

23.

Als sie zum Mittagessen ins Apothekerhaus kamen, fanden sie dort Elena vor, die mit einem Mann am Esstisch saß und Rotwein trank. Sie saßen eng beieinander und waren offenbar in ein intensives Gespräch vertieft, das sie unterbrachen, als Sofia und Luz den Raum betraten. Von Cian fehlte jede Spur, und Sofia konnte nur mit Mühe den Schmerz ignorieren, der ihr wie eine Nadel in die Brust stach. Wo war er nur? Was hatte ihre Begegnung auf dem Leuchtturm in ihm ausgelöst, dass er so lange fortbleiben musste?

»Ah, *hola* Manel«, sagte Luz neben ihr. »Das ist Doktor Garcia«, fügte sie an Sofia gewandt hinzu. »Er kennt dich von früher.«

Der Mann stand auf und lächelte. Er mochte Mitte bis Ende fünfzig sein und war einer dieser Männer, die mit zunehmendem Alter immer mehr in ihr Gesicht hineinwachsen. Er trug eine dickrandige Brille und einen sauber gestutzten, grau melierten Bart, der genau wie seine gewellten Haare früher tiefschwarz gewesen sein musste.

»*Hola* Luz, wie immer schön, dich zu sehen. Und du

musst Sofia sein. Donnerwetter. Ich hätte dich nicht wiedererkannt.«

Sofia erwiderte sein Lächeln. »Ich Sie auch nicht.«

»Bitte, nenn mich Manel.« Als Sofia am Tisch Platz genommen hatte, setzte auch der Doktor sich wieder hin.

»Ist mit *papà* alles in Ordnung?« Luz hantierte in der Küche und holte zwei weitere Weingläser aus dem Schrank. Sie klang beunruhigt. »Heute ist nicht Donnerstag.«

Manel lachte und schüttelte den Kopf. »Keine Sorge. Er ist den Umständen entsprechend topfit, wenn ich die Berichte aus der Klinik so höre.« Er lächelte Elena warm zu. »Die Ergebnisse der Blutuntersuchungen bleiben natürlich noch abzuwarten, aber ich rechne nicht mit bösen Überraschungen. Nein, ich bin wegen Sofia hier. Ich hoffe, du entschuldigst meine Neugier.«

Sein Lächeln war so einnehmend, dass Sofia nicht anders konnte, als zurückzulächeln. »Du kannst gar nicht neugieriger sein als ich.«

Luz hingegen schien noch nicht völlig beruhigt. Misstrauisch sah sie auf die Mappe, die zwischen dem Arzt und ihrer Mutter auf dem Tisch lag.

Elena folgte ihrem Blick. »Wir haben gerade darüber gesprochen, dass uns eigentlich hier im Haus eine Pflegekraft zustünde, die morgens und abends herkommt und beim Waschen und Anziehen hilft«, erklärte sie. »Damit du nicht so viel neben deinem eigenen Haushalt hier schuften musst. Wir hatten schon darüber gesprochen, weißt du noch? Nur, in der echten Welt ist das nicht so einfach.« Sie seufzte. »Diese Pflegekräfte wollen ja auch von etwas leben.«

»Was ist mit Alba?«, fragte Luz, schenkte sich und Sofia Wein ein und setzte sich an den Tisch.

»Die ist mit David sicher gut ausgelastet.« Elena lachte. »Zwei grantige alte Kerle wären zu viel des Guten, fürchte ich.«

Luz schwieg und trank von ihrem Wein. Dann stand sie auf. »Ich sehe mal nach *papà*.«

Elena sah ihr nach, wie sie in der Kammer hinter der Küche verschwand. Eine kleine Kummerfalte stand zwischen ihren Brauen.

Manel legte seine Hand tröstend über ihre. »Wir finden eine Lösung«, versprach er. »Ich höre mich noch mal um.«

Elena nickte. Doch es war ihr anzusehen, dass sie nicht recht daran glaubte. »Es ist zu viel für sie«, sagte sie leise. »So eine junge Frau sollte nicht so eingespannt sein. Mein armes Mädchen.«

»Ich tue, was ich kann«, sagte Manel noch einmal nachdrücklich. »Irgendeinen Weg muss es geben.« Dann wandte er sich an Sofia. »Also.« Er lächelte breit, wie um zu zeigen, dass er sich nun wirklich ihr widmen wollte. »Darf ich fragen, wie es dir ergangen ist? Ich sehe, du bist zumindest zu einem ganzen Menschen herangewachsen.«

Sofia griff nach ihrem Glas und trank einen Schluck, obwohl ihr eigentlich nicht nach Alkohol war. So viel Wein ... allmählich gewann sie den Eindruck, dass hier zu jeder Tageszeit getrunken wurde. Abgesehen von morgens natürlich, wenn es starken Kaffee gab. Obwohl. Bei Davíd hatte es einen kleinen Schuss Rum in die Schokolade gegeben, wenn sie das richtig herausgeschmeckt hatte. In der fremden Sprache zu sprechen allerdings, so viel musste sie zugeben, fiel ihr nach dem ersten oder zweiten Glas Wein deutlich leichter. Und es waren nicht nur die Vokabeln. Ihr rutschten Bemerkungen heraus, von denen sie gar nicht gewusst hatte, dass sie in ihr steckten.

»Tja, ich fürchte, ich bin erfolgreich erwachsen geworden«, sagte sie jetzt mit einem Schulterzucken.

Doktor Garcia hob die Brauen und wechselte einen langen Blick mit Elena. »Erwachsen zu sein ist ja grundsätzlich nichts Schlechtes«, wandte er ein.

»Stimmt schon.« Sofia trank noch einen Schluck und beobachtete einen Tropfen, der den Stiel des Weinglases hinablief. Sie atmete tief ein, um den nächsten Worten Raum zu verschaffen. »Ich fürchte nur, ich war noch nicht so weit.«

Wieder wechselten der Doktor und Elena einen Blick, aber sie fragten nicht weiter.

Glücklicherweise betrat Luz in diesem Moment wieder den Raum.

»Er schläft«, teilte sie mit und setzte sich an den

Tisch. »Wolltet ihr zum Mittagessen gehen? Dann kann ich hierbleiben und auf ihn aufpassen.«

»Das ist lieb von dir, *carinyo.*« Elena stand auf. »Kommst du mit, Sofia?«

Sofia warf einen Blick zu Luz. Dann schüttelte sie den Kopf. »Tut mir leid, ich glaube, ich kann erst in ein paar Stunden wieder etwas essen.«

»Wie schade.« Doktor Garcia stand auf. »Aber wir sehen uns hoffentlich noch. Du bleibst doch ein paar Tage?«

»Ich habe nichts Genaues geplant.« Sofia lächelte. »Ich bleibe, solange Elena mich erträgt.«

Elena lachte. »Dann musst du für immer bleiben, Liebes.« Sie griff nach ihrer Handtasche. »Also bis später, ihr zwei. Macht es euch gemütlich.«

Schon klappte hinter ihnen die Tür, und Elenas klackernde Absätze erklangen auf dem Steinpflaster. Draußen sprang ein Motor an, und ein Auto entfernte sich.

Luz und Sofia blieben am Tisch sitzen.

»Ich hoffe, ich war jetzt nicht sehr unhöflich«, sagte Sofia nach einer Weile.

Luz winkte ab. »Ach was. Die beiden sind doch froh, wenn sie ein bisschen Zeit nur für sich haben.« Sie hob vielsagend die Brauen.

»Oh.« Sofia warf unwillkürlich einen Blick auf die Tür, hinter der Jordi schlief. »Ehrlich?«

Luz zuckte die Schultern. »Ich glaube, sie denken,

keiner weiß davon. Aber wir hocken hier ja ständig aufeinander, und meine Jungs ... tja, die haben irgendwann gesehen, wie sie sich geküsst haben, und es mir natürlich brühwarm erzählt. Und ehrlich? Ich kann ihr das nicht übel nehmen. Klar war ich erst sauer, aber andererseits – soll sie den Rest ihres Lebens als Nonne verbringen? Sie opfert sich so auf für *papà.* Sie hat es verdient, zwischendurch auch mal ein paar Minuten glücklich zu sein.« Luz' Augen glitzerten verdächtig. Ärgerlich wischte sie mit der Hand darüber. »Ich hab nichts gesagt. Und erzähl's, um Himmels willen, nicht Cian, okay?«

Sofia schüttelte den Kopf. Nein, das erschien ihr wirklich keine gute Idee, zumal sie immer noch nicht durchschaute, was das Problem zwischen Cian und seinem Vater war. Aber da dieses Thema auch für Luz unangenehm zu sein schien, schnitt sie es nicht an.

Als das Handy in ihrer Tasche vibrierte, zuckte sie zusammen. Eine Nachricht war eingetroffen. Oliver.

Wunderschön, schrieb er unter ihr Bild.

Noch ein Vibrieren.

Geht es dir gut?

Sofia starrte auf das Display. Das Atmen fiel ihr plötzlich schwer. So wenige Worte, und plötzlich war er wieder ganz nah bei ihr – und so unerreichbar. Sein Lächeln, seine Stimme, seine vertraute, sichere Umarmung. Alles so weit weg.

Mit bebendem Finger tippte sie in das Antwortfeld.

Ich suche noch.

Und dann:

Du fehlst mir.

Da stand es nun. *Gelesen um 12:33,* verkündete der Messenger.

Die Antwort kam prompt.

Du mir auch.

Sofia ließ das Handy sinken. Es war an ihr, sie wusste es. Wenn sie ihn zurückwollte, musste sie die Hand nach ihm ausstrecken.

Aber es ging nicht. Noch nicht. Sie konnte nicht heimfahren, solange noch so viele Teile des Puzzles fehlten. Und solange sie nicht ...

Sie dachte den Gedanken nicht zu Ende. Aber die lächelnden Augen unter dem Sturmwindhaar ließen sich nicht so leicht aus ihrem Kopf verbannen. Und auch nicht das Gefühl seines Atems auf ihren Lippen.

Wer hätte gedacht, dass die Erfüllung unseres größten Wunsches uns zu neuen Menschen machen würde? Und dass diese neuen Menschen so gar nicht mehr zueinander passen könnten?

Das waren Luz' Worte gewesen. Aber auch Sofias größter Wunsch ging in diesen Tagen endlich in Erfüllung. Wer war dieser neue Mensch, der sie dadurch wurde? Und was würde es für ihr Leben bedeuten, wenn sie es herausfand?

Es gab nur einen Weg, diese Fragen zu beantworten. Sie brauchte Klarheit. Und das bald.

»Luz?«

Luz hatte ebenfalls auf ihrem Smartphone getippt, dabei eine Zigarette geraucht und die nackten Füße auf den Tisch gelegt. Als sie jetzt aufsah, sagte ihr Blick allerdings ganz deutlich, dass ihr der Aufruhr, in dem Sofia steckte, nicht entgangen war.

»Deine Mutter hat mir gestern eine Kiste gegeben. Ich möchte sie aufmachen, aber … ich könnte jemanden brauchen, der mir dabei die Hand hält.«

Luz zögerte keine Sekunde. Sie drückte ihre Zigarette aus und nickte. »Klar.«

Mehr sagte sie nicht. Sie lächelte auch nicht. Sie kannte diese Kiste genau, bedeutete ihr Gesichtsausdruck. Und Sofia wusste, bessere Unterstützung würde sie nirgends finden.

»Danke«, erwiderte sie nur. Dann ging sie in ihr Zimmer, um die Schatulle zu holen.

29. Juli 1995, Rocavella, L'Alt Emporda, Spanien

Elena schickte die Kinder in diesen Tagen oft an den Strand. Zu den Bootsstegen der Fischer oder zu Davíd in den Leuchtturm. Dort waren sie sicher, dort bekamen sie von dem Trubel nichts mit, den die Artikel und Presseberichte um Sofia ausgelöst hatten. Es war schwierig genug gewesen, jeden zweiten Journalisten von dem Vorhaben abzubringen, ein eigenes Porträt über das Mädchen aus dem Meer schreiben zu wollen. Die ganze Welt sah nun auf Rocavella und harrte gespannt der Lösung um das Rätsel der kleinen Meerjungfrau. Seit einer Woche ging das nun schon so, und nicht nur Elena hatte all das inzwischen gründlich satt.

Als es an jenem Samstag an ihrer Tür klingelte und sie durch das Küchenfenster Cristobal Claret, den Bürgermeister und Wirt des *Camarot,* davor stehen sah, hätte sie am liebsten so getan, als sei niemand zu Hause. Cristobal hatte in den letzten Tagen zu viele Menschen vor ihre Tür geschleppt. Aber dann sah sie genauer hin, und während der schlaksige Mann mit der Umhängetasche rechts neben Cristobal durchaus ein weiterer Reporter sein konnte, war die schlanke, ganz in Schwarz gekleidete Frau mit dem grauen Haarknoten und dem strengen Kinn sicher nicht von der Presse.

Nein, diese meerblauen, traurigen Augen kannte Elena inzwischen sehr gut aus einem anderen spitzen Gesichtchen.

Und so ließ sie die Königinmutter herein.

Eine Weile später saßen sie sich in der Küche bei einer Tasse Kaffee gegenüber - der dritten oder vierten. Emilie Bensiek hatte Elena die ganze Geschichte erzählt. Ihr Fotos gezeigt, Familienbücher und Sofias Geburtsurkunde. Der junge Mann, der - abgesehen von Cristobal - bei ihr war, hieß Dominik und hatte sich als Dolmetscher vorgestellt, der die riesigen Lücken in Elenas mehr als bröckligem Schuldeutsch füllte. Und nun saßen sie dort, beide Frauen den Tränen nahe, und Elena schmerzte die Brust vor Erleichterung, tief empfundenem Mitgefühl und der unverrückbaren Gewissheit, dass sie Sofia wieder würde hergeben müssen. So kurz die Zeit des Meermädchens bei ihnen gewesen war, erst in diesem Moment wurde Elena wirklich bewusst, wie fest sie die Kleine schon in ihr Herz geschlossen hatte.

»Ich würde sie jetzt gern sehen«, sagte Emilie leise. »Allein, wenn Ihnen das nichts ausmacht.«

Elena nickte und wischte sich über die Augen. »Natürlich. Sie ist am Strand, mit meinen Kindern. Ich zeige Ihnen den Weg.«

24.

»Bereit?«, fragte Luz.

Sofia nickte, obwohl sie nicht sicher war, ob man für so etwas überhaupt bereit sein konnte. Sie saßen einander gegenüber am Esstisch, die kleine Holzkiste zwischen sich. Sofia nahm noch einen großen Schluck Wein. Dann klappte sie den Deckel auf.

In der Kiste lag, wie von Elena angekündigt, ein ganzer Stapel Zeitungsartikel, sorgfältig ausgeschnitten und gefaltet. Obenauf ein paar Briefumschläge, beschriftet in einer steil aufragenden, sehr korrekten Handschrift, die Sofia auf den ersten Blick erkannte. Die Briefe von Oma Emilie. Nur vier oder fünf, in all den Jahren. Wie hartnäckig Elena sich nach ihr erkundigt hatte, dachte Sofia, und wie wenig sie dafür zurückbekommen hatte.

Behutsam begann sie, den Stapel durchzublättern, aber schon bald gab sie es auf und kippte den ganzen Inhalt einfach auf den Tisch. Mit zitternden Händen faltete sie Artikel um Artikel auseinander und breitete sie auf der Tischplatte aus. Luz half ihr, ohne große Worte zu machen. Es waren wirklich viele, in Katalanisch, Deutsch und Spanisch, und fast alle zeigten das gleiche Foto: eine sehr junge, sehr blasse Sofia mit aufgerissenen Augen, die auf Elenas Küchenbank hockte und aussah, als wolle sie am liebsten so weit wie möglich davonlaufen. Auch die Überschriften ähnelten sich.

WER KENNT DAS MÄDCHEN AUS DEM MEER?
DAS GEHEIMNIS DER KLEINEN MEERJUNGFRAU VON ROCAVELLA

Sofia hatte den Eindruck, als versuchten sie, sich gegenseitig mit reißerischen Formulierungen zu übertreffen, und obwohl sie die Zeilen nur überflog, riefen sie in ihr eine unbestimmte Wut hervor. Aber auch kürzere Artikel waren da, aus seriöseren Zeitungen, die sachlich von dem unbekannten Kind berichteten, das in einem kleinen Fischerdorf an der nördlichen Costa Brava angeschwemmt worden war.

»Ja, du warst eine echte Sensation«, sagte Luz, mit einem sarkastischen Unterton, als hätte sie ähnliche Gedanken wie Sofia gehabt.

Sofia sah etwas ratlos auf die vielen Artikel. Wo sollte sie anfangen? Wie viel davon konnte sie wohl ertragen? Die Briefe ihrer Großmutter jedenfalls wollte sie nicht lesen. Sofia glaubte zu wissen, dass darin nichts stehen würde, was sie nicht schon wusste. Oma Emilie war es ernst gewesen, wenn sie sagte, dass die Vergangenheit ruhen sollte.

Luz schob einen der Artikel näher zu ihr hin. »Hier.« Sie holte tief Luft. »Wenn du wirklich die Wahrheit wissen willst, lies diesen zuerst.«

Sofia warf einen Blick auf den Zeitungsausschnitt und spürte, wie ihr Herz schneller zu pochen begann. Er hatte kein Bild, war seriös aufgemacht und weniger ausführlich, als sei die Meldung zwar noch interessant, aber das Thema schon nicht mehr ganz so aktuell.

MÄDCHEN AUS DEM MEER REISTE MIT UNGLÜCKSFLUG 3B973
Das Rätsel um die Identität des Mädchens, das am Morgen des 8. Juli am Strand eines Fischerdorfs an der nordspanischen Costa Brava aufgefunden wurde, ist gelöst. Das Mädchen gehörte zu den Passagieren des Fluges 3B973, der vier Tage zuvor vor der französischen Insel Korsika ins Meer stürzte. Die Großmutter des Mädchens hat sie anhand der Presseberichte eindeutig identifiziert. Das Mädchen ist nach bisherigen Ermittlungen die einzige Überlebende des Unglücks. Wie das Kind die Tage im Wasser überleben konnte, ist unklar.

Sofia las den Artikel einmal und dann noch einmal. Und noch einmal, immer wieder, bis sich die Buchstaben förmlich in ihre Netzhaut einbrannten.

Flugzeugunglück.

Absturz.

Überlebende.

Vier Tage im Meer.

Eine Frau hält mich im Arm. Meine Mutter. Sie kann nicht mit mir kommen. Lächelnd und bleich versinkt ihr Gesicht in den dunklen Tiefen.

Sofia spürte die Tränen kaum, die ihr über die Wangen liefen. Sie fühlte sich leer und seltsam leicht, erregt von einer Trauer, die sie nicht jetzt empfand, nicht hier, sondern wie ein Echo aus jener Vergangenheit, an die sie nur diese eine einzige Erinnerung hatte.

Jemand reichte ihr ein Taschentuch. Luz.

Sofia hob den Blick. »Danke«, flüsterte sie.

Luz lächelte zögernd. Eine ganze Weile saßen sie so da, und Sofia ließ ihren Tränen freien Lauf, ließ die Gedanken und Gefühle kommen, ohne zu wissen, was davon bleiben würde.

»Ist es nicht traurig?«, sagte sie irgendwann und wischte sich über die Augen. »Dass ich jetzt nie wieder hoffen darf, dass meine Heimat doch im Meer liegt? Ich meine, nicht, dass ich in den letzten fünfzehn Jahren noch daran geglaubt hätte. Trotzdem ...« Ein trockenes Schluchzen zog unerwartet ihre Kehle zusammen.

Luz sah nachdenklich auf die Artikel auf dem Tisch. »Vielleicht macht es gar keinen großen so Unterschied«, sagte sie langsam. »Ich habe mir diese Sachen so oft angesehen. Immer wieder. Weil ich dich nicht vergessen wollte. Aber auch, nachdem ich die Wahrheit kannte, warst du für mich immer noch eine Meerjungfrau.« Sie schüttelte den Kopf und strich mit der Hand behutsam über die Zeitungsausschnitte. »Cian hat sie übrigens nicht gelesen. Nie. Er wollte es nicht wissen. Wer du wirklich bist, wo du herkommst.« Sie seufzte leise. »All die Jahre hat er im Meer nach dir gesucht. Dabei hätte er nur in diese Kiste schauen müssen.« Sie tippte auf einen von Oma Emilies Briefen, auf den Absender. »Hier steht doch alles. Name. Adresse. Er hätte jederzeit zu dir fahren können, auch wenn *mamà* immer sagte, deine Oma würde es nicht wollen – das hätte ihn ja nicht aufhalten müssen, ihn hat schließlich nie irgendetwas aufgehalten. Aber er hat sich immer geweigert, richtig wütend ist er geworden, wenn die Sprache darauf kam. Und ich beginne erst heute zu verstehen, warum.«

Sofia schwieg. So hatte sie das nie gesehen. Ja, sie war all die Jahre nicht hierhergekommen. Aber was war mit den anderen ...?

In diesem Moment vibrierte Luz' Handy und durchbrach die Stille mit lauter Klingeltonmusik.

»Aha«, sagte Luz mit einem Blick auf das Display, »das hat er wohl gehört.« Sie hob das Telefon ans Ohr. »*Sí,* Cian, *digue'm!* ... Ja. ... Ja, klingt doch gut. Sicher, ich bring sie mit. Wir holen vorher noch die Jungs. ... Okay. Okay. Bis dann, *adeu!*«

Sie legte auf, sah zu Sofia und grinste. »Das war Cian. Er hat für heute Abend ein paar alte Freunde zusammengetrommelt für eine kleine *festa* in der *cala baixa*. Hast du Lust?«

Sofia nickte, auch wenn ihr von dem vorangegangenen Gefühlshammer immer noch der Kopf dröhnte. Zugleich konnte sie nicht verhindern, dass ihr Herz seit der Erwähnung von Cians Namen wie wild zu schlagen begonnen hatte.

»Sehr gern. Ein bisschen Ablenkung ist jetzt sicher genau das Richtige.«

25.

Es war noch früh am Abend, als Sofia mit Luz und ihren Söhnen auf einem schmalen Pfad zwischen Pinien und niedrigen Blattgewächsen hindurch in eine kleine Bucht kletterte. Zuvor waren sie ein Stück der Küstenlinie gefolgt, auf dem *camí de ronda,* wie Luz erklärt hatte – ein Weg, der der Costa Brava von Portbou fast zweihundert Kilometer bis hinunter nach Blanes folgte. Jede noch so kleine Ortschaft hatte mindestens einen Zugang zum *camí,* denn ursprünglich waren es jahrhundertealte Fischerpfade, auf denen die Fischer von einer Bucht zur anderen gelangten, wenn der Seeweg zu gefährlich war. Heute war der *camí* vor allem ein Wanderweg und bei Touristen beliebt, aber auch die Einheimischen nutzten ihn immer noch – vor allem die jungen Leute, die vom *camí* in die kleinsten, verstecktesten Buchten hinabkletterten, um gemütlich zusammenzusitzen, zu trinken, zu singen und auf den Feuerstellen der alten Fischerhütten gemeinsam zu kochen.

Die *cala baixa* war schon voller Leben, als sie ankamen. In einer ehemals weiß getünchten Fischerhütte, deren vordere Wand sich zum Strand hin öffnete, brannte ein Feuer in einer offenen Kochstelle. Davor und außen herum standen und saßen junge Leute, plauderten und lachten. Sofias Augen suchten automatisch nach Cian und fanden ihn sehr schnell – halb liegend, ein Bier in der Hand und eine noch nicht angesteckte Zigarette im Mundwinkel, inmitten einer Gruppe von fünf oder sechs Kindern, die sich mit Feuereifer darangemacht hatten, seine Beine und Arme in dem feuchten Kiessand einzubuddeln. Auch Antón und Raúl hatten die Lage sofort im Blick und rannten kreischend vor Freude zu ihrem Onkel.

Luz seufzte und warf Sofia ein schiefes Grinsen zu. »Immer das Gleiche«, sagte sie und konnte nicht verbergen, dass sie sich in Wahrheit darüber freute, dass ihre Söhne und ihr Bruder sich so gut verstanden.

Sie kletterten die letzten Meter über einige größere Steine und näherten sich der Gruppe. Luz grüßte, winkte, verteilte Küsschen und stellte Sofia Carmen vor, der sie auch gleich die Tüte mit Tomaten und Brot überreichte, die sie unterwegs noch schnell gekauft hatten, dann Rui und Martí, Sara und Quim, der eine Gitarre dabeihatte und, wie Luz mit glänzenden Augen erzählte, wunderbare kubanische Seemannslieder singen konnte. Es waren fast alles alte Freunde aus Schulzeiten, die wie jedes Jahr über den Sommer mit ihren Familien nach Rocavella heimgekehrt waren. Seit Jahren trafen sie sich hier und waren eine eingeschworene Gruppe geblieben – womöglich sogar eingeschworener als damals, als sie noch alle hier lebten. Sofia hoffte nur, dass sie sich die Namen auch würde merken können oder zu wem welche Kinder gehörten. Wenigstens Alba, die gerade dabei war, einen langen Tisch im Schatten der Hütte zu decken, die sich an die zerklüfteten gelben Felsen schmiegte, kannte sie schon.

»Na, Bruderherz«, sagte Luz, als sie schließlich bei Cian angekommen waren, und nahm ihm Zigarette und Bier aus den wehrlosen Händen. »Danke, dass du das für mich vorbereitet hast.« Sie drückte Sofia das Bier in die Hand und zündete die Zigarette an, ehe sie sich neben Cian hockte.

»Da seid ihr ja endlich.« Cians Augen blitzten vergnügt. »Ein bisschen Hilfe gegen die Übermacht wäre nett.«

»Klar doch«, konterte Luz und schaufelte mit der freien Hand Kies auf Cians Bauch. »Wie sollen die Kinder auch allein gegen dich ankommen?« Sie zwinkerte Sofia zu und klopfte einladend neben sich.

Sofia setzte sich zögernd und stellte das Bier neben ihre Füße. Ihr Herz pochte schon wieder schneller als sonst, und das lag vermutlich nicht an dem kurzen Abstieg über den Felspfad.

»Habt ihr es euch noch schön gemacht?«, fragte Cian und warf ihr einen Blick zu, der alles und nichts bedeuten konnte. Unwillkürlich tastete Sofias Hand in ihrer Tasche nach dem Kompass. Wieder glaubte sie zu spüren, wie Cian das abgegriffene Etui in ihre Finger legte. Sie nickte.

»Wir haben in die Kiste gesehen«, sagte sie.

Cians Brauen hoben sich kurz, und Sofia fiel ein, was Luz über ihren Bruder und die Kiste gesagt hatte. *Richtig wütend ist er geworden.* Doch dann zeigte sich ein vorsichtiges Lächeln in Cians Mundwinkeln. Und als sie seinem Blick begegnete, wusste Sofia, dass auch er an ihr Treffen auf dem Leuchtturm dachte. Für eine endlose Sekunde sahen sie sich in die Augen, als gäbe es nur sie zwei auf der Welt. Cian öffnete den Mund, als wolle er etwas sagen.

Doch da schüttete ihm ein vorwitziger Antón eine große Handvoll Sand in den Kragen, und Cian befreite sich brüllend von der Kinderschar und jagte sie unter Kreischen und Kichern ins Wasser hinein, wo sie alle miteinander platschend und spritzend in den Wellen verschwanden. Der Moment war vorbei.

Luz warf Sofia einen besorgten Blick zu.

»Alles okay?«, flüsterte sie.

Sofia zuckte die Schultern. Sie hatte wirklich keine Ahnung. Was da zwischen ihr und Cian geschah – und etwas geschah, so viel war sicher –, oder was es mit ihr machte.

In diesem Moment kehrte Cian zu ihnen zurück, tropfnass und breit grinsend. Er streifte das durchweichte Shirt ab, schüttelte sich das Wasser aus den Haaren und lachte, als Luz zeterte und schimpfte und sich ebenfalls lachend die Wassertropfen aus dem Gesicht wischte. Sofia beobachtete die beiden und spürte, wie sich ein warmes Gefühl in ihrer Brust ausbreitete. Was auch immer diese Reise ihr noch bringen würde – hier hatte sie zwei wunderbare Menschen kennengelernt, und dass diese beiden durch ihre Anwesenheit wieder näher zueinanderfanden, machte Sofia froh.

»Willst du mitkommen in die Hütte?« Cians Augenwinkel kräuselten sich, als er lächelte. »Wir können uns was zu trinken holen und beim Kochen helfen. Ich weiß nicht, wie es dir geht, aber ich verhungere.« Er streckte ihr die Hand entgegen.

Sofia erwiderte das Lächeln diesmal ohne Mühe. Dann fasste sie sich ein Herz und griff nach Cians Hand.

Eine Weile später saßen sie in großer Runde um den Tisch, tranken Wein und aßen Salat mit Melone, Stockfisch und Pinienkernen, während aus einem großen Kessel über der Feuerstelle in der Hütte ein köstlicher Duft nach *suquet de peix*, einem Fischeintopf, aufstieg. Cian hatte Sofia gezeigt, wie sie einem Roten Drachenkopf die Schuppenhaut abziehen konnte, um ihn dann zu filetieren, was sie zuerst ekelerregend und dann faszinierend gefunden hatte. Es war so ganz anders, das Tier selbst vorzubereiten und zu kochen, als es in Folie eingeschweißt im Supermarkt zu kaufen. Und Martí, ihr selbst ernannter Küchenchef für diesen Abend, war so herzlich und fröhlich, dass sie ihm nicht mal übel nehmen konnte, als er sie auslachte, weil sie sich so ungeschickt anstellte. Dabei war sie vor allem eines: unkonzentriert. Und das lag an Cian.

Etwas in seinem Verhalten hatte sich verändert. Vielleicht, weil sie kurz zuvor die Kiste erwähnt hatte, oder wegen der Gedanken, die er sich im Lauf des Tages gemacht hatte; Sofia wusste es nicht. Aber sie bemerkte es an der Art, wie er sie ansah und wie er kaum von ihrer Seite wich. Und sogar jetzt, wo sie sich beim Essen schräg gegenübersaßen, weit genug voneinander entfernt, dass sie sich nicht einmal hätten berühren können, wenn sie beide die Arme ausstreckten, spürte sie seine Nähe, spürte seine Blicke, als säße er direkt vor ihr - sogar dann, wenn er mit Alba oder Quim lachte und scherzte.

Allmählich schwand das Licht. Die Abendsonne ließ immer länger werdende Felsschatten in die Bucht wachsen, es wurde gelacht und geredet, und Sofias Kopf war angenehm leicht vom Wein und der Körper schwer vom guten Essen, als Quim endlich seine Gitarre auspackte und die ersten klaren Töne durch die Abendluft schwebten. Luz hatte nicht zu viel versprochen. Er sang wirklich wunderschön. Sofia spürte die allmählich abnehmende Wärme der Sonne auf der Haut, den Abendwind von der See auf den Wangen. Sie beobachtete die bereits nachtblauen Wellen, und die Kehle wurde ihr eng. Sie hätte ewig zuhören mögen, während am Himmel der letzte goldene Schimmer verblasste und die ersten Sterne im samtigen Blau aufleuchteten.

»Das nächste Lied habe ich von einem Freund gelernt«, sagte Quim, als der letzte Ton verklungen war und andächtiges Schweigen sich über die kleine Gruppe legte. Selbst die Kinder waren ruhig geworden und kuschelten sich an ihre Eltern. Alba und Martí stellten kleine Windlichter auf den Tisch, die einen sanft flackernden Schein auf die Gesichter warfen. Durch die Schatten warf Quim einen Blick zu Cian und lächelte fast verschwörerisch.

Auch Cian lächelte, sein Blick huschte zu Sofia, dann zu Luz. Wurde er rot? Im schwachen Schein der Kerzen war es schwer zu sagen. »Es ist ein Lied über das Meer«, erklärte er leise, aber so deutlich, dass jeder am Tisch ihn mühelos verstand.

Sofia hielt unwillkürlich den Atem an.

Und als Quim wieder zu spielen begann, lief ihr ein Schauer über den Körper. Auch ohne Gesang erkannte sie es nach nur wenigen Tönen, glasklar und warm, stürmisch und voller Sehnsucht. Das Lied.

Ihr Lied.

Uraltes Wehn vom Meer,
Meerwind bei Nacht:
du kommst zu keinem her;
wenn einer wacht,

so muß er sehn, wie er
dich übersteht ...

Als das Lied endete, waren alle sehr still und sahen zu ihr hin. Und Sofia wurde zum ersten Mal an diesem Abend bewusst, dass jeder einzelne der Menschen, die heute hier zusammengekommen waren, sich vermutlich noch an jenen Sommer 1995 erinnerte. Dass auch diese Menschen damals in Rocavella gewesen sein mussten, dass ihre Leben sich damals berührt hatten, auch wenn sie einander nicht begegnet waren. Und dass vermutlich jeder von ihnen – außer vielleicht Cian, der es nie hatte wissen wollen und es dennoch irgendwie, irgendwann erfahren haben musste – seit vielen Jahren wusste, dass sie niemals eine Meerjungfrau gewesen war. Nur, dass es ihnen egal war. Dass sie trotz dieses Wissens an diesem Abend nicht nur wegen des Weins, des Essens und der Gemeinschaft hergekommen waren, sondern auch, weil sie hofften, das Ende einer Geschichte zu erleben, das man ihnen in der Kindheit vorenthalten hatte.

Sofia sah in den Himmel, der unter einem Netz von Sternen erstrahlte. Sie sah den Schein des Leuchtturms in regelmäßigen Abständen darüber hinweghuschen wie ein freundliches Blinzeln, und mit einem Mal begriff sie, was Luz gemeint hatte, in der Küche am Tisch mit den Zeitungsartikeln. Wen scherte schon die Realität an einem Ort wie diesem?

Hier war sie die kleine Meerjungfrau und würde es immer sein.

Als sie wieder in die kerzenbeschienenen Gesichter sah, lächelte sie.

»Danke«, sagte sie und bemerkte, wie Luz sich eine Träne aus dem Augenwinkel wischte und ihre Nase in Antóns zerzauste Locken drückte, der auf ihrem Schoß eingeschlafen war. Auch Raúl und die anderen Kinder hielten nur noch mehr schlecht als recht die Augen offen. *Danke,* mehr sagte Sofia nicht. Aber sie war sich sicher, dass alle genau wussten, was sie meinte.

Es war Alba, die das Schweigen schließlich brach, indem sie aufstand und zwei neue Flaschen Wein aus der Fischerhütte holte. »Letzte Runde, meine Lieben.«

»O ja. Für mich auch.« Carmen unterdrückte ein Gähnen und lehnte sich an Martís Schulter.

Es dauerte nun nicht mehr lange, bis die Gesellschaft sich nach und nach auflöste. Gläser wurden geleert, Teller gestapelt und eingeräumt und eine gute Nacht gewünscht.

Zurück blieben Quim, der gedankenverloren auf das inzwischen tiefschwarze Meer sah und leise an seiner Gitarre zupfte, Luz, die sich trotz eines schlafenden und eines halb schlafenden Sohnes noch nicht recht trennen konnte, Cian und Sofia. Schweigend saßen sie beisammen, lauschten dem Rauschen der See und nippten gelegentlich an ihrem Wein.

»Es kommt wohl ein Sturm«, sagte Quim irgendwann, als der Wind auffrischte und sie alle ein wenig frösteln ließ.

Cian zuckte die Schultern und zog an seiner Zigarette. »Nicht vor morgen Nachmittag.«

Luz seufzte. »Sturm oder nicht, ich sollte die beiden wohl langsam ins Bett bringen.« Sie schickte sich an, Raúl anzustupsen, dem inzwischen ebenfalls die Augen zugefallen waren.

»Lass ihn.« Quim verstaute seine Gitarre in ihrer Hülle und stand auf. »Ich trage ihn nach Hause. Sind ja nur zwei Ecken weiter.«

Luz lächelte erleichtert. »Du bist ein Schatz.« Sie warf einen Blick zu Cian, der keine Anstalten machte, ebenfalls aufzustehen, und dann zu Sofia. »Und ihr zwei?«

Cian antwortete nicht sofort. Schweigend sah er hinaus auf die Wellen und schnippte seine heruntergebrannte Kippe in den Aschenbecher. »Ich weiß nicht. Ich denke, ich bleibe noch eine Weile. Das Meer lässt mich noch nicht los.« Er warf Sofia einen langen Blick zu. »Und du?«

Der Wind vom Meer strich mit einer weiteren Böe über Sofias Haut, und die Härchen an ihren Armen stellten sich auf. Innerlich aber hatte sie sich seit Ewigkeiten nicht so warm gefühlt. Sie nickte, zögerlich, weil der Gedanke, gleich mit Cian allein zu sein, ihr wie das Gefährlichste und zugleich Richtigste vorkam, das sie je gefühlt hatte. »Ich auch.«

Cian grinste. »Ich trage dich auch nach Hause, wenn es sein muss.«

Das brachte sie zum Lachen und erlöste sie von der schlimmsten Anspannung. »Ich glaube, das muss nicht sein. Nur den Weg wirst du mir zeigen müssen.«

»Na dann.« Luz hatte skeptisch die Augenbrauen gehoben, und es war schwer zu vermuten, was sie dachte. Aber sie sagte nichts mehr, rückte den schlafenden Antón auf ihrem Arm zurecht und kletterte hinter Quim und Raúl den Felspfad hinauf.

»Gute Nacht, Luz!«, rief Sofia ihr noch leise nach, und Luz drehte sich um, lächelte und winkte ihr zu.

Dann waren Sofia und Cian allein.

29. Juli 1995, Rocavella, L'Alt Emporda, Spanien

Die Königinmutter, so viel war schnell klar, hielt nichts von langen Abschieden. Nicht einmal eine letzte Nacht gestand sie den Kindern zu. Kaum waren sie gemeinsam vom Strand zurückgekehrt, befahl sie ihrer Enkelin, ihre wenigen Habseligkeiten zusammenzusammeln und sich zu verabschieden. Nur mit Mühe konnte Elena sie überreden, noch an dem in aller Eile zubereiteten Mittagessen teilzunehmen. Doch zuvor nahm sie in einem unbeobachteten Moment ihren Sohn beiseite.

»Cian, *rei*«, flüsterte sie, »lauf schnell und hol David!«

Und Cian, der gerade erst zu begreifen begann, dass ihre Meerjungfrau an diesem Tag genau so plötzlich wieder verschwinden würde, wie sie aufgetaucht war, und der deshalb am liebsten nicht eine Sekunde von Sofias Seite gewichen wäre, rannte so schnell, wie er in seinem Leben noch nie gelaufen war. Er rannte gegen die Zeit und das Wissen, dass sie womöglich gehen würde, ohne den Leuchtturmwärter ein letztes Mal gesehen zu haben.

Am Leuchtturm angekommen, brauchte er nicht lang zu erklären. Er hatte kaum seinen Mund geöffnet, da zog David die Tür des Leuchtturmwärterhäuschens ins Schloss und stapfte an Cian vorbei. Mit erstaunlicher Geschwindigkeit hinkte er den Pfad hinunter und am Strand entlang. Seinen Gehstock, den er sich gerade erst, nach langem Reden und Bitten, von Sofia und Doktor Garcia hatte aufschwatzen lassen, stieß er mit jedem Schritt heftig in den Boden. Und als Cian sich von seiner Verblüffung erholt hatte und zu ihm aufschloss, da sah er, dass Davíds Gesicht nicht nur vor Schmerz verzerrt war. In den alten Augen glitzerten Tränen.

Als sie das Haus der Apothekerfamilie erreichten, war das Essen schon vorbei. Am Straßenrand vor dem Haus parkte ein Auto mit ausländischem Kennzeichen, und vor der Tür standen Luz, ihre Eltern, Sofia und ihre Großmutter, die gerade auf die offene Tür zum Rücksitz deutete.

Cian hatte das Gefühl, das Herz wollte ihm aus der Brust springen. »Sofia!«, schrie er und rannte zu ihr, ohne Rücksicht auf Davíd zu nehmen, der keuchend versuchte, mit ihm Schritt zu halten. Schwer atmend blieb er vor Sofia stehen.

»Wir ...«, japste Cian, »... wir müssen doch noch auf Wiedersehen sagen.«

Da lächelte Sofia erleichtert, schlang die Arme um ihn und drückte ihn, so fest sie konnte. Sie war so schmal. Cian hatte das Gefühl, etwas furchtbar Zerbrechliches zu halten. Doch stattdessen zerbrach in ihm etwas, als sie ihn nach endlosen und doch viel zu kurzen Sekunden wieder losließ. Und auch in ihren Augen sah Cian nun Tränen – und etwas, das Angst sein konnte.

»Ich komme bald wieder«, versprach sie und lächelte noch einmal, doch obwohl sie offensichtlich versuchte, fröhlich zu klingen, hörte Cian diese unbestimmte Angst auch in ihrer Stimme – und er begriff, es war die Angst, etwas zu versprechen, das sie vielleicht nicht würde einhalten können.

»Ich werde auf dich warten«, sagte er und ärgerte sich, weil seine Stimme so wackelte, wo er ihr doch Mut machen wollte. »Du kannst immer zu uns kommen. Immer.«

Sofia nickte, und es schien, als würden seine Worte sie trotz allem ein bisschen beruhigen. Dann wandte sie sich zu Davíd – und dieser Abschied war nichts, das Cian mit ansehen konnte, deshalb drehte er sich um und starrte hinunter zum Meer. Ein leichter warmer Wind trieb zu ihnen herüber, fuhr ihm durchs Haar und tröstete ihn ein wenig.

Schließlich umarmte Sofia auch Luz, die heulte wie ein Schlossgespenst, und dann Elena und zuletzt Jordi. Aber es war die Hand des alten Leuchtturmwärters, die Cian auf seiner Schulter spürte, als das Mädchen aus dem Meer schließlich doch zu ihrer Großmutter ins Auto stieg und die Tür hinter ihr zuschlug. Ein letztes

Mal noch sahen sie ihr kleines weißes Gesicht hinter der Scheibe. Sie hob die Hand, ihre Lippen bewegten sich, aber Cian konnte sie nicht verstehen.

Der Motor startete.

Davíds Hand auf Cians Schulter packte kräftiger zu.

Und dann war Sofia fort.

26.

Sie hatten schweigend nebeneinandergesessen und den Wellen gelauscht. Den sanften Nachtwind gespürt und die langsam wandernde Spiegelung des Mondlichts auf dem Wasser beobachtet.

»Gehen wir ein Stück?«, fragte Cian, als sicher schien, dass keiner der anderen noch einmal zurückkommen würde, weil er etwas hatte liegen lassen.

Sofia nickte. »Gern.«

Mit bloßen Füßen wanderten sie über den noch sonnenwarmen Strand hinunter zum Wasser und dann ein Stück in die Wellen hinein. Das Meer war kühl, es plätscherte einladend an ihren nackten Zehen. Der Kies gab unter ihren Sohlen nach.

Als das Wasser ihnen bis zu den Knien reichte, blieben sie stehen, so dicht nebeneinander, dass sie die Wärme des anderen spüren konnten, und sahen zum Horizont, der in der Ferne mit dem Nachthimmel verschmolz.

»Tut mir leid, dass ich einfach verschwunden bin«, sagte Cian.

Sofia lauschte den Worten und den Empfindungen, die sie in ihr auslösten. »Mir auch.«

Er warf ihr einen überraschten Blick zu. »Dir ...?« Er verstummte, als er verstand. Im Mondlicht waren seine Augen dunkel, aber Sofia erkannte trotzdem die schmerzliche Erinnerung darin.

»Ich wollte zurückkommen«, sagte sie leise. »Immer. Ich habe ... den Weg nicht gefunden.«

Sie hörte, wie Cian tief durchatmete. Ihre Hände, nur Zentimeter voneinander entfernt, fanden sich wie von selbst, als hätten sie abgesprochen, dass sie gerade jetzt, gerade hier, nacheinander greifen würden.

Er hielt sie fest. Sehr fest.

Sofia sah zu Cian, auf seine sehnige, schmale Gestalt, kaum mehr als eine schattenhafte Silhouette, sah, wie der Wind seine Haare zauste, und ahnte sein Lächeln, dieses zauberhafte Jungenlächeln, das sich nicht verändert hatte seit damals, als er sie rettete – vor dem Ertrinken, vor der Neugier der Menschen, vor der Wirklichkeit. Und auch jetzt rettete er sie wieder, vielleicht, ohne es zu ahnen, allein indem er ihr zeigte, dass an diesem Ort, an den sie sich so lange zurückgesehnt hatte, doch nicht alles vergangen und zerfallen war.

Sie waren sich jetzt unglaublich nah, und Sofia dachte nicht mehr länger nach, was richtig war oder falsch. Und als ihre Lippen sich endlich berührten, sich fanden in einem zuerst vorsichtigen, beinahe zaghaften, dann jedoch immer hungriger werdenden Kuss, da begriff Sofia, dass nicht nur Cian über all die

Jahre nach ihr gesucht hatte. Sondern dass die Heimat – das Stück, das ihrem Herzen und ihrer Seele gefehlt hatte – nicht allein das Meer war und auch nicht das Dorf, dessen Namen sie erst vor kurzer Zeit wiedergefunden hatte. Es war der Junge mit dem Sturmwindhaar, der ihr versprochen hatte, dort für immer auf sie zu warten.

Der Junge, der jetzt ein Mann war.

Mit der freien Hand zog er sie näher zu sich, ließ unter der Sommerbluse die Fingerspitzen über ihren Rücken gleiten, dann über ihren Hals und ihre Schultern, durch ihr Haar und über ihren Nacken. Die andere Hand, noch immer fest mit ihrer verschränkt, lag zwischen ihrer und seiner Brust, und Sofia spürte sein Herz heftig gegen ihre Finger pochen.

Das Meer griff nach ihnen. Ein Schritt, dann noch einer. Der Grund unter ihren Füßen fiel ab, das Wasser, kühl und weich, umfing sie bis zu den Schultern, ein prickelnder Kontrast zu der Wärme, die Cians Körper ausstrahlte, und Sofia schlang die Beine um seine Hüften, um ihn noch intensiver zu spüren. Er atmete geräuschvoll aus, und sie glaubte, ihren Namen zu hören, als er sein Gesicht in ihre Halsbeuge drückte. Sie wieder küsste, atemlos, und dann still wurde.

Schwerelos schwebten sie im Wasser. Erhitzt und zugleich zitternd, fest umschlungen, auf den Atem des anderen lauschend.

Irgendwann ließ er sie vorsichtig los, strich die

feuchten Locken zur Seite und küsste sie auf die Stirn. »Komm«, flüsterte er, »es wird zu kalt.«

Als sie aus dem Wasser stiegen, lag ihre Hand noch immer in seiner, als hätte sie nie woanders hingehört.

Cian fachte das Feuer in der Kochstelle der Fischerhütte wieder an und holte einen Stapel Decken aus einer Kiste in einer Ecke. Dann befreiten sie sich von ihren nassen Kleidern, hängten sie zum Trocknen über Stuhllehnen und kuschelten sich zwischen den Decken aneinander. Sofia war sich sehr bewusst, wohin es führen würde, auf diese Weise die Nacht mit ihm zu verbringen. Dafür musste sie nicht erst seine Lippen auf ihrem Nacken spüren oder seine Hand, die sanft über ihre Hüfte strich. Sie wusste es, und sie wollte es. Unmöglich, hier und jetzt aufzuhören. Auf dem festgetretenen Sandboden der Hütte, inmitten eines großen Haufens rauer Decken, bei diesem Feuer und diesem Menschen, fühlte sie sich zum ersten Mal seit mehr als zwanzig Jahren wieder ganz.

Sie drehte sich zu ihm um und sah den Widerschein der Flammen in seinen Augen glitzern, als sie ihn küsste. Ihre Brüste streiften seine nackte Haut, und ein kleiner Seufzer schlüpfte über Sofias Lippen. Sie küsste sein Kinn, seine Wangenknochen, dann seinen Hals und seine Schlüsselbeine und spürte ihn unter ihren Händen erschauern. Sofia richtete sich ein Stück auf und sah in Cians Gesicht. In sein Lächeln, das so warm und schön war im Feuerschein, und seine Augen, in deren Tiefe eine Frage glomm.

»Bist du wirklich hier, Sofia?«

Sofia spürte, wie ihr Lächeln ein wenig unsicher geriet. »Sag du es mir.«

Cian legte eine Hand an ihre Wange, während die andere sacht über ihren Rücken strich. »Ich weiß etwas Besseres.« Sie sah ihn trocken schlucken, auch er war nervös, doch sein Lächeln blieb. »Ich zeige es dir. Uns beiden.«

27.

Der nächste Morgen weckte sie mit frischem Wind und blassgrauen Quellwolken, die am Horizont einen Schleier über den rosagoldenen Sonnenaufgang legten. Die Luft hatte sich abgekühlt, und das Feuer war erloschen. Aber Cians Haut war warm.

Sofias Kopf fühlte sich dumpf an, hinter ihren Augen pochte ein stechender Kopfschmerz, und in ihr wuchs die Befürchtung, dass sie am Vorabend womöglich zu viel Wein getrunken hatte. Doch das zählte nicht. Was zählte, war die tiefe Ruhe, die sie empfand, wenn sie ihren Rücken gegen Cians Brust schmiegte und spürte, wie sein gleichmäßiger Atem an ihrem Ohr vorbeistrich. Seine Hand, die nach ihr tastete, sie noch näher an sich zog, sein kehliges, dunkles Seufzen, als er sein Gesicht in ihre Halsbeuge drückte wie so oft in den vergangenen Stunden.

Sofia drehte sich vorsichtig unter seinem Arm, um ihm ins Gesicht sehen zu können. Seine Lider waren noch schwer vom Schlaf, doch seine Augen leuchteten wie sein Lächeln.

Ja, dachte Sofia, sie war wirklich hier. Und er auch. Er hatte es ihnen beiden bewiesen in der letzten Nacht.

Immer und immer wieder. Und auch jetzt konnten seine Hände kaum von ihr lassen. Federleicht glitten seine Finger die Linien ihres Körpers entlang. Ein Anflug von Schalk kräuselte seine Augenwinkel, als er sie plötzlich kitzelte, was sie kichern ließ wie eine Sechzehnjährige. Mit kleinen, neckenden Küssen brachte er sie zum Verstummen, halb auf ihr liegend, während seine Lippen hinunter zu ihrer linken Brust wanderten und seine Hand die rechte sanft massierte und Sofia in Sekunden wieder ganz Frau werden ließ; auf eine Art, wie sie sich noch nie gespürt hatte. Ein tiefes, erdiges Gefühl der Weiblichkeit, Sinnlichkeit; Meerwind auf der Haut, Salz auf den Lippen und den warmen Sonnenaufgang auf den Wangen.

Sofia ließ sich fallen. Hieß ihn willkommen.

Als sie wieder zur Ruhe kamen, setzte Cian sich auf und zog sie in seine Arme, die Decken um sie beide gewickelt. So saßen sie vor der offenen Wand der Fischerhütte und sahen auf das Meer hinaus, das blaugrau war an diesem Morgen, fahlgolden glitzernd unter der langsam steigenden Sonne, mit weißen Schaumkronen auf den Wellenkämmen.

»Wir sollten uns anziehen«, murmelte Cian in ihr Haar. »Die ersten Wanderer kommen bald vorbei.«

Sofia seufzte leise. »Ich dachte, es zieht ein Sturm auf?«

Cian antwortete nicht sofort. Er umschlang sie nur

noch ein wenig fester mit seinen Armen. »Nicht vor heute Nachmittag«, sagte er dann. »Aber spürst du den Südwind? Und da draußen, siehst du den diesigen Schleier über dem Wasser und den Schaum auf den Wellen? Das Meer wird heute noch wild.«

Sofia kuschelte sich an ihn und sah aufs Wasser. Es stimmte, dachte sie. Die See war unruhig heute Morgen.

»Ist es nicht so am allerschönsten?«, fragte Cian leise an ihrem Ohr.

Sofia beobachtete die wogenden Wellen, wie sie sich spritzend an den Klippen brachen, die die *cala* umgaben.

»Ja«, flüsterte sie und griff nach Cians Hand. »Wunderschön.«

Cian drückte sanft ihre Finger, hob sie an seinen Mund und küsste die Spitzen. Dann schlug er die Decke zurück und stand auf.

»Komm.« Er griff nach seinen Kleidern und reichte auch Sofia ihren Stapel. »Zeit für einen Kaffee bei *mamà*. Ich jedenfalls kann gut einen gebrauchen. Und du?«

Sofia grinste. »Mindestens einen.«

Als sie hintereinander den Felspfad zum *camí* hinaufgeklettert waren, griff er wieder nach ihrer Hand. Wann immer er sie ansah, ließ ein Lächeln sein Gesicht aufleuchten; ein Licht, das bis in Sofias Herz drang. Und in diesen kostbaren Sekunden spürte sie nur eines: dass sie seine Hand halten und ihn so lächeln sehen wollte. Am liebsten für immer.

Als Cian die Tür zum Hinterhaus der Apotheke aufschloss, zog ihnen als Erstes frischer Kaffeeduft in die Nasen, und sie hörten Luz' Stimme, die mit jemandem sprach, vermutlich telefonierte.

»Meine Schwester. Auf sie ist Verlass. *Hola,* Luz! Hast du uns vermisst?« Cian grinste, drückte Sofia noch einen Kuss auf die Wange und öffnete die Tür zum Wohnraum. Lachend schlüpfte Sofia hinter ihm hinein.

Das Gespräch in der Küche verstummte.

Am Tisch, Luz gegenüber und eine Tasse Kaffee vor sich, saß eine vertraute Gestalt.

»Hallo, Sofia.« Oliver lächelte und stand auf.

Sofia starrte ihn an und spürte, wie auch in ihrem Körper alles starr wurde. Ihre Hand zuckte wie ertappt aus Cians zurück, und sofort fühlte sie sich schlecht deswegen. Sie spürte seinen Blick, verdunkelt jetzt, verletzt und fragend. Ohne ein Lächeln. Doch sie konnte Cian nicht einmal mehr ansehen.

Oliver. Er war hier. Aber wieso ...? Und dann wusste sie es.

Du fehlst mir.

Das hatte sie ihm geschrieben. Sie hatte ihn gerufen, und jetzt war er da. Und sie hatte nicht die geringste Ahnung, was sie fühlen sollte.

»Was machst du denn hier?« Ihre Stimme war kaum mehr als ein heiseres Flüstern.

Oliver runzelte die Stirn. Die Frage hatte ihn getroffen. Aber diese Art Verletzungen kannte er von ihr. Sie warfen ihn nicht halb so sehr aus der Bahn, wie sein Auftauchen sie aus der Bahn warf.

»Ich habe dich vermisst. Ich musste dich sehen.«

Also war er nach ihrer Nachricht gestern tatsächlich einfach ins Auto gestiegen. So simpel. So wahr. Wie alles, was sie je an ihm geliebt hatte.

Sofia versagte die Stimme. Sie warf einen hilflosen Blick zu Luz. Doch auch die lächelte nicht.

»Das ist Oliver«, erklärte sie dennoch an Sofias Stelle und sah dabei ihren Bruder an. »Sofias Verlobter.« Bei den letzten Worten verzog sie das Gesicht, als müsste sie Cian ein Messer in den Bauch stoßen.

Jetzt endlich gelang es Sofia, sich zu ihm umzudrehen. Cian stand da, starr wie eine Salzsäule. Genauso hatte er dagestanden, als Elena mit seinem Vater im Rollstuhl den Raum betreten hatte. In seinen Augen flackerte Unglauben – ein nackter, wilder Schmerz. Und in diesem Moment wurde Sofia bewusst, dass sie Oliver den Geschwistern gegenüber seit ihrer Ankunft nicht erwähnt hatte. Nicht mit einem einzigen Wort.

Sie wusste, was jetzt kommen musste.

»Ach so«, sagte Cian auf Englisch, die Stimme so steif wie seine Haltung. »Wie schön, dich mal kennenzulernen. Aber ich muss jetzt leider los, ich bin noch verabredet. *Adeu,* Sofia. Habt Spaß.«

»Cian!«, rief Luz. Aber da fiel die Tür auch schon mit einem Knall hinter ihm ins Schloss.

»Cian!«, rief Luz noch einmal, wütender jetzt, beinahe schrill. Sie fluchte auf Katalanisch. »Das kann doch nicht wahr sein. Dieser dumme Esel!« Sie schüttelte zornig den Kopf. »Ich rede mit ihm.« Und schon war auch sie aus dem Raum gestürmt.

Sofia starrte auf die Tür, hinter der kurz darauf ein lautstarker, leidenschaftlicher Wortwechsel zu hören war. Fast konnte sie sie sehen. Wild gestikulierend, mit Tränen in den Augen. Alle beide.

»Sagst du mir nicht mal Hallo?«

Olivers Stimme ließ sie herumfahren. Er hatte sich nicht bewegt, seit er von seinem Stuhl aufgestanden war, und Sofia stellte erschrocken fest, dass sie seine Anwesenheit beinahe vergessen hatte. Jetzt aber, wo nur noch sie beide im Raum waren, wurde sie ihr umso deutlicher bewusst. Er stand da, die Hände hinter dem Rücken verschränkt, den Esstisch wie eine Schutzmauer zwischen ihnen. In all den Jahren, die sie ihn kannte, hatte Sofia ihn noch nie so unsicher erlebt, und es zerriss ihr fast das Herz.

»Entschuldige«, sagte sie. Das Lächeln tat weh.

»Ich hatte gehofft, du würdest dich freuen, mich zu sehen.« Er räusperte sich. »Ich habe mich sehr auf dich gefreut.«

Sofia schloss ihre Hand, in der sie noch immer das Gefühl von Cians Haut an ihrer spürte. Das schlechte Gewissen brannte wie Feuer. »So ist es nicht. Ich freue mich, es ist nur ... ich war nicht vorbereitet.« Sie konnte Oliver kaum in die Augen sehen.

Doch der schaute ohnehin an ihr vorbei zur Tür.

»Das war Cian«, murmelte er. »Er hat dich damals aus dem Meer gerettet. Luz hat es mir erzählt.«

Sofia nickte. »Die beiden, ja. Und Davíd.«

Oliver hob fragend die Brauen.

»Der Leuchtturmwärter«, beeilte sie sich zu erklären. »Von seinem Turm aus habe ich dir das Foto geschickt. Er ist alt und ... sehr krank.«

Oliver seufzte leise. Dann streckte er ihr die Hände entgegen. »Kannst du bitte zu mir kommen? Ich bin fast zwanzig Stunden gefahren, und es macht mich fertig, dass du da an der Tür stehst.«

Sofia gab nach. Mit zwei Schritten war sie bei ihm und ließ sich in seine Arme ziehen, in die vertraute, feste Umarmung. Seine Wange an ihrem Haar. Seine Hände auf ihrem Rücken, ein Streicheln, das von Heimkehr und Sicherheit sprach.

Sie hatte nicht gelogen. Sie hatte ihn wirklich vermisst. So sehr, dass es ihr die Tränen in die Augen trieb, wieder bei ihm zu sein.

Da öffnete sich hinter ihnen die Tür. Einmal mehr an diesem Tag zuckte Sofia zurück und sah sich um.

Aber es war nur Luz. Allein.

»Tut mir leid«, sagte sie. »Mein Bruder ist ein Arsch.«

Oliver hob rasch die Hände, und Sofia sah, wie schwer es ihm fiel, die raue Direktheit in Luz' Worten richtig einzuordnen. »Schon gut, alles in Ordnung. Ich bin ja sehr überraschend hier reingeplatzt.«

Luz seufzte leise. »Kann man wohl sagen.« Sie blickte zu Sofia. »Tut mir leid, *carinyo,* aber ich muss leider auch los. Ich wollte nur eben nach *papà* sehen, bevor ich zur Arbeit gehe.« Sie umarmte Sofia fest und drückte ihr einen Kuss auf jede Wange. »Bis später, ja? Du findest dich zurecht. *Mamà* kommt sicher auch bald zum Mittagessen. Heute Abend bin ich mit den Jungs wieder hier.«

»Ja«, versicherte Sofia und zwang sich zu lächeln, obwohl es so vieles gab, was sie Luz in diesem Moment gern gesagt hätte. »Kein Problem. Bis später.«

»Bis später«, sagte Luz auch zu Oliver und küsste ihn auf die Wangen. Dann war sie fort.

Sofia und Oliver standen nun wieder allein voreinander. Linkisch und seltsam fremd.

Schließlich, als hätte er es aufgegeben, darauf zu warten, dass Sofia von sich aus etwas sagte, seufzte Oliver. »Ist es in Ordnung?«, fragte er und sah ihr dabei aufmerksam in die Augen. »Dass ich hergekommen bin?«

Es kostete Sofia ungewohnt viel Mühe, den Blick nicht abzuwenden. »Klar«, erwiderte sie leise. »Es bringt mich nur ziemlich durcheinander, aber ... es ist schon okay.«

Dabei war es nicht okay. Je länger sie so voreinanderstanden, desto mehr fühlten sich die Worte wie eine Lüge an. Vor allem, weil sie nicht eine Sekunde lang aufhören konnte, an Cian zu denken. Was er jetzt dachte. Und wo er wohl hingegangen war.

»Deine Freunde waren ja nicht sonderlich begeistert, mich zu sehen.« Eine steile Falte erschien zwischen seinen Brauen. »Was hast du ihnen denn über mich erzählt?«

Sofia schüttelte den Kopf. »Nichts«, sagte sie. »Ich hab ihnen gar nichts erzählt.« Und das war die reine, bittere Wahrheit.

»Hm. Okay. Ich dachte, vielleicht hättest du mit ihnen über unseren Streit gesprochen. Und das wäre in Ordnung gewesen, wirklich. Hör mal, Sofia, es ... tut mir leid. Ich hab dich furchtbar im Stich gelassen.«

Sofia konnte nichts sagen. Sie zuckte nur hilflos die Schultern. »Schon gut«, flüsterte sie und wusste nicht, wo sie hätte anfangen sollen zu erklären, worum es ihr wirklich ging. Dass sie sich auf eine seltsame Art und Weise tatsächlich freute, ihn zu sehen, und doch wünschte, er wäre nicht hier aufgetaucht, damit sie ihn noch ein wenig länger hätte vergessen können. Dass immer wieder die Erinnerung an die vergangene Nacht in ihr aufbrandete, an Cians Nähe, seine Wärme und die selbstverständliche Vertrautheit, die sie geteilt hatten, so intensiv, dass es ihr das Blut in die Wangen trieb. Sah Oliver das nicht? Roch er es nicht? Spürte er nicht, was sie getan hatte?

Vielleicht, dachte Sofia, wollte er es auch nicht sehen. Sie an seiner Stelle hätte es jedenfalls nicht gewollt.

»Sofia?« Oliver trat wieder einen Schritt näher, nahm ihr Gesicht zwischen seine Hände und gab ihr einen vorsichtigen Kuss. Dann sah er ihr noch einmal eindringlich in die Augen. »Ich trau mich kaum zu fragen, aber jetzt, wo wir beide hier sind ... Zeigst du es mir? Dein Meer?«

Sofia schloss die Augen und atmete tief durch, um das Zittern in ihrer Brust zu beruhigen. Dann nickte sie.

»Ja. Das mache ich gern.« Denn wenn ihr eines Frieden geben konnte in diesem Moment, dann war es das Meer. Und Oliver hatte es verdient. Er sollte es sehen. Er sollte endlich diesen letzten Teil von ihr kennenlernen.

Als sie diesen Entschluss gefasst hatte, gelang es ihr zum ersten Mal seit seiner Ankunft, ihm ein Lächeln zu schenken, das aus dem Herzen kam. Nur nach seiner Hand zu greifen, das brachte sie noch immer nicht über sich.

»Komm«, sagte sie, ging voran und hielt ihm die Tür auf. »Ich zeig dir den Weg.«

28.

Luz ging nicht zur Arbeit. Zumindest nicht gleich. Stattdessen führte ihr Weg sie direkt hinunter zum Strand. Sie ging schnell, rannte fast.

Lass mich doch ein Mal im Leben meine Gefühle für mich haben, hatte Cian gesagt und sie damit so aus dem Gleichgewicht gebracht, dass sie nichts mehr erwidern konnte. Dann war er gegangen. Zu Quim, angeblich. Aber Luz war völlig klar, dass er dort nicht sein würde. Cian war nicht einer, der irgendetwas von dem teilte, was in seinem Kopf und seinem Herzen vorging, schon gar nicht, wenn es schmerzhaft für ihn war. Nicht einmal mit seinem ältesten und besten Freund. Oder seiner Schwester. Und bei allem Mitleid, das Luz in der Küche für ihn empfunden hatte, als die verletzten Gefühle einen offenen Brief in sein Gesicht schrieben, überwog doch die Wut. Wut darüber, dass er schon wieder davonlief. Sie schon wieder allein ließ, um das alles irgendwie auszuhalten. Luz hatte das Gefühl, bald platzen zu müssen – eine explosive Mischung aus altem und frischem Zorn, und deshalb hatte sie ihn nicht aufgehalten. Sollte er doch bleiben, wo er wollte!

Bis ihr klar wurde, was sie da eigentlich gedacht hatte – was es bedeuten konnte, wenn Cian irgendwo *blieb.*

Er ist auf See geblieben. Vor diesem Satz fürchtete sich jeder, der einen Seemann in der Familie oder im Freundeskreis hatte. Und was Luz nun antrieb, war deshalb keine Wut mehr, sondern Angst, dass sie durch ihre selbstgerechte Wut zu spät kommen könnte, um ihren Bruder von einer furchtbaren Dummheit abzuhalten.

So eilte sie unter dem sturmgrauen Himmel über das brüchige Kopfsteinpflaster, gegen den Wind an, der vom Meer her bereits in die schmalen Gassen drängte, und hoffte, dass sie nicht den einen, entscheidenden Schritt zu langsam sein würde.

Sie fand Cian am Bootssteg der Fischer, wie sie es befürchtet hatte. Halb verdeckt von dem Kiosk, der während der Siesta seine Rollläden heruntergelassen hatte, war er dabei, das Fischerboot von Martís Vater klarzumachen. Der Strand und das Dorf ringsumher waren menschenleer, und seine sehnige Gestalt war die einzige Regung in der drückenden Wärme, die sich unter den Wolken staute.

Luz begann zu rennen. »Cian!«

Er schaute nicht auf. Würdigte sie nicht einmal eines Blickes, selbst als sie schon über die knarrenden Bohlen des Landungssteges lief. Aus der Nähe sah sie, wie verkniffen sein Gesicht war, wie angespannt sein Kiefer und wie überschattet das sonst so strahlende Blau seiner Augen. Gerade löste er die Taue, die das Boot am Steg hielten. Der kleine Fischerkahn tanzte auf den Wellen, die gerafften Segel knatterten im Wind.

»Verdammt, Cian, *warte*!«

Jetzt endlich sah er sie an. Nur ein Tau fehlte noch, um das Fischerboot zu befreien. »Was willst du?«

Luz rang nach Luft. »Du willst doch nicht wirklich jetzt da rausfahren!«

Sein Gesicht war unbewegt. »Doch. Ich muss.«

»Du musst überhaupt nichts, du sturer Esel!«, fauchte Luz. Die Angst brannte in ihrem Magen wie Säure. »Da draußen braut sich ein Sturm zusammen, und du hörst jetzt sofort auf, ein Idiot zu sein, oder bist du lebensmüde?«

Etwas in Cians Miene zuckte. Der Wind riss an seinem Haar. »Wenn du so direkt fragst: Im Augenblick ja.«

Da verpasste ihm Luz eine Ohrfeige, die ihn ins Taumeln brachte. »Reiß dich zusammen!« Tränen stiegen ihr in die Augen. »Reiß dich, verdammt noch mal, zusammen.«

Cian legte die Hand an seine Wange, die sich bereits rötete. Lange Zeit sagte er nichts, starrte nur mit verzerrtem Gesicht durch Luz hindurch. Der Wind wurde stärker und trieb das Boot an seinem Tau gefährlich weit weg vom Steg.

»Cian …«, flüsterte Luz und rieb sich die brennende

Hand. Wirre Strähnen ihres Haars wehten ihr ins Gesicht, sodass sie ihn kaum noch erkennen konnte. *»Bitte!«*

»Er holt sie weg.« Seine Stimme klang heiser, wie erstickt. »Er holt sie weg, genau wie damals, und sie kommt nie mehr zurück. Ich seh mir das nicht an, Luz. Tut mir leid, aber ich kann nicht.«

»Immer läufst du davon.« Luz ballte die Fäuste. »Immer, immer läufst du davon. Du bist so ein Feigling.« Sie schüttelte den Kopf. Mit einem Mal fühlte sie sich so klein und hilflos wie vielleicht noch nie zuvor in ihrem Leben. »Bitte. Bitte, Cian. Ich verstehe, dass dir das wehtut, aber rede mit ihr! Du weißt doch gar nicht ... Ach, verdammt! Lauf nicht weg. Lauf einfach nicht mehr weg.«

Da sah er sie zum ersten Mal richtig an, die Augen dunkel vor Trauer und Schmerz. »Aber ich komme doch zurück, Luz. Wirklich. Ich verspreche es dir, es ist nur ... ich weiß gerade nicht, wohin mit mir.«

Luz sagte nichts mehr. Sie fühlte sich völlig leer, als könnte der Wind sie davontragen wie einen losgerissenen Drachen im Herbst.

Endlose Sekunden lang sah Cian sie an, den verzweifelten Versuch eines Lächelns auf den Lippen. Dann machte er einen Schritt auf sie zu und nahm sie fest in den Arm. »Es wird schon gut werden«, murmelte er und schien eher sich selbst überzeugen zu müssen. »Sie ist auch nur ein Mensch. Am Ende ist sie einfach nur ein Mensch, Luz.« Damit ließ er sie los, packte das letzte Tau, zog das Boot zu sich heran und sprang mit einem Satz hinein. »Bis später, Schwesterherz! Mach dir keine Sorgen. Ich passe auf mich auf.«

Und das war das Letzte, was Luz von ihrem Bruder hörte.

*

Der Sturmhimmel spiegelte Sofias Stimmung. Oliver hatte nach ihrer Hand gegriffen, kaum dass sie vor die Tür getreten waren, und wie sie zuvor nicht die Kraft aufgebracht hatte, seine Hand zu nehmen, schaffte sie es jetzt ebenso wenig, ihm ihre wieder zu entziehen. Obwohl es sich unsagbar falsch anfühlte, da sie doch die ganze Zeit Cians Hand in ihrer vermisste.

Sie wanderten durch die engen Gassen mit den heruntergelassenen Türgittern, dem abblätternden weißen Putz und den schiefen Blumenkästen. Im trüben Sturmlicht sah alles noch älter und mitgenommener aus, und Sofia erinnerte sich, wie sie vor wenigen Tagen zum ersten Mal mit Luz hier entlanggefahren war. Was sie gedacht und gefühlt hatte. So alt. So leer. So völlig entzaubert. In der kurzen Zeit, die sie hier verbracht hatte, hatte sich ihre Empfindung verändert, aber sie sah all diese Gedanken nun auch auf Olivers Gesicht. Sie sah, wie er die kleinen Häuser prüfend musterte, wie sein Architektenblick Steine und Winkel maß und mit dem Bild in seinem Kopf abglich. So oft hatte sie ihn dabei beobachtet. So oft sein Urteil in der kleinen Falte zwischen seinen Brauen gelesen.

»Es muss hier früher wunderschön gewesen sein«, sagte er nach einer Weile, drückte ihre Hand und sah sie an. »So ursprünglich und authentisch. Wie schade, dass es so verkommen ist.«

»Es ist nicht verkommen«, widersprach Sofia, obwohl er natürlich recht hatte. »Es ist nur alt.«

»Ich meine das doch nicht böse.« Wieder dieser Druck an ihren Fingern. »Ich dachte, dass es dich vielleicht traurig macht.«

Sofia schwieg. Denn auch damit hatte er natürlich recht. Es hatte sie traurig gemacht. Sehr sogar. Aber wie sollte sie ihm erklären, dass das eigentlich gar nicht mehr wichtig war? Sie war, und das wurde ihr in diesem Moment erst wirklich bewusst, doch schon viel weiter. Weil es für sie schon längst keine so große Bedeutung mehr hatte, was hier einmal gewesen war. Viel mehr zählte jetzt, was sie hier in den letzten Stunden gefunden und was dem alten Fischerdorf einen ganz neuen Zauber gegeben hatte. Oder wen.

Cian.

Sie dachte seinen Namen, gerade als sie an dem Haus mit dem Blauregenspalier vorbeikamen, wo sie gestern noch hinter ihm her in ihre gemeinsame Vergangenheit hineingeklettert war. Es schmerzte so viel mehr, als sie erwartet hatte.

Und nun zog sie ihre Hand wirklich zurück. Oliver warf ihr einen verblüfften und zugleich verletzten Blick zu. »Alles in Ordnung?«

Sofia atmete tief durch. »Ja. Tut mir leid, es ist nur ... siehst du? Da ist es.«

Und tatsächlich traten sie in genau diesem Moment auf die *Rambla* hinaus, hinter der die Promenade und schließlich der Strand lag. Weit und stürmisch breitete sich das Meer vor ihnen aus. Unter den grauen Wolken hatte es sein türkisblaues Leuchten verloren. Nur vereinzelt brachen Sonnenfinger durch die Wolken und malten fahlgoldene Flecken auf die bewegte, schäumende Oberfläche. Der Wind empfing sie jetzt mit voller Kraft. Eine Wolke aus Sand trieb wie eine goldgelbe Nebelschicht über den Strand. Keine gute Idee, jetzt dort hinauszugehen, dachte Sofia. Sie blieben hinter der kleinen Mauer stehen, die den Strand von der Promenade trennte.

Wieder fühlte sie Olivers Hand, die nach ihrer griff. Sofia presste die Lippen zusammen und mied seinen Blick.

»Es ist wirklich wunderschön«, sagte er leise. Der Wind verschluckte seine Worte beinahe. »Ich bin sehr froh, dass du es gefunden hast.«

Sofia nickte nur. Das Herz tat ihr weh.

Wo bist du, Cian? Warum musstest du wieder verschwinden wie ein Geist?

Aber vielleicht war es besser so. Wenn sie es nicht

einmal fertigbrachte, die Wahrheit zu sagen ... wie sollte sie ihm in die Augen schauen?

»Sofia?« Oliver hatte sich ihr zugewandt. Auch in seinen Haaren war jetzt der Wind, kämmte die kurzen dunkelblonden Strähnen wie ein wogendes Kornfeld. Aber es war anders. Dieser Wind gehörte dort nicht hin. »Ist alles in Ordnung?«

Sofia schluckte mühsam. »Ja ... sicher. Entschuldige.«

Jetzt endlich wandte sie sich ihm zu, obwohl sie wusste, dass er in ihren Augen die Wahrheit würde lesen können. Seine Stirn war in Falten gelegt, sein Blick eindringlich.

»Bitte sei ehrlich zu mir.« Er seufzte tonlos. »Du weißt es, oder? Dass ich hier bin, weil ich will, dass zwischen uns alles wieder gut wird?«

Sofia nickte. »Ja, ich weiß.«

»Ich konnte nicht aufhören, an dich zu denken. Jeden Tag habe ich darauf gewartet, dass du dich meldest, und gehofft, dass du hier findest, was du suchst, damit du deinen Frieden machen kannst mit dieser Geschichte vom Meer. Damit du zurückkommen und dich dann ... öffnen kannst.« Seine Schultern sanken herab, und in diesem Moment sah Sofia, dass er es wusste. Bis zu diesem Augenblick hatte sie noch gehofft, er hätte ihre verschränkten Hände nicht bemerkt, als sie die Küche betraten. Dass er es falsch verstanden hätte, als sie an diesem Morgen allein mit

Cian nach Hause kam. Und erst jetzt wurde ihr bewusst, wie dumm diese Hoffnung gewesen war.

»Dass du dich ausgerechnet auf diese Weise öffnest … das hätte ich nach deiner Nachricht gestern tatsächlich nicht gedacht.« Oliver lachte, ein hilfloses, freudloses Lachen.

Sofia wollte etwas erwidern, aber er schüttelte nur den Kopf. »Ich bin nicht blind, Sofia. Und ich kann es dir nicht einmal verdenken. Schließlich war ich derjenige, der … dich verlassen hat.« Oliver atmete tief durch. »Es ist schon gut, wirklich. Du musst dich nicht rechtfertigen.« Noch einmal dieser schwere Atem. »Hör mal, Sofia. Vielleicht ist es nicht der beste Zeitpunkt. Vielleicht ist es sogar schon zu spät. Aber …« Er griff in seine Tasche. Auf seiner Handfläche lag, klein und glänzend, ihr Verlobungsring. »Ich möchte so nicht aufgeben. Ich möchte so nicht gehen. Ich liebe dich, Sofia. Seit ich gegangen bin, habe ich mich jeden Tag als Idioten beschimpft. Es tut mir leid. Und ich würde mir nichts mehr wünschen, als dass du ihn zurücknimmst.«

Sofia starrte auf den Ring. Bilder und Empfindungen stürzten in ihrem Kopf übereinander, Erinnerungen aus sieben Jahren, in denen sie sich sicher gefühlt hatte, glücklich und zuversichtlich. In denen sie gelacht hatte und geliebt. An ihre ersten Monate, den wilden Rausch des Kennenlernens. Den Antrag. Seine ruhige Art, wenn sie verzweifelte und haderte und sich leer fühlte. Wie sie sich wünschte, all das in sich wiederzufinden, zu spüren, wo ihr Herz hingehörte.

Doch sie spürte nur ihre Hand, die sich nach dem Gefühl einer anderen Hand sehnte, die sie umschloss und nicht mehr losließ.

»Ich …« Ihre Stimme klang erstickt von Tränen. Sie konnte nicht weitersprechen.

Aber Oliver hatte schon verstanden. Wie er sie immer verstanden hatte, in all den Jahren. So gut, dass sie es nicht einmal begriffen hatte.

Langsam schloss er die Hand und ließ sie sinken.

»Tut mir leid«, flüsterte Sofia.

Auch in seinen Augen standen jetzt Tränen. »Schon gut.« Etwas in ihm war in sich zusammengefallen, und er erschien ihr viel kleiner als sonst. »Lass uns zurückgehen. Ich schlafe eine Nacht, und dann … fahre ich nach Hause.«

Sofia presste die Lippen zusammen und nickte.

Oliver griff nicht noch einmal nach ihrer Hand. Und auf ihrem Rückweg zum Apothekerhaus fielen die ersten Regentropfen.

29.

Elena und Manel saßen am Küchentisch, als sie eintraten. Zwischen ihnen saß Jordi in seinem Rollstuhl, einen Teller mit weich gekochtem Fisch-Suquet vor sich.

Elena lächelte herzlich. »Hallo, ihr beiden. Luz hat mich schon vorgewarnt, dass du Besuch hast, Sofia. Wollt ihr mitessen?« Sie stand auf, um Oliver zu begrüßen. »Ich bin Elena, und das sind mein Mann Jordi und Manel, unser Arzt.«

Sofia hätte sie am liebsten umarmt dafür, wie ungezwungen sie mit der Situation umging, obwohl sie ganz sicher von Luz alles über die komplizierte Lage erfahren hatte. Denn auch in ihren Augen sah Sofia die Sorge, sah die kleinen Fältchen auf ihrer Stirn, die sonst nicht da waren. Aber ihr Lächeln war so liebevoll wie immer – als wäre sie die einzige Person auf der Welt, die Sofia nichts vorzuwerfen hatte. Elena stellte Weingläser und Teller voll Suquet für sie auf den Tisch und behandelte Oliver wie einen alten Freund. Das Gefühl tat so gut, dass Sofia weinen wollte. Und auch Oliver schien durch ihre Herzlichkeit wieder zu Kräften zu kommen, sodass er sich setzen und ein normales Gespräch mit ihr und Manel führen konnte. Dabei ertrug es Sofia kaum, ihn anzusehen. Wie er scheinbar entspannt und liebenswert plauderte und sich nicht an dem fehlerhaften Englisch der Spanier störte. Wie er von der Reise berichtete und freundliche Worte für das Dorf fand, für das Meer und die wunderschöne Küste. Er schien so stark, so normal. Dabei hatte sie ihn gerade erst mit ihren eigenen Händen zerbrochen.

Draußen war der Regen stärker geworden. Immer wieder trieben prasselnde Böen an die Fenster.

»Da zeigt sich unser Land ja heute nicht gerade von seiner besten Seite«, sagte Manel scherzend.

»Der Wind vom Meer bringt immer Regen«, erklärte Elena und warf einen besorgten Blick zum Fenster. »Früher konnten wir vom Küchenfenster aus den Strand sehen. Da stand bei einem Sturm wie diesem das Meer fast vor der Haustür.« Sie lächelte ein wenig wehmütig. »So ein Sturm hat auch dich hergebracht, Sofia.«

Für eine Weile sagte niemand etwas, während die Worte langsam in die Stille einsanken. Sofia spürte Olivers Blick auf sich, aber sie konnte ihn nicht erwidern. Immer noch nicht.

Ja, dachte sie. *Ein Sturm hat mich hergebracht. Damals, und heute auch.*

Oliver stand auf. »Das Essen war wirklich fantastisch«, sagte er. »Vielen Dank, Elena. Jetzt würde ich mich gern ein bisschen hinlegen. Die Fahrt war wirklich lang, und ... morgen geht es ja schon wieder zurück.«

»Natürlich.« Elena lächelte herzlich. »Manel hat deine Tasche schon in Sofias Zimmer gestellt.«

Oliver nickte. »Vielen Dank. Dann bis später.«

Leise verließ er den Raum, und Sofia glaubte zu wissen, dass er hoffte, sie würde ihm folgen. Doch sie blieb einfach sitzen und starrte auf ihr kaum angetastetes Essen.

Elena warf einen Blick auf die geschlossene Tür. In Luz' ehemaligem Zimmer knarzten die alten Holzdielen. Dann war alles still.

»Sofia, Liebes«, sagte Elena leise. Und nun endlich konnte Sofia auch in ihrer Stimme die Besorgnis hören. »Was ist denn bloß passiert?«

Sofia schüttelte den Kopf, stand auf und begann, den Tisch abzuräumen. Sie spürte, dass Elenas und Manels Blicke ihr folgten.

»Ich wollte nicht, dass er herkommt.« Die Worte fielen aus ihr heraus, ehe sie darüber nachdenken konnte, ob es gut war, ihre Gefühle vor den beiden so offen auszusprechen. »Ich weiß einfach nicht, was ich denken soll. Und ...«

Und Cian ...

»Denken ist immer schwierig, wenn man zu viel fühlt.« Elena nickte. »Aber am Ende kannst nur du wissen, was für dein Herz das Richtige ist.« Wieder warf sie einen Blick zum Fenster. »Über Herzensdinge kann man nicht urteilen, und ich werde dich wie mein drittes Kind betrachten, was auch immer du tust. Im Augenblick bin ich nur beunruhigt ... Luz sagte, Cian sei aufs Meer rausgefahren.«

Sofia fuhr herum. »Was?«

Elena trank einen großen Schluck Wein. Manel legte ihr die Hand auf die Schulter. »Der Junge kennt die See«, erklärte er beschwichtigend. »Er kennt das Wetter. Er wird rechtzeitig zurückkommen.«

Sofias Kopf war mit einem Mal völlig leer. Cian war da draußen. Allein mit sich und dem Sturm.

Ihretwegen.

»Was sollen wir tun?«, flüsterte sie.

Elena zuckte die Schultern. So hilflos hatte Sofia sie noch nie gesehen. »Wenn der Sturm richtig losgeht und er dann noch nicht zurück ist, rufen wir die Küstenwache.« Sie seufzte. »Ich hoffe wirklich, er lässt schon vorher von sich hören.«

Sofia starrte aus dem Fenster in den immer stärker werdenden Regen, der die Stille in der Küche nur noch lauter erscheinen ließ.

Cian. Wo bist du nur? Bitte ... bitte komm zurück!

Der Regen antwortete nicht.

Elena stand auf, kam zu ihr herüber und legte eine Hand auf Sofias. »Mach dir keine Vorwürfe«, sagte sie leise. »Manel hat recht. Cian kennt das Meer seit so vielen Jahren. Er weiß, wann es zu gefährlich ist. Er kommt zurück.«

Es sei denn, er will nicht.

Sofia nickte stumm. Gemeinsam sahen sie in den Regen hinaus, der den Himmel über Rocavella mehr und mehr verdunkelte.

Aber Cian kam nicht zurück.

Etwas später hielt Luz' roter Seat vor der Tür zum Apothekerhaus, und Luz kam mit ihren Söhnen hereingerannt – alle drei bis auf die Knochen durchnässt von den wenigen Schritten durch den prasselnden Regen vom Auto bis zur Haustür.

»Die Jungs wurden wegen Unwetterwarnung heimgeschickt«, rief sie, schon auf dem Weg ins Bad. »Ich musste mir freinehmen, um sie abzuholen. Aber im Laden ist ja jetzt sowieso keiner mehr.«

»Ist auch besser, dass du hier bist«, rief Elena. Sie hatte Jordi zu Sofia ans Fenster geschoben, wo auch er dem heftig strömenden Regen zusehen konnte. Dann half sie Luz, die Kinder in trockene Kleider zu stecken.

»Irgendwas Neues von Cian?«, flüsterte Luz, als sie die Jungs schließlich vor dem Fernseher geparkt und das Kinderprogramm eingeschaltet hatten. Die beiden waren dick verpackt in weiche Decken und sahen so aus, als ob ihnen gleich die Augen zufallen würden.

Elena schüttelte den Kopf. »Ich hatte gehofft, er hätte sich bei dir gemeldet.«

»Nein ...«, murmelte Luz, »hat er nicht.«

Sie stellte sich zu Sofia und ihrem Vater ans Fenster. »Hey.«

Sofia warf ihr einen schnellen Blick zu und versuchte ein Lächeln. Es war schwer, Luz anzusehen. Also sah sie lieber wieder in den Sturm hinaus, als könne das irgendetwas bewirken. Neben ihren Händen auf der Fensterbank lag ihr Handy, dunkel und stumm. Sofia konnte nicht zählen, wie oft sie in der letzten Stunde Cians Nummer gewählt hatte. *Der Teilnehmer ist zurzeit nicht erreichbar.* Und mit jedem Mal wuchs die Angst in Sofia.

»Es ist nicht deine Schuld«, sagte Luz leise.

Jetzt sah Sofia sie doch an. »Nicht?« Sie konnte kaum noch sprechen.

Luz zuckte die Schultern. »Es wäre einfach, so zu denken, aber ... nein. Der Idiot ist er. Sonst keiner.«

Sofia schloss die Augen. Wie sehr sie sich wünschte, sie könnte Luz recht geben. Aber die Wahrheit war, es spielte keine Rolle. Es machte keinen Unterschied, wer schuld war. Ob überhaupt jemand schuld war. Was zählte, war ausschließlich, ob Cian zurückkehren würde.

Luz seufzte leise. »Wo ist denn ...?«

Sofia zuckte die Schultern. »Schläft. Hoffentlich.«

Luz nickte. Für einen Moment sah es so aus, als wolle sie noch etwas sagen. Doch in dieser Sekunde zuckte der erste weiße Blitz über den schiefergrauen Himmel und spiegelte sich in den Regenbächen an der

Scheibe. Sekunden später folgte ein fernes Donnergrollen, das von weit her heranrollte.

Luz wandte sich vom Fenster ab. »Ich rufe ein paar Leute an. Irgendwo muss er doch sein.«

Elena steckte gerade die Decken um Antón und Raúl fest, die tatsächlich eingeschlafen waren. Als sie aufsah, erkannte Sofia auch in ihren Augen, wie die mühsam aufrechterhaltene Ruhe zu bröckeln begann. »Ja, tu das. Vielleicht ist er inzwischen bei Quim.«

Sofia spürte die Spannung im Raum, als sei ein winziges Stück des Blitzes hier gefangen, als Luz sich mit dem Handy am Ohr hinter den Küchentresen zurückzog. Über das Rauschen des Regens und des Windes konnte Sofia nicht verstehen, was sie sagte. Aber sie lief nervös auf und ab, zündete sich mit unruhigen Händen eine Zigarette an und tippte, kaum dass sie aufgelegt hatte, gleich die nächste Nummer ein.

Ein zweiter Blitz erhellte den Raum. Diesmal folgte der Donner deutlich schneller. Sofias Blick hing wie gebannt an Luz' Gesicht.

»Sofia?«

Sofia fuhr herum. In der Tür zur Küche stand Oliver. Im fahlen Licht wirkte seine Miene angespannt und zugleich unglaublich müde. Er sah von einem zum anderen, als versuche er, die Lage zu begreifen.

»Entschuldige. Kann ich kurz mit dir reden?«

Sofia schaute zu Elena und Manel, dann zu Luz, die immer noch das Handy am Ohr hielt, und erkannte in ihrem Blick die gleiche vergebliche Hoffnung, die für einen winzigen Moment in ihnen aufgeflackert war. Elena nickte ihr zu.

Noch einmal warf Sofia einen Blick zu Luz. Alles in ihr sträubte sich dagegen, den Raum zu verlassen, bevor sie nicht gehört hatte, was sie zu berichten hatte. Doch dann sah sie wieder zu Oliver, der immer noch in der Tür stand und nichts von dem verstand, was hier vor sich ging, und sie wusste, dass sie keine Wahl hatte.

30.

Das Licht in Luz' Zimmer war fahl. Oliver hatte die Lampe nicht eingeschaltet, und nur die immer häufiger zuckenden Blitze ließen den Raum von Zeit zu Zeit in gräulichem Weiß aufleuchten.

Oliver hatte sich auf die Bettkante gesetzt. Sein Gesicht war in harte Schatten getaucht. Sofia blieb kurz hinter der Tür stehen. So kamen sie sich näher, als es Sofia in diesem Moment lieb war. Aber für mehr war hier drin kein Platz.

»Was wolltest du mir denn sagen?«, fragte sie schließlich, als er sekundenlang schwieg. »Hast du ein bisschen schlafen können?«

Olivers Gesicht verzerrte sich zu einer Grimasse. »Nicht eine Sekunde.« Er schloss kurz die Augen und schüttelte den Kopf. »Hör mal, Sofia, ich weiß, dass das für dich auch nicht leicht ist, aber ... warum lässt du mich hier so allein sitzen? Hättest du nicht wenigstens kurz nach mir sehen können? Reicht es jetzt nicht mal mehr für ein freundliches Wort?«

Sofia wusste nicht, was sie darauf sagen sollte. Sie versuchte, die Wut zu beschwichtigen, die in ihr aufloderte wie die Blitze draußen. Er hatte keine Ahnung, dass Cian verschwunden war, dass sie Angst um sein Leben hatte und dass deshalb alles andere unbedeutend schien.

»Ich verlange doch gar nicht viel.« Olivers Stimme klang bitter in ihrer Anklage. »Nur ein kleines bisschen Anerkennung für die Mühe, die ich mir gemacht habe, um etwas zu retten, das du gar nicht retten wolltest.«

»Sei still.« Es war heraus, bevor Sofia überhaupt wusste, was sie sagte. Aber wie der Donner, der auf die Blitze folgte, ließ sich auch die Wut nicht aufhalten, brach sich krachend ihre Bahn. Oliver zuckte unter den Worten zusammen, als hätte sie ihn geohrfeigt. Aber Sofia konnte jetzt nicht mehr aufhören. Alles, was sich in den letzten Stunden, Wochen, Monaten in ihr angestaut hatte, entlud sich mit einem Schlag und drängte aus ihr heraus. »Sei, verdammt noch mal, einfach still, Oliver. Vorhin noch hast du so getan, als wäre alles irgendwie in Ordnung, und nun sitzt du da und wirfst mir vor, dich nicht wertzuschätzen? Ist das dein Ernst? Du hast doch keine Ahnung, was hier los ist! Als ob ich dich in böser Absicht allein lasse! Als ob es irgendwie wichtig wäre, ob du jetzt schlafen kannst! Cian ist da draußen *auf dem Meer*, in diesem Sturm, und das meinetwegen. Wir versuchen seit Stunden, ihn zu erreichen, vielleicht kommt er nicht wieder, und du meinst wirklich, es ist nicht zu viel verlangt, an *dich* zu denken?«

Oliver starrte sie an. Sein Gesicht war grau vor Kummer und verletzten Empfindungen. Sofia sah, dass es ihn schockierte, was sie ihm über Cian gesagt hatte. Aber sie sah auch, dass er nicht mehr in der Lage war, die Information rational einzuordnen.

»Deinetwegen also.« Seine Miene war reglos. »Was genau lief denn da zwischen euch? Nein, warte. Ich will es gar nicht wissen.«

»Hör *auf*!« Sofia hatte das Gefühl, jede Sekunde explodieren zu müssen. »Hör endlich mit diesem beschissenen Egotrip auf!«

»Egotrip?« Auch er war jetzt wütend, stand ruckartig auf und kam ihr so noch näher. Und zum ersten Mal in all den Jahren, seit sie ihn kannte, spürte Sofia das Bedürfnis, vor ihm zurückzuweichen.

»*Ich* bin deinetwegen hier, Sofia. Nur deinetwegen. Aber du hast dir inzwischen nicht nur einen anderen gesucht, du schaffst es nicht mal, vernünftig mit mir zu reden.« Er lachte, bitter und freudlos. »Ehrlich. Mich endgültig loszuwerden hättest du auch einfacher haben können. Dann hätte dein neuer Stecher auch nicht im Sturm aufs Meer fahren müssen.«

Ein weiterer Blitz erhellte das Zimmer. Der Donner folgte fast unmittelbar. Sofia und Oliver standen voreinander, beide bebend vor Wut und verletzten Gefühlen.

In diesem Moment wurde hinter Sofia die Tür aufgerissen.

»Sofia?!« Luz stand auf der Schwelle, Tränen in den Augen, und Sofias Herzschlag beschleunigte sich.

»Ich habe alle angerufen. Keiner hat ihn gesehen oder von ihm gehört. Das Boot ist ... auch nicht wieder aufgetaucht.« Ihre Stimme wankte. »*Mamà* hat eben die Küstenwache gerufen. Sie kommen mit Hubschraubern und Hunden. Wir helfen ihnen beim Suchen. Quim und die anderen sind auch dabei – *mamà* passt so lange auf die Jungs auf.« Mühsam rang sie nach Luft. Ihre Augen flehten. »Kommst du mit?«

Sofia sah zu Oliver. Er war blass, als hätte er jetzt erst begriffen, was eigentlich geschah.

Und in diesem Augenblick entdeckte sie etwas in seiner Miene, das sie dort nicht erwartet hatte.

Ein winziges Lächeln. Unendlich traurig.

»O Gott, es tut mir leid«, flüsterte er und sackte zurück aufs Bett. »Es tut mir so leid. Ich bin ein Idiot, Sofia. Bitte. Geh. Natürlich musst du gehen.«

Sofia starrte ihn an. Aber Oliver wartete nicht auf eine Erwiderung. Er sah sie nur an, unendlich traurig und unendlich entschlossen.

»Ich helfe Elena mit den Kindern.«

Und Sofia verließ das Zimmer, ohne noch einmal zurückzuschauen.

Die Suchscheinwerfer der Hubschrauber geisterten bereits durch den düsteren Himmel, als Sofia, Luz und Manel in Richtung der *Rambla* von Rocavella rannten. Noch immer stürzte der Regen mit unveränderter Gewalt aus den Wolken. Der Wind fegte Platanenzweige und Sand über das Kopfsteinpflaster. Die heruntergelassenen Gitter und Rollläden vor den Fenstern und Türen klapperten und quietschten. Ein umgestürzter Mülleimer rollte über den weitläufigen Platz und krachte schließlich gegen eine Bank, wo er sich verkantete.

Als sie die *Rambla* erreichten, bot sich Sofia ein völlig veränderter Anblick. Der Wind hatte das Wasser inzwischen bis fast an die Mauer zur Promenade getrieben. Platanen und Palmen bogen sich im Sturm. Vom Bootssteg der Fischer war nichts mehr zu sehen, nur die Boote tanzten noch an ihren Tauen auf den Wellen.

Das Meer war plötzlich sehr nahe gekommen.

Auf der *Rambla* war bereits eine kleine Gruppe von Menschen versammelt, die Sofia in ihren Regenmänteln und Stiefeln erst auf den zweiten Blick erkannte. Martí und Quim, Sara, Carmen, Rui und Alba standen dicht gedrängt bei mehreren Helfern der Küstenwache, die mit Hunden und starken Taschenlampen angerückt waren.

»Da seid ihr ja!« Alba fiel Luz um den Hals. Ihr rundes Gesicht war tränenüberströmt.

Luz drückte sie einen Moment lang an sich. »Was machen wir?«, fragte sie dann. »Was habt ihr besprochen?«

»Wir teilen uns in zwei Gruppen auf und suchen unten in den *cales.* Vielleicht ist er dort irgendwo an Land gegangen und kommt allein nicht weg.«

Martí trat zu ihnen. Auch er war sehr blass. Keine Spur mehr von der Schalkhaftigkeit, mit der er Sofia in der Fischerhütte geneckt hatte. Regen troff vom Rand seiner Kapuze über sein Gesicht und fing sich in seinem Bart. »Das Signallicht im Leuchtturm ist aus«, erklärte er. »Sie sagen, das macht es sehr viel unwahrscheinlicher, ihn zu finden. Ich dachte, der wird von Girona aus gesteuert? Haben die kein Wetterradar? Die müssen doch sehen, was hier los ist.«

Alba schüttelte den Kopf und wischte sich nasse Haare aus dem Gesicht. »Das Signal funktioniert bei Sturm nicht zuverlässig. Davíd müsste …« Sie schlug sich die Hand auf den Mund. »O Mutter Gottes.«

Luz sah sie alarmiert an. »Was ist?«

»Davíd … es ging ihm heute Mittag nicht so gut. Er meinte, er müsste sich hinlegen und ich solle früher in meinen freien Tag verschwinden. Aber was, wenn es ihm so schlecht geht, dass er die Lampe nicht einschalten kann?«

Sofia sah hinüber zu dem Felsen, von dem der Leuchtturm sein Signallicht hätte senden sollen. Der Wind rauschte in ihren Ohren. Inzwischen war es düster wie am späten Abend, doch vom Leuchtturmfelsen war nichts zu sehen als ein schemenhafter Umriss in der regengepeitschten Dunkelheit. Jenseits der Felsen geisterten die unsteten Lichter der Helikopter-Suchscheinwerfer über den Himmel.

Und in diesem Moment wusste Sofia, wohin sie gehen musste.

»Ich laufe rüber.«

Luz, Alba und Martí sahen gleichzeitig zu ihr hin. »Was sagst du?«

»Ich gehe zum Leuchtturm. Ich glaube, ich weiß, wie man die Lampe anschaltet, wenn David es nicht kann. Wenn das irgendwie hilft ...«

Einer der Küstenwächter kam zu ihnen herüber. »Du kannst den Leuchtturm einschalten?« Sein kantiges Gesicht war ernst. »Das wäre sehr hilfreich. Auch für die Helis, wenn der Sturm nicht bald abflaut.«

»Okay.« Sofia nickte.

»Ich bring dich hin.« Der Mann warf einen Blick aufs Meer. »Der Weg über den Strand ist jetzt gefährlich.«

Luz umarmte Sofia fest. »Danke. Tausendmal danke. Soll ich auch mitkommen?«

Sofia schüttelte den Kopf. »Nein. Du wirst hier gebraucht. Ich melde mich und stoße später zu euch.«

Luz drückte sie noch ein wenig fester. »Ist gut. Pass auf dich auf.«

»Versprochen.«

Sobald sie die Promenade hinter sich gelassen hatten, mussten Sofia und der Küstenwächter über die Ausläufer der Felsen klettern, die den Strand begrenzten. Der Stein war nass und rutschig, der Sturm brachte sie immer wieder aus dem Gleichgewicht, und in der Dunkelheit war es leicht, die Löcher und Spalten zu übersehen, die das Wasser über Jahre aus dem Gestein gewaschen hatte. Der Weg schien eine Ewigkeit zu dauern, nur beleuchtet von dem unsteten Lichtfinger der Taschenlampe des Küstenwächters.

Endlich erreichten sie den Fuß des kleinen Pfades, der sich den Leuchtturmfelsen hinaufwand. Schattenhaft und einsam ragte der Turm über ihnen auf. Auch in den Fenstern des Wärterhauses brannte kein Licht, und Sofia hatte plötzlich das Gefühl, als ob ein schmales Band sich um ihre Kehle zuzog.

David.

In all dem emotionalen Aufruhr der letzten Stunden war der Gedanke an den alten Leuchtturmwärter in den Hintergrund gerückt. Und wenn es diesmal wirklich zu spät war, wenn es ...

Sofia tippte dem Küstenwächter auf die Schulter. »Von hier aus schaffe ich es allein.«

Der Mann sah sie besorgt an. »Bist du sicher? Soll ich auf dich warten?«

Sofia schüttelte den Kopf. »Nein. Das schaffe ich.« Sie atmete tief durch. »Bitte. Findet Cian.«

Der Küstenwächter nickte. »Wir geben unser Bestes. Ich verspreche es.«

Sofia presste die Lippen zusammen. Wie gern hätte

sie etwas anderes gehört, das ihr mehr Sicherheit gab. Aber Sicherheit war in dieser Sturmnacht etwas, das nicht existierte. Also wandte sie sich ohne ein weiteres Wort ab und lief den Pfad zum Leuchtturm hinauf.

Sie hatte kaum die Hälfte des Weges hinter sich gebracht, als über ihr das Signallicht des Leuchtturms aufleuchtete. Wie ein überirdisches Zeichen schwebte der weiße Schein durch den finsteren Himmel und kreuzte sich mit den Suchscheinwerfern der Helikopter.

Sofia hielt inne und starrte auf das Licht, als hätte sie einen Geist gesehen.

Die Lampe … Davíd. Warst du das?

Sie lief schneller. Ein überwältigendes Gefühl der Dringlichkeit trieb sie an. Regen schlug ihr ins Gesicht, dass sie kaum noch die Hand vor Augen sehen konnte, als sie die letzten Schritte zum Wärterhaus rannte. Mit einem Ruck stieß sie die Tür auf.

»Davíd!«

Und stand Cian gegenüber.

31.

Sofia fiel ihm um den Hals, noch ehe sie wusste, was sie dachte oder fühlte, vergrub sich in seiner Wärme und spürte kaum die Tränen, die ihr über das Gesicht rannen.

»Du bist hier«, flüsterte sie heiser. »Du bist … du bist nicht …«

Cian hielt sie fest, drückte seine Wange auf ihr Haar. Sekunden. Ewigkeiten.

Dann ließ Sofia ihn los. Sah ihm ins Gesicht.

»Du hast die Lampe eingeschaltet.«

Er nickte.

Sofia schüttelte den Kopf. Ihr Atem zitterte, und ihre Knie waren weich. »Alle suchen dich. Sie denken, du bist immer noch da draußen …«

»Schscht.« Als er seine Hand an ihre Wange legte, wurde seine Miene weich. »Ich weiß. Lass uns später reden. Es tut mir leid. Ich hätte mich melden müssen. Es ist nur …« Er warf einen vielsagenden Blick zum Bett hinüber. Und erst jetzt bemerkte Sofia die Gestalt, die dort unter einem Haufen Decken lag und rasselnd atmete.

Davíd.

Sofia riss die Augen auf und sah Cian an.

Bitte sag mir, dass …

Sie konnte den Gedanken nicht zu Ende denken. Aber Cian nickte nur.

»Ich bin hergekommen, weil ich nicht wusste, wohin. Ich wollte einfach nicht reden. Das geht mit David schon immer am besten.« Er schüttelte den Kopf. »Ich wusste ja nicht, dass ich ihn so vorfinden würde.« Ein leises Seufzen, dann ein kleines, schiefes Lächeln. »Komm. Er wird sich freuen, dich zu sehen, wenn er wieder aufwacht.«

Falls er aufwacht.

Sofia hatte das Gefühl, nicht atmen zu können.

Vorsichtig traten sie näher ans Bett heran. Davíd lag unter seinen Decken begraben, seine Haut war weiß, die Lippen fahl. Seine früher so kräftige Gestalt wirkte schmal und verloren. Manchmal hustete er röchelnd, ohne dabei die Augen zu öffnen.

»Davíd«, flüsterte Sofia, ließ sich auf den niedrigen Schemel neben dem Bett sinken und nahm vorsichtig seine Hand in ihre. Sie fühlte sich noch kälter an als ihre eigene, die von Wind und Regen eisig und wund gerieben war. Davíd gab keine Antwort.

Tränen stiegen Sofia in die Augen. Verschwommen nahm sie wahr, dass Cian sich entfernte und in einer Ecke der Stube kramte. Kurz darauf kam er mit einem riesigen Wollpullover und einer ebenso weiten Hose zurück.

»Hier«, sagte er leise. »Etwas anderes Trockenes haben wir jetzt nicht, aber du solltest dich umziehen. Und kannst du ... meiner Schwester sagen, dass ich hier bin? Mein Handy hat den Sturm auf See nicht überstanden.«

Seine Worte riefen Sofia siedend heiß in Erinnerung, dass Luz und die anderen immer noch verzweifelt nach Cian suchten. Und dass sie durch einen Sturm zu ihm und David gekommen war, der sie bis auf die Knochen durchnässt hatte. Cian hatte recht, sie musste sich umziehen. Und dringend, sehr dringend Luz Bescheid geben. Es fiel ihr nur unsagbar schwer, Davids Hand loszulassen.

»Ich passe auf ihn auf, bis du zurückkommst.« In Cians Augen sah sie Verständnis. »Keine Sorge. Ich glaube, das wird noch eine lange Nacht.«

Und nun gelang es Sofia zum ersten Mal, seit sie den Leuchtturm betreten hatte, ihn anzulächeln. In diesem Augenblick stand nichts zwischen ihnen. Was auch immer der nächste Morgen bringen würde, wenn sie einander wieder in die Augen sehen und über ihre Zukunft nachdenken mussten – es war nicht wichtig. In diesem Augenblick war nur wichtig, dass sie gemeinsam einen sehr guten Freund auf seinem letzten Weg begleiten wollten.

»Ist gut«, murmelte Sofia und spürte einen Kloß in ihrer Kehle. »Ich bin gleich wieder da.«

Cian sollte recht behalten. Es wurde eine lange Nacht. Sie redeten nicht viel, hielten gemeinsam Wache, während vor den Fenstern des Leuchtturms der Sturm tobte und erst in den frühen Morgenstunden langsam abflaute.

Als der Wind sich gelegt hatte und das erste Morgenlicht vor den Fenstern schimmerte, schreckte Sofia aus einem leichten Schlaf hoch, weil sie etwas hörte, das anders klang als das heisere Keuchen und Hüsteln, das Davíd die Nacht über von sich gegeben hatte.

Sie hatte an Cians Schulter gelehnt, gestützt von seinem Oberarm, während er – halb an die Wand, halb gegen das Bett gesunken – schlief.

»...fia. Sofia ...?«

»Davíd?«, flüsterte Sofia.

Und als sie sich zu ihm vorbeugte, waren die Augen des Leuchtturmwärters offen und klar.

»Mein Mädchen.« Er lächelte matt, selbst das schien ihn anzustrengen. »Du bist gekommen.«

Sofia wechselte einen Blick mit Cian, der sich ebenfalls aufgerichtet hatte.

»Natürlich bin ich gekommen. Denkst du, ich lasse dich einfach so gehen?«

Ein kraftloses Lachen rüttelte an Davíds Brustkorb. »Mein Mädchen«, flüsterte er noch einmal heiser. Seine große Hand umschloss ihre mit schwachem Druck, als Sofia nach seinen Fingern griff. »Du gibst mir Frieden.«

Sofia spürte heiße Tränen in ihre Augen steigen. So kam er also, dachte sie. Der endgültige Abschied.

»Ich hätte so viel früher wieder hier sein müssen …«, flüsterte sie.

Davíd schüttelte den Kopf. »Spielt keine Rolle. Du bist gekommen. Das hat mich … sehr glücklich gemacht.«

Noch einmal lächelte er, kaum mehr als ein kleines Zucken seiner schmalen, blassen Lippen. Atmete tief und erleichtert aus.

Dann schloss der alte Leuchtturmwärter für immer die Augen.

32.

Sofia hatte lange geweint. Stundenlang, so schien es ihr, hatte sie einfach dagesessen und die Tränen fließen lassen. Geschluchzt und zugelassen, dass die Trauer ihren Körper schüttelte, bis die Kraft sie verließ.

Irgendwann hatte Cian sie bei der Hand genommen, und sie waren hinaufgestiegen auf den Turm. Dort standen sie nun nebeneinander auf der Fensterputzergalerie, wo die Lampe inzwischen erloschen war und der Wind nur noch leise um die Turmspitze landeinwärts strich, und sahen dem rosa-goldenen Licht eines neuen Morgens über dem Horizont entgegen.

Cian stand sehr nah bei Sofia, wie er auch in der Nacht bei ihr gesessen hatte. So nah, dass sie spüren konnte, wie sein Körper sich im Rhythmus seines Atems bewegte.

»Luz hatte recht«, sagte er. »Ich bin ein schrecklicher Feigling.«

Sofia warf ihm überrascht einen Blick zu. Cian lächelte selbstironisch.

»Ich habe viel darüber nachgedacht, als ich da draußen war. Und sie hatte recht. Ich bin weggelaufen. Mein ganzes Leben lang. Immer, wenn die Welt in meinem Kopf nicht mit der Realität zusammenpassen wollte. Ich habe mich dem nie gestellt.« Er seufzte leise und starrte hinaus auf den Horizont. »Unser Vater war immer so stark. Ich ertrage es einfach nicht, ihn so zu sehen, wie er jetzt ist. Und du …« Er sah sie wieder an. Und Sofia begriff, der Schmerz in seinen Augen bezog sich nicht in erster Linie auf sie. Er galt ihm selbst.

»Du warst nie ein Mensch für mich. Allein der Gedanke, du könntest einfach nur ein Mädchen sein wie alle anderen, war …« Er hob leicht die Schultern. »Aber vielleicht musste es sein. Vielleicht musstest du erst ein Mensch werden, damit ich wirklich begreifen konnte, was du mir bedeutest.« Das Lächeln war auf Cians Gesicht zurückgekehrt. Und endlich griff er nach ihrer Hand.

Sofia erwiderte sein Lächeln. Es fühlte sich unendlich traurig an nach allem, was sie in den letzten Stunden durchgemacht hatten. Aber auch voller Hoffnung.

»Ich hab es nicht gewusst«, sagte sie leise. »Ich wusste nicht, wie sehr du mir fehlst. Wie du mir schon immer gefehlt hast.«

Wie am Abend zuvor in der *cala* blieben ihre Finger ineinander verschränkt, so selbstverständlich, als seien sie schon immer fest miteinander verbunden gewesen. Ein letzter Hauch des Sturms zauste Cians Haar und strich kühl und feucht über ihre Wangen, als ihre Lippen sich trafen.

Sie fragten nicht, was sie jetzt tun würden. Wohin der Weg sie von hier aus führen würde. An diesem neuen Morgen, im neuen Licht des Tages über dem Meer, das sich langsam in sein gewohntes Bett zurückzog, küssten sie sich lang, innig und zärtlich. Und all die unbeantworteten Fragen waren in diesem Moment völlig gleichgültig.

Später liefen sie Hand in Hand durch das morgenstille Dorf. Der Sturm hatte deutliche Spuren hinterlassen, trotzdem leuchtete der kleine Ort so frisch und sauber, wie Sofia ihn in den vergangenen Tagen nie gesehen hatte. Mit dem Sturm war auch Rocavella eingeschlafen, wie Davíd eingeschlafen war – alt, traurig und friedlich.

Als sie das Apothekerhaus betraten, saßen Luz, Elena und die Kinder in der Küche. Luz stürzte augenblicklich auf Cian zu, umarmte und verfluchte ihn zugleich, während ihr die Tränen über das Gesicht strömten. Elena drückte ihren Sohn wortlos an sich, als wolle sie ihn nie wieder loslassen. Auch sie weinte. Dann umarmte sie auch Sofia. Sie mussten nichts sagen, sie wussten auch so, dass der Sturm sich zurückgezogen und Davíd mitgenommen hatte. Trotzdem bat Elena darum, nachdem sie sich die Tränen von den Wangen gewischt hatte, dass sie ihr erzählten, wie die Nacht für sie verlaufen war.

Während Elena mit Cian auf der Veranda saß, im

Morgenlicht unter den Platanen im Hinterhof, standen Luz und Sofia in der Küche und setzten Kaffee auf.

»Ich frage dich nicht nach Oliver«, sagte Luz leise und lächelte, als wolle sie sagen, dass Sofia sich um ihn keine Sorgen machen musste. »Ich wollte dir nur sagen, dass er heute Morgen abgefahren ist, wie er es versprochen hat.« Sie seufzte und warf rasch einen Blick nach draußen. Zu Cian. Dann griff sie in ihre Hosentasche und zog einen Umschlag heraus. »Er hat mir einen Brief für dich dagelassen. Vielleicht ... willst du uns gleich die Kanne rausbringen. Und such doch noch ein paar Kekse aus dem Schrank.«

Damit nahm sie das Tablett mit den Kaffeebechern und ging hinaus zu ihrer Mutter und ihrem Bruder. Sofia blieb in der Küche zurück. Allein mit dem Brief. Etliche Sekunden starrte sie nur darauf und konnte sich nicht entschließen, ihn zu öffnen. Die vergangene Nacht hatte wirklich genug Gefühlschaos gebracht.

Aber Oliver hatte es verdient, dass sie wenigstens las, was er ihr noch sagen wollte. Wenn Sofia die Augen schloss, sah sie sein letztes Lächeln vor sich. So traurig und wissend. Als hätte er endgültig aufgegeben.

Sofia riss den Umschlag auf. Er hatte nur wenige Zeilen geschrieben.

Meine liebste Sofia,
wenn Du diesen Brief liest, bin ich vermutlich schon wieder in Frankreich. Ich hoffe, dass ich diesmal das Richtige

tue, wenn ich fahre und Dich mit Deinen Gedanken und Gefühlen noch eine Weile allein lasse. Ich will mich nicht davonstehlen – ehrlich gesagt sträubt sich alles in mir, dich jetzt zurückzulassen. Aber ich weiß von Luz, dass es Dir gut geht und Du morgen früh zurückkommst.

Ich weiß auch, dass ich nicht wiedergutmachen kann, was zwischen uns schiefgelaufen ist, und dass wir vielleicht nie wirklich eine Chance hatten, miteinander ins Reine zu kommen. Aber wenn ich Dich um eines bitten darf – dann komm noch einmal nach Hause. Lass uns reden. Vielleicht können wir nach all den Jahren wenigstens als Freunde auseinandergehen. Ich lasse Dich jetzt los, in der Hoffnung, dass Du vielleicht irgendwann zurückkommst.

Ich habe Dich immer geliebt. Bitte glaub mir das.
Dein Oliver

Sofia las den Brief ein zweites und ein drittes Mal. Ein Teil von ihr wäre in diesem Augenblick am liebsten nach draußen gestürzt, um ihn aufzuhalten. Ihm zu sagen, dass sie jetzt reden konnten. Freunde werden, wenn auch nichts anderes mehr. Doch sie wusste, dass sie ihn draußen nicht finden würde. Er war längst fort, und wahrscheinlich war das besser so. Für sie alle.

Sofia schloss die Augen und atmete tief durch. Eins nach dem anderen. Für den Moment musste es genügen – dieses warme Gefühl, dass sie und Oliver am Ende vielleicht doch miteinander würden Frieden schließen können.

Und so nahm sie die Kaffeekanne und trug sie hinaus auf die Veranda.

33.

Einige Tage später standen sie auf dem Bahnsteig in Portbou – Sofia, Cian und Luz. Die Sonne brannte auf ihre Köpfe und Schultern, und ein warmer Wind von den nahen Bergen erzählte davon, dass der Sommer noch lange nicht vorbei war.

Sofia sah auf die Berge, die in der Sonne leuchteten, dachte an das Meer, das sich dahinter verbarg, und spürte, wie der nahende Abschied sich als immer schmerzhafteres Ziehen in ihrem Magen ausbreitete. Nun war sie also vorbei, ihre Reise in die Vergangenheit. Aber was würde die Zukunft bringen?

Cian stand neben ihr, ihre Hand fest in seiner. Sie hatten nicht viel gesprochen. Es gab keine Worte für das Unvermeidliche. Sie konnte nicht bleiben, das wussten sie beide. Und auch er musste wieder auf See – morgen schon war sein Landurlaub zu Ende. Aber das sprachen sie nicht aus. Sie hätten sich selbst zu viel Hoffnung genommen.

Cian sah Sofia an und lächelte. Jenes zauberhafte Jungenlächeln, das sie so liebte. »Dann sehen wir uns also. Wenn du mit deiner Oma wiederkommst.«

Sofia nickte nur. Die Brust war ihr eng, als Cian sie

in seine Arme zog und sie küsste, als wäre es das letzte Mal. Dann drückte er sie noch einmal fest an sich und vergrub seine Nase in ihrem Haar.

»Ich weiß noch nicht, wie«, murmelte er rau. »Aber ich werde da sein. Ich verspreche es dir.«

Sofia trat einen Schritt zurück, die Hände noch immer auf seinen Hüften, als wollten sie ihn um nichts in der Welt loslassen. »Ich verlasse mich auf dich.«

Aus der Ferne war ein schrilles Pfeifen zu hören. Eine freundliche Frauenstimme drang aus den Lautsprechern.

Luz hatte etwas abseits gestanden und geraucht, ihnen Raum gegeben für alles, was sie einander noch sagen wollten, ehe sie sich auf unbestimmte Zeit trennen mussten. Nun trat sie die Zigarette aus und kam zu ihnen herüber. Auch ihr Lächeln war traurig, und in ihren Augenwinkeln glitzerte es verdächtig. »Dann ist es jetzt so weit.«

Zischend und ratternd fuhr der Zug ein und hielt mit kreischenden Bremsen. Sofia umarmte Luz und drückte ihr Küsse auf die Wangen, während Cian bereits ihren Koffer in den Wagen schob.

»Du kommst mich in Deutschland besuchen, ja? Denk dran, du hast es versprochen.«

Luz lächelte unter Tränen. »Versprochen. Ich komme, sobald ich kann.«

Ein pfeifender Signalton kündigte das Schließen

der Türen an. Die Stimme aus dem Lautsprecher bat darum einzusteigen. Wieder war Cian bei ihr. Eine allerletzte Umarmung auf der Schwelle der Zugtür, letzte Küsse auf ihre Wangen, ihre Lippen und ihre Stirn. Noch ein Pfiff, ein Zischen in der Hydraulik. Cian sprang zurück, und die Türen schlossen sich, schoben eine Scheibe aus Glas zwischen sie. Mit einem leichten Ruck setzte sich der Zug in Bewegung. Sofia presste die Hand an die Scheibe. Draußen auf dem Bahnsteig folgte Cian mit großen Schritten, rannte neben dem Wagen her, solange es ging. Sofia presste die Hand noch fester gegen das kühle Glas, lächelte, winkte …

Dann war der Bahnsteig zu Ende.

Der Zug verließ den Bahnhof. Cians Gestalt am Ende des Bahnsteigs verschwand in der Ferne.

Sofia löste die Hand von der Scheibe, schloss die Augen und spürte, wie ihr Tränen in die Augen stiegen. So hockte sie mitten im Gang und ließ zu, dass der Trennungsschmerz ihr das Herz zerriss.

Als sie wieder ruhiger wurde, stand sie auf und suchte sich in der langen Reihe leerer Sitze einen Fensterplatz. Sie wollte das Meer und die Berge sehen, solange sie konnte. Sofia setzte sich hin und tastete in der Tasche nach ihrem Kompass. Sie hatte ihn nicht vergessen. Diesmal nicht.

Sofia öffnete das kleine Etui und betrachtete mit tränenverschleierten Augen die Nadel, die zitternd nach Norden zeigte. Heimwärts. Wo sie mit Oliver sprechen und alles zwischen ihnen ins Reine bringen würde, wie auch immer das aussehen mochte. Heimwärts, wo noch immer die Urne ihrer Großmutter auf ihre Bestattung wartete.

Ein kleines Lächeln stahl sich auf ihre Lippen. Bei aller Trauer wärmte dieser Gedanke ihr das Herz und ließ einen unverwüstlichen Funken der Hoffnung glühen.

Sie hatte ihr Meer gefunden.

Und diesmal würde sie ganz sicher zurückkehren.

Zum Meer.

Ins Dorf.

Zu ihm.

Davon würde nichts in der Welt sie abhalten können.

Dank

Von all meinen Romanen ist dies mein bisher persönlichster. In keinem anderen Buch steckt so viel von mir, meiner Liebe zu der überwältigenden Schönheit und dem ganz besonderen Charakter der Costa Brava, des Alt Emporda und der Menschen, die dort leben. Deshalb möchte ich mich an allererster Stelle bei denen bedanken, die ich dort kennen- und lieben gelernt habe. Die mich aufgenommen haben wie ein Mitglied ihrer Familie, und zu denen ich auch nach all den Jahren immer wieder zurückkehren kann, ganz egal, wie lange wir uns dazwischen nicht gesehen haben. Amalia, Alex und Angela – ihr seid immer in meinem Herzen. Ebenso wie meine beste la Julia, in der ich damals in der Ferne eine Freundin fürs Leben gefunden habe. Lass uns bald wieder zusammen nach good old Catalunya fahren!

Mindestens ebenso viel Dank gebührt aber den lieben Menschen, die mich den wirklich schwierigen Weg zu diesem Roman begleitet haben. Gerade weil er mir so viel bedeutet, habe ich mich unheimlich schwergetan, die richtigen Worte und Bilder zu finden, mit denen der Text sich auf dem Papier genau so anfühlte wie in meinem Kopf und Herzen. Cornelia Röser, meine Patin der ersten Stunde – ohne dich hätte ich sicher irgendwann aufgegeben, aber du hast immer an das Buch und mich geglaubt. Dafür gibt es keine ausreichenden Dankworte. Ebenso meine wundervolle Agentin Tanja Heitmann, die nicht müde wurde, immer wieder neue Versionen zu lesen, mich zu beraten und darauf zu hoffen, dass der Knoten endlich platzt. Auch für die anschließende sehr engagierte Vermittlungs- und Betreuungsarbeit durch sie und Bastian Schlück bin ich sehr dankbar.

Ich danke meinem Verlag und meinen Lektorinnen Barbara Heinzius und Ilse Wagner, für ihre Begeisterung und hilfreichen Vorschläge, und vor allem dafür, dass sie meinem Buch ein so schönes Zuhause geben, und der fabelhaften Sabrina Železný für die unbezahlbare Unterstützung bei der Übersetzung des Sampedro-Gedichtes.

Und nicht zuletzt danke ich wie immer und ganz besonders meiner fabelhaften Familie, meinen Lieblingsmenschen und Freunden (ihr wisst, wer ihr seid und wie sehr ich euch liebe!) und meinem ganzen bunten, liebenswerten Autorenumfeld, in dem ich so viel Halt und Sicherheit finde. Ihr macht mich zu einer glücklichen Autorin!